DAS RÄTSEL VON GIPSY'S MILE

Ein Angela-Marchmont-Krimi 4

CLARA BENSON

Übersetzt von

RITA KLOOSTERZIEL

Die Originalausgabe des Romans erschien 2014 unter dem Titel „The Riddle at Gipsy's Mile: An Angela Marchmont Mystery Book 4". Copyright © der Originalausgabe 2014 by Clara Benson

Deutsche Erstveröffentlichung 2023
Copyright © der deutschsprachigen Übersetzung 2023 by Clara Benson

Übersetzung: Rita Kloosterziel
Lektorat: Antje Steinhäuser
Korrektorat: Marlies Döring

ISBN: 978-1-913355-33-3

Mount Street Press
5 Brayford Square
London E1 0SG

clarabenson.com

Das Rätsel von Gipsy's Mile

Im Nebel über der Romney Marsh stößt Angela Marchmont auf die Leiche einer Frau, deren Gesicht entstellt wurde - vermutlich, um die Identifizierung zu erschweren. Wer ist sie, und was hatte sie da draußen in der einsamen Marschlandschaft gemacht? Die Suche nach einer Antwort führt Angela von einem prächtigen Herrenhaus in Kent nach London in einen der mondänsten - und verrufensten - Nachtclubs und in eine düstere Welt mit verbotenem Alkohol, Jazzmusik und verlorenen Seelen.

Kapitel Eins

DIE ROMNEY MARSH in Kent im Südosten Englands ist berühmt für ihre karge Schönheit und ihre endlose flache Weite. Vor tausend Jahren gehörte dieser Landstrich dem Meer, aber im Laufe der Jahrhunderte hatten die umtriebigen Bewohner den Boden nach und nach trockengelegt und ihn für ihre Zwecke genutzt. Heutzutage war die Gegend ruhig und dünn besiedelt. Weideflächen lagen zwischen Entwässerungsgräben und schmalen Straßen, auf denen sich ein unachtsamer Reisender leicht verirren konnte. Oft genug war man meilenweit unterwegs, ohne einer Menschenseele zu begegnen.

An einem kühlen Septembertag ritt Lucy Syms auf ihrer Fuchsstute im leichten Trab auf einer dieser Straßen. Am Morgen war das Wetter schön gewesen - sonnig, mit einem Hauch von Frost in der Luft, der den Herbst ankündigte -, doch als sie nach dem Mittagessen erneut aufbrach, hatte sich der Himmel plötzlich bewölkt und Nebelschwaden zogen über das Moor. Bald würde man überhaupt nichts mehr sehen. Lucy schnalzte ungeduldig mit der Zunge. Ihr Pferd Castana war eine unruhige, nervöse

Natur, es mochte den Nebel nicht und scheute beim geringsten Anlass.

„Keine Sorge, mein Mädchen", sagte Lucy beschwichtigend, als die Stute schnaubend den Kopf schüttelte. Sie klopfte ihr besänftigend den Hals. „Wir kehren gleich um. Zu schade, dass dieser Nebel ausgerechnet jetzt aufzieht."

Sie sah sich um, in der Hoffnung, einen Blick auf die Sonne zu erhaschen, die sich bald durch die Schwaden brennen würde. Aber nein: Im nächsten Moment breitete das klamme Grau die Arme aus und hüllte sie ein. Das Pferd warf tänzelnd den Kopf zurück.

„Mist", sagte Lucy. Sie trieb Castana mit leichtem Schenkeldruck an. „Na komm schon. Wir versuchen es noch mal, wenn sich der Nebel lichtet."

In diesem Moment hörte sie in der Ferne das gedämpfte Brummen eines Automotors und blieb stehen, um zu lauschen. Das Geräusch wurde lauter. Mit sanftem Ziehen an den Zügeln schaffte Lucy es, Castana von der Straße auf den Grasstreifen zu dirigieren. Aus dem Nebel tauchten die Umrisse eines großen Autos auf. Es näherte sich langsam und kam mit leise schnurrendem Motor neben Lucy zum Stehen. Ein Fenster öffnete sich.

„Hallo", sagte eine fröhliche Stimme. „Bitte entschuldigen Sie vielmals die Störung, aber ich glaube, wir haben uns verfahren."

Die Stimme gehörte einer dunkelhaarigen Frau mit einem freundlichen Lächeln. Sie war modisch und elegant gekleidet und schien ungefähr Mitte dreißig zu sein.

„Wo wollen Sie denn hin?", fragte Lucy.

„Zu einem Haus namens Gipsy's Mile, unweit von Littlechurch", antwortete die Frau. „Die Wegweiser hier in der Gegend sind ziemlich verwirrend und ich glaube, wir sind irgendwann falsch abgebogen."

„Ja, das stimmt. Ich kenne Gipsy's Mile sehr gut. Sie

müssen den Weg zurückfahren, den Sie gekommen sind, und dann links abbiegen. Nach ungefähr fünfhundert Metern biegen Sie an der Kreuzung rechts ab. Das Haus liegt etwa eine Meile weiter auf der rechten Seite."

„Danke!" Dann drehte die Frau sich um und sagte zu Lucys Überraschung etwas zu ihrem Chauffeur, das wie „Zwei Schilling" klang.

„Sind Sie mit den Harrisons befreundet?", fragte Lucy neugierig.

„Ja", antwortete die Frau. „Kennen Sie sie?"

„Ja, über meinen Verlobten. Er ist ein Freund von Miles."

„Ach? Dann werden wir uns sicher bald wiedersehen. Übrigens, ich bin Angela Marchmont."

„Lucy Syms", stellte Lucy sich vor. Castana bewegte sich unruhig und wäre fast vor den Wagen geraten. „Ich muss mit meinem Pferd jetzt nach Hause. Es mag den Nebel nicht. Auf Wiedersehen und viel Glück!"

Sie dirigierte die Stute auf die Straße und ritt in die Richtung, aus der sie gekommen war. Kurze Zeit später blieb sie stehen, schaute zurück und beobachtete, wie der Wagen mühsam wendete. Nach ein paar Minuten war es geschafft und das Auto verschwand im Nebel. Lucy klopfte ihrem Pferd auf den Hals, dann trabten sie nach Hause.

Im Auto war Mrs Marchmont in eine lebhafte Diskussion mit ihrem amerikanischen Chauffeur William verwickelt.

„Sie haben zwei Schilling gesagt", meinte sie.

William schüttelte den Kopf.

„Ich glaube, Sie haben mich falsch verstanden, Ma'am. Ich habe nur gesagt, dass ich, wenn ich eine Vorliebe fürs Wetten hätte, zwei Schilling darauf wetten würde, dass dies die richtige Straße ist."

„Ich bin schockiert, William", erwiderte Mrs

Marchmont mit gespielter Strenge. „Dass Sie sich mit einer so schäbigen Ausrede aus der Verantwortung stehlen. Ich habe genau gehört, wie Sie gesagt haben, dass Sie mir zwei Schilling zahlen, wenn Sie sich geirrt haben."

„Nun, das mag ja sein", räumte William ein. „Es wäre ungehörig, Ihnen zu widersprechen, Ma'am. Aber bei allem Respekt, Ma'am, möchte ich Sie daran erinnern, dass Sie mir noch eine halbe Krone von unserer letzten Wette schulden."

„Was? Meinen Sie die von der Bootsregatta? Aber das Geld habe ich doch bezahlt?"

William schüttelte erneut den Kopf. „Nein."

„Sind Sie sich ganz sicher?"

„Absolut."

„Oh!" Angela rechnete nach. „Das heißt wohl, dass ich Ihnen einen Sixpence schulde."

„So sieht es aus, Ma'am", bestätigte William, womit er alle Zweifel an der Existenz der Zwei-Schilling-Wette beseitigte.

„Dann müssen wir etwas unternehmen. Also, lassen Sie mich überlegen … Bald steht das Autumn Double an. Das sollte den einen oder anderen Schilling wert sein. Die genauen Bedingungen gilt es noch zu vereinbaren."

„Abgemacht!", sagte William. „Aber auf meinem Sixpence bestehe ich. So, das muss die Abzweigung sein."

Er lenkte den Bentley vorsichtig um die scharfe Kurve, und im selben Moment war der Wagen von dichtem Nebel umgeben, der alles um sie herum nahezu unsichtbar machte – es war kaum möglich, mehr als ein, zwei Meter in irgendeine Richtung zu sehen.

„Ach du meine Güte!", seufzte Mrs Marchmont. „Wie ärgerlich. Sollen wir anhalten und warten, bis sich der Nebel lichtet?"

„Ich weiß es nicht, Ma'am. Wie lange hält er sich

normalerweise in dieser Gegend?", fragte William zweifelnd. „Ein paar Tage oder nur ein paar Stunden?"

„Ich hatte eher an ein paar Minuten gedacht", sagte Angela, „aber da ich keine Lust habe, bis Sonntag mitten auf irgendeinem Feld zu hocken, sollten wir wohl besser weiterfahren. Aber seien Sie vorsichtig."

William schaltete die Scheinwerfer ein und tastete sich im Schneckentempo weiter. Die Straße war gerade breit genug für ein Fahrzeug. Rechts und links verliefen tiefe Entwässerungsgräben, die fast ganz von dichten Hecken verdeckt wurden. Eine unbedachte Bewegung und der Wagen würde von der Straße abkommen und in den Graben rutschen. Nach etwa hundert Metern lichtete sich der Nebel und William beschleunigte – ein wenig voreilig, wie sich gleich darauf herausstellte, denn sie landeten sofort in den nächsten Nebelschwaden, sodass er das Tempo erneut drosseln musste, zum Glück, denn sonst wäre er in die Schafherde gerauscht, die in diesem Moment auf die Fahrbahn lief. Ein dumpfer Schlag war zu hören, dann folgte vielstimmiges Blöken. William schrie überrascht auf und wich sofort nach rechts aus. Kurz sah er im Scheinwerferlicht einen wolligen Kopf mit schreckgeweiteten Augen neben dem anderen, dann polterte der Bentley durch die Hecke, kippte nach vorn und kam schließlich auf einer schlammigen Böschung zum Stehen, nur wenige Zentimeter vom Wassergraben entfernt.

Nach kurzem Schweigen fragte Angela unschuldig: „Sind wir schon da?"

William atmete tief durch und wischte sich die Stirn. „Das tut mir wirklich sehr leid, Ma'am. Ich hoffe, Sie sind nicht verletzt?"

„Nein, ich glaube nicht. Wie sieht es bei Ihnen aus?"

„Alles in Ordnung – nehme ich an", erwiderte William.

„Meinen Sie, wir können aussteigen?"

William öffnete die Tür und kletterte vorsichtig ins Freie. Angela, die befürchtete, dass der Wagen noch weiter Richtung Graben rutschen könnte, wenn er auf einer Seite schwerer war als auf der anderen, tat es ihm schnell nach, ohne zu warten, dass er ihr half. Missmutig beäugten sie den Bentley, der in eine bedenkliche Schieflage geraten war und sie vorwurfsvoll anzustarren schien.

„Wahrscheinlich hat es keinen Sinn, ihn rückwärts auf die Straße fahren zu wollen“, meinte Angela. „Die Böschung ist viel zu steil. Wir brauchen ein paar Pferde oder eine Seilwinde oder so etwas, um ihn herauszuziehen. Ob der Wagen schlimm dran ist?“

William rieb sich nachdenklich das Kinn, während er die Vorderräder begutachtete. „Ich weiß es nicht“, sagte er schließlich. „Als wir von der Straße gerutscht sind, hat es ordentlich gekracht. Es könnte sein, dass die Vorderachse etwas abbekommen hat.“

„Nun, da können wir im Moment nichts tun. Wir sollten das Gepäck herausholen und es nach oben tragen. Ich helfe Ihnen.“

William lud die Koffer aus, während Angela sich nach einer günstigen Stelle umsah, von der aus man zur Straße gelangen könnte. Der Bentley hatte bei seiner Rutschpartie tiefe Furchen auf der schlammigen Böschung hinterlassen, die ein Hochklettern unmöglich machten. Angela tastete sich vorsichtig am Ufer des Wassergrabens entlang, wo das Gestrüpp dichter und der Abhang weniger steil und rutschig war.

„Ich glaube, da könnte es klappen“, rief sie William zu. Der junge Mann gesellte sich zu ihr und sie wies auf die Stelle, die sie meinte. „Sehen Sie? Dort, links von diesem blauen Lappen, der da liegt. Wir können uns an den Zweigen festhalten.“

William nickte. „In Ordnung.“ Er hob den größten

Koffer hoch, der zwar sperrig, aber zum Glück nicht schwer war.

Angela nahm eine Reisetasche in die Hand.

„Lassen Sie nur, Ma'am, ich mach das schon."

„Seien Sie nicht albern, William", antwortete Angela und bedeutete ihm ungeduldig, loszugehen.

Mühsam kletterten sie die steile Böschung hinauf, nutzten Baumwurzeln als Treppenstufen und kämpften sich durch das dichte Gestrüpp, bis sie schließlich aus dem Dickicht auf die Straße traten und eine Pause einlegten, um kurz zu verschnaufen. Die Schafe waren noch nicht weitergezogen. Eines schien zu humpeln.

„Das muss das Tier sein, das Sie angefahren haben", sagte Angela.

„Verdammte Biester", knurrte William, um gleich darauf „Ich bitte um Verzeihung, Ma'am" hinzuzufügen.

„Ist das alles an Gepäck?", fragte Angela.

„Ich muss nur noch meine eigenen Sachen holen", antwortete William und sprang und rutschte mit lautem Krachen zwischen den Zweigen hindurch den Hang hinunter zum Bentley. Angela musterte derweil die Schafe und die Schafe musterten Angela. Dann blökte eins und die anderen antworteten aus voller Kehle. Angela hatte das Gefühl, als würden sie über sie lachen. Sie wandte sich verlegen ab. Der Nebel hatte sich gelichtet und die Sonne machte einen halbherzigen Versuch, die letzten Reste aufzulösen. Gipsy's Mile war noch ein gutes Stück entfernt, aber wenn sie bald aufbrachen, wären sie auf jeden Fall rechtzeitig zum Tee da.

In diesem Moment ertönte hinter ihr ein Schrei, gefolgt von dem Geräusch knackender Zweige und einem Aufprall. Sie drehte sich um und spähte durch das Gestrüpp. William hatte seinen Koffer fallen gelassen, der im Graben gelandet war. Er klammerte sich an einen Baumstamm und starrte mit bleichem Gesicht auf etwas.

„Was um alles in der Welt -", begann Angela, dann folgte sie seinem Blick. Sie riss überrascht die Augen auf und begann hastig, die Böschung hinunterzuklettern.

„Bleiben Sie oben, Ma'am", sagte William. „Kommen Sie nicht näher."

Aber es war zu spät. Stumm betrachteten sie das Bild, das sich ihnen bot. Angela fragte sich, wie sie sich so gründlich hatte täuschen können, denn das, was sie für einen blauen Lappen gehalten hatte, war der Mantel einer Frau. Und die Frau, die ihn trug, war eindeutig tot.

Kapitel Zwei

WILLIAM SCHLUCKTE. Er war immer noch sehr blass.

„Gehen Sie und holen Sie Ihren Koffer", sagte Angela finster. „Wir müssen so schnell wie möglich die Polizei benachrichtigen."

„Meinen Sie, es könnte ein Unfall gewesen sein?"

„Das wage ich zu bezweifeln." Angela ging ein wenig näher heran. Die Tote lag auf der Seite. Ein Arm war über den Kopf gestreckt, den anderen hatte sie um die Taille geschlungen. Es sah aus, als hätte man sie an der Stelle, an der das Gestrüpp am dichtesten war, den Abhang hinuntergeworfen. Wäre William nicht von der Straße abgekommen, hätte sie sicher lange unentdeckt hier gelegen.

„Vielleicht sollten wir sie nach oben tragen", schlug William vor, aber man sah ihm an, dass ihn die Aussicht, die Leiche zur Straße zu schleppen, nicht begeisterte.

„Nein", erwiderte Angela entschieden. „Wir müssen sie hier liegen lassen. Die Polizei wird den Tatort untersuchen wollen. Wir sind schon genug herumgetrampelt. Holen Sie Ihre Sachen, dann brechen wir gleich auf."

William tat, wie ihm geheißen, wobei er es sich nicht

verkneifen konnte, im Vorbeigehen einen weiteren Blick auf die tote Frau zu werfen.

„Wir kommen schneller voran, wenn wir unser Gepäck hier stehen lassen", sagte Angela. „Sicher können wir später jemanden schicken, der die Sachen holt. Also, in welche Richtung müssen wir? Ich glaube, wir gehen die Straße weiter bis zum Ende, biegen rechts ab und dann ist es noch etwa eine Meile."

Sie machten sich zügig auf den Weg. Dank Lucys Wegbeschreibung standen sie etwa zwanzig Minuten später am Tor von Gipsy's Mile. Es war ein niedriges, weitläufiges Bauernhaus, das inmitten von Weideland ein gutes Stück von der Straße entfernt lag. Das Haus war nach einem nahegelegenen Feld benannt, auf dem früher illegale Pferderennen stattgefunden hatten, und der Name passte perfekt zu dem heruntergekommenen Äußeren. Die Harrisons waren vor ein oder zwei Jahren aus einer Laune heraus von London nach Kent gezogen, und Angela war anfangs überrascht gewesen, da sie Marguerite Harrison gut kannte. Sie war eigentlich nicht der Typ, der sich in die Abgeschiedenheit der Romney Marsh zurückzog. Marguerite jedoch hatte schon bald einen festen Kreis von Freunden und Bekannten aus London und anderswo um sich geschart und war, wie sie Angela versicherte, noch nie so glücklich gewesen.

„Angela, Darling! Was in aller Welt ist passiert?", erklang eine dramatische Stimme aus einem Fenster im Erdgeschoss, als sich Angela und William mit zerrissenen Kleidern und schlammverkrusteten Schuhen der Haustür näherten. „Rühr dich nicht vom Fleck!", fuhr die Stimme fort.

Das Fenster schlug zu, und kurz darauf wurde die Haustür von einer hochgewachsenen, kantig wirkenden Frau aufgerissen. Sie trug einen außergewöhnlichen Kopfputz und eine bunte Ansammlung prächtiger Seidentücher. Sie rannte mit weit ausgebreiteten Armen auf Angela zu und zog sie in eine duftende Parfümwolke, dann trat sie zurück und musterte sie von Kopf bis Fuß mit bühnenreifem Entsetzen.

„Wo warst du die ganze Zeit?", rief sie. „Du solltest schon vor Stunden hier sein."

„Ich …", begann Angela, doch Marguerites Aufmerksamkeit richtete sich bereits auf William, der gerade den Staub von seiner Chauffeurmütze klopfte.

„Und wer ist das?", fragte sie. „Angela, du Schlitzohr! Davon hast du ja gar nichts erzählt."

Williams Gesicht nahm eine leuchtende Rosafärbung an und er hatte es eilig, sich die Mütze aufzusetzen.

„Er ist mein Chauffeur", erklärte Angela hastig. „Wir hatten einen kleinen Unfall auf dem Weg hierher."

„Einen Unfall? Ach, du Arme! Ihr seid hoffentlich nicht verletzt?"

„Nein, nur etwas schmutzig. Aber Marguerite -"

„Dann müssen wir zusehen, dass wir dich sauber bekommen. Komm rein, Liebes, komm rein!" Sie führte die beiden ins Haus. „Miles! Miles! Angela hatte einen schrecklichen Unfall."

„Oh, nein, so schlimm war es gar nicht", widersprach Angela, während William die Gelegenheit beim Schopf packte und in die Küche flüchtete.

Miles Harrison tauchte aus den Tiefen des Hauses auf und betrachtete Angela unschlüssig. Er war noch größer und hagerer als seine Frau, hatte ein langes, schwermütiges Gesicht und wirkte wie ein Mann, der längst resigniert hatte.

„Was sagst du da?", fragte er Marguerite. „Wer hatte einen Unfall?"

„Angela, natürlich. Du siehst doch, wie sie zugerichtet ist."

„Oh, hallo, Angela." Miles schien sie endlich zu erkennen. „Was ist los?"

„Wir hatten eine unerwartete Begegnung mit ein paar Schafen und sind fast im Graben gelandet", erklärte Angela. „Wir mussten das Auto und unser Gepäck zurücklassen und den Rest des Weges zu Fuß gehen. Aber das ist nicht so wicht- "

„Miles, hat diese Werkstatt in Littlechurch Telefon? Du musst dort sofort anrufen", sagte Marguerite. „Nein, ich habe eine bessere Idee. Miles kann deine Sachen holen, Angela, und ich rufe die Werkstatt an - oder wäre es vielleicht besser, wenn wir deinen Chauffeur schicken? Lass mich mal überlegen …"

Angela warf Miles Harrison einen flehenden Blick zu.

Miles verstand sofort. „Ich glaube, Angela will uns etwas mitteilen, meine Liebe", sagte er zu seiner Frau, die bereits den Telefonhörer in der Hand hielt und die Vermittlung beschwor, sie auf der Stelle mit der Werkstatt in Littlechurch zu verbinden.

„Wir müssen sofort die Polizei anrufen", meinte Angela. „Als wir versuchten, die Böschung hochzusteigen, sind wir auf etwas ziemlich Unerfreuliches gestoßen, fürchte ich."

Etwas in ihrer Stimme veranlasste beide Harrisons, ihrem Gast ihre volle Aufmerksamkeit zuzuwenden.

„Etwas Unerfreuliches? Was war es?", fragte Marguerite, ohne den Hörer aus der Hand zu legen.

„Die Leiche einer Frau."

Die Harrisons sahen sich an. Selbst Marguerite verstummte kurz.

„Wie schrecklich", sagte sie schließlich. „Ist sie in den Graben gefallen?"

„Nein. Ich vermute, sie ist ermordet worden."

„Wie kommst du darauf?", fragte Miles, während Marguerite ein schrilles „Ermordet!" ausstieß.

„Ihr Gesicht war völlig entstellt", sagte Angela. Bei der Erinnerung daran wurde ihr ein wenig übel. „Ich glaube kaum, dass das durch einen Sturz passiert ist."

Marguerite sprach erneut in den Hörer. „Ich habe es mir anders überlegt. Verbinden Sie mich bitte mit der Polizei. Was soll das heißen, Sie können mich nicht durchstellen? Ach so. Ist das Mr Turner? Hallo, Mr Turner, ich bin's, Mrs Harrison. Sie müssen Ihre Leute schicken, um ein Auto aus dem Graben zu ziehen. Aber nicht jetzt. Nein, nein, es ist niemand ermordet worden. Sind Sie sicher, dass Sie mich nicht mit der Polizei verbinden können? Oh, verstehe. Ich melde mich wieder."

Sie hämmerte ungeduldig auf die Gabel, bis sie die Telefonistin in der Leitung hatte, die sie mit der Polizei verband.

„Vielleicht solltest du besser mit ihnen reden", meinte sie zu Angela gewandt.

Angela nahm den Hörer und sprach mit einem jungen Polizeibeamten, der bei der Aussicht auf einen echten Mordfall sofort hellwach wurde. Er hörte aufmerksam zu, als sie schilderte, was passiert war, und bat sie dann, genau zu beschreiben, wo sie die Tote gefunden hatten. Nein, es sei nicht nötig, dass Mrs Marchmont ihnen zeige, wo die Leiche liege - er kenne die Stelle genau. Er werde sofort mit dem Sergeanten sprechen und sich dann mit ein paar Männern auf den Weg zum Tatort machen. Ob Mrs Marchmont bitte so freundlich sein könne, bis morgen in der Gegend zu bleiben? Mrs Marchmont bestätigte, dass sie das gerne tun werde, und legte auf.

„Du siehst aus, als könntest du einen Brandy gebrauchen“, bemerkte Miles. „Komm, setz dich. Ich bringe dir einen.“

Angela folgte ihm bereitwillig in ein großes, gemütliches Wohnzimmer, das eindeutig Marguerites flatterhaften Einrichtungsstil widerspiegelte. Kein Sessel passte zum anderen: Ein paar hatten kurze Beine und voluminöse Polster, andere hatten hoch aufragende Rückenlehnen und unbequeme Sitzflächen. Auf kleinen, im Raum verteilten Tischen standen seltsam geformte Gegenstände aus Marguerites Skulpturensammlung. Sie stammten von aufstrebenden Künstlern, die sie unter ihre Fittiche genommen und nach Kräften gefördert hatte.

Überall lagen Bücher und Zeitschriften herum. An den Wänden hingen bunte Wandteppiche, von denen Marguerite die meisten vor einigen Jahren während einer kurz aufflackernden Leidenschaft für die Kunst des Webens selbst hergestellt hatte. Der Gesamteindruck war sehr charakteristisch und nicht unattraktiv.

Angela ließ sich mit einem dankbaren Seufzer auf ein Sofa sinken und nahm das Glas Brandy entgegen, das Miles ihr eingeschenkt hatte. Nach ein paar Schlucken fühlte sie sich viel besser und war in der Lage, Marguerites Fragen zu beantworten. Die Vorstellung, dass ganz in der Nähe ein Mord passiert war, beunruhigte die Harrisons sehr, aber beide waren sich einig, dass es sich höchstwahrscheinlich um die Tat eines Fremden handelte – vermutlich ein Mann, der mit seinem Mädchen gestritten und es schließlich im Zorn umgebracht hatte. Dann hatte er voller Panik ihr Gesicht so entstellt, dass niemand sie erkennen würde.

Angela überlegte gerade, ob sie Miles‘ Angebot annehmen und sich ein zweites Glas Brandy genehmigen sollte, als die Wohnzimmertür aufging und eine laute Stimme sagte: „Hallo allerseits!“

Die Stimme war die eines großen, rotwangigen Mannes in einem schäbigem Tweedanzug. An seiner Seite stand eine kleine Frau mit scharfem Blick, die Ähnlichkeit mit einem Vogel hatte. Als sie Angela sah, funkelten ihre Augen.

„Angela, meine Liebe!", rief sie.

„Cynthia, meine Liebe!" Marguerite stürzte sich auf die Neuankömmlinge und hüllte sie ebenfalls in eine Parfümwolke.

„Marguerite, Schätzchen!", begrüßte Cynthia Pilkington-Soames die Gastgeberin, zog mit Schwung ihren Mantel aus und warf ihn über eine Sessellehne. „Hol mir was zu trinken, Herbert", wies sie ihren Mann an und fuhr dann fort: „Was für eine schreckliche Fahrt! Wir haben uns bestimmt zehnmal verfahren. Was in aller Welt hat euch dazu gebracht, in einen derart gottverlassenen Winkel des Landes zu ziehen? Ich wette, im Umkreis von etlichen Meilen gibt es keinen einzigen anständigen Metzger! Oh, aber natürlich musstet ihr Geld sparen, nicht wahr, nachdem deine Skulpturenausstellung so furchtbar schlecht gelaufen ist? Schade, dass niemand deine Werke sehen wollte."

„Ja, aber es ist auch ausgesprochen erfrischend, alle Sorgen der Welt abzuschütteln und zu einem einfacheren Leben zurückzukehren", entgegnete Marguerite. „Ich habe festgestellt, dass man hier ganz weit weg von den Verlockungen und Versuchungen der Großstadt ist. Vielleicht solltest du das einmal probieren, meine Liebe. Es muss so unangenehm für dich sein, immer wieder an all deine Schulden erinnert zu werden. Du nimmst einen Chemmy, nicht wahr?"

Die beiden Frauen lächelten zuckersüß, während Herbert Pilkington-Soames sich in die sicheren Gefilde des Getränkeschranks zurückzog. Angela und Miles tauschten einen raschen Blick und Angela entschied sich für den zweiten Brandy.

„Wie schön, dass ich Sie endlich erwische!" Cynthia ließ sich neben Angela aufs Sofa sinken und tätschelte ihr das Knie. „Wir wollten immer noch das Interview für den Clarion machen, nicht wahr? Das hatten wir ja schon im Juli vor, aber dann haben Sie Ihren Besuch hier abgesagt und sind nach Cornwall gefahren, um sich von Ihrem Nervenzusammenbruch zu erholen."

„Ich hatte keinen Nervenzusammenbruch!", antwortete Angela mit mehr Nachdruck, als sie beabsichtigt hatte.

„Wie ich sehe, haben Sie sich prächtig erholt - ja, Sie blühen regelrecht auf. Es geht doch nichts über einen Urlaub an der See. Und natürlich ist Mr Bickerstaffe immer noch interessiert an diesem Interview. Ein Herausgeber sucht immer nach guten Themen. Wir werden uns morgen gemütlich unterhalten, nur Sie und ich."

Oh nein, das werden wir nicht, dachte Angela.

„Ist Freddy hier?" Cynthia sah sich suchend um.

„Noch nicht", antwortete Miles.

„Er hat versprochen, dieses Mal pünktlich zu sein", seufzte Cynthia. „Ich schwöre, meine Lieben, ich weiß einfach nicht, was ich mit dem Jungen machen soll. Ich wünschte, er würde endlich ein wenig gesetzter und beständiger werden. Aber einundzwanzig ist ja auch ein schwieriges Alter."

„Ich meine mich zu erinnern, dass achtzehn, neunzehn und zwanzig ebenfalls ein schwieriges Alter für ihn war", bemerkte Marguerite spitz.

„Ganz und gar nicht", erwiderte Cynthia empört. „Seine Gesundheit ist eben nicht sehr robust, daher kann er die Dinge nicht so anpacken wie andere." Sie lächelte selbstgefällig. „Aber ich habe genau das Richtige für ihn gefunden. Beim Clarion wird ein findiger junger Mann gesucht, und ich habe Freddys Namen ins Spiel gebracht. Ich glaube, er wäre ein hervorragender Reporter, finden Sie nicht auch?"

Angela war insgeheim der Ansicht, dass der verwöhnte Spross der Pilkington-Soames' höchstwahrscheinlich nach weniger als einer Woche im hohen Bogen hinausfliegen würde, hielt aber vorsichtshalber den Mund.

„Durch sein Zuspätkommen hat er eine Geschichte schon verpasst", meinte Marguerite. „Stimmt's, Angela?"

Angela hätte die Angelegenheit vorerst lieber ruhen lassen, also nickte sie nur stumm.

„Wieso? Ist etwas passiert?", fragte Herbert, der es sich mit einem großen Whisky gemütlich gemacht hatte.

„Das kann man wohl sagen", antwortete Marguerite. „Angela hatte auf dem Weg hierher einen Unfall und hat eine Frau überfahren."

„Ganz so war es nicht", setzte Angela an, aber Cynthias Augen funkelten bereits vor Aufregung.

„Sie haben eine Frau überfahren?", fragte sie mit schriller Stimme.

„Natürlich nicht", gab Angela zurück. „Wir sind beinahe im Graben gelandet und haben dort eine Leiche gefunden, das ist alles." Sie fügte dieses „das ist alles" in der Hoffnung hinzu, die Sache dadurch weniger sensationell erscheinen zu lassen, stellte aber verärgert fest, dass sie sich kalt und gefühllos anhörte.

„Es war aber nicht nur irgendeine Leiche, nicht wahr?", wandte Marguerite ein. „Angela glaubt, dass die Frau ermordet worden ist. Ihr Kopf war völlig zertrümmert, sagt sie."

„Nein!", hauchte Cynthia aufgeregt. „Wer war es? Ein eifersüchtiger Liebhaber?"

„Ich habe keine Ahnung." Mit einem flauen Gefühl in der Magengegend sah Angela die Chance, Cynthia und ihrer spitzen Feder zu entkommen, rapide dahinschwinden.

„War die Polizei schon hier?"

„Noch nicht", sagte Miles. „Ich nehme an, sie kommt später oder vielleicht morgen."

„Und man hat Sie wohl angewiesen, das Land vorerst nicht zu verlassen, nicht wahr, Angela?" Herbert lachte schallend. „Ob sie Ihnen die Schuld in die Schuhe schieben? Was meinen Sie?"

„Das will ich nicht hoffen", antwortete Angela höflich. Vom Brandy war ihr schwindelig, und sie stellte das Glas ab. Die Ereignisse der vergangenen Stunde holten sie langsam ein. „Wenn Sie nichts dagegen haben, würde ich mich gerne frisch machen und vielleicht ein wenig ausruhen."

„Aber natürlich, meine Liebe", sagte Marguerite. „Du siehst ja völlig erledigt aus, du armes Ding. Der Schock muss doch größerer gewesen sein, als du gedacht hast. Leg dich ein wenig hin, und in der Zwischenzeit wird Miles dein Gepäck holen."

„Wie bitte? Äh ja, natürlich", sagte Miles erstaunt.

„Danke, bis später." Angela ging hinaus.

Kapitel Drei

Zwei Stunden später kam Mrs Marchmont erfrischt aus ihrem Zimmer und ging die Treppe hinunter ins Wohnzimmer. Es war leer, abgesehen von einem gelangweilt aussehenden jungen Mann, der in einem Sessel lümmelte, rauchte und gähnte. Seine Miene erhellte sich, als er Angela sah.

„Hallo, Mrs M.", begrüßte er sie. „Wie ich höre, sind Sie schon wieder über ein paar Leichen gestolpert."

„Nur eine", widersprach Angela. „Hallo, Freddy. Wo sind die anderen?"

Freddy Pilkington-Soames zuckte gleichgültig die Achseln.

„Sie sagten, sie holen Ihre Sachen", erklärte er.

„Was, alle auf einmal? So viel Gepäck habe ich doch gar nicht."

„Na ja, Ihre Koffer sind natürlich nur ein Vorwand, nicht wahr? Um sich die Leiche anzusehen", sagte er.

„Oh, nein!" Angela war entsetzt.

„Ich glaube, Miles und Vater waren nicht besonders begeistert", fügte er hinzu, „aber Sie kennen ja Mutter. Sie hat immer Angst, etwas zu verpassen, und wenn Mutter geht, um sich die Leiche anzusehen, muss Marguerite natürlich auch hin."

Das konnte sich Angela nur zu gut vorstellen.

„Die Polizei wird nicht gerade erfreut sein über eine ganze Horde Schaulustiger", sagte sie.

„Oh, vermutlich sind sie bald zurück, nachdem ihnen die Polizei gründlich den Kopf gewaschen hat", stimmte Freddy zu. „Mit etwas Glück denken sie sogar daran, Ihre Taschen und Koffer mitzubringen. Wären Sie so nett, mir ein Glas Whisky einzuschenken? Ich habe eine halbe Stunde gebraucht, um in diesem Sessel eine bequeme Position zu finden, und wenn ich aufstehe, muss ich wieder von vorne anfangen."

Angela zog die Augenbrauen hoch, schenkte ihm aber kommentarlos ein und reichte ihm das Glas. Er trank einen Schluck, dann seufzte er zufrieden.

„Ich hätte gedacht, dass Cocktails eher Ihr Ding sind", bemerkte Angela.

„Oh, für so etwas bin ich inzwischen zu alt", antwortete er leichthin.

„Was? Mit zwanzig?", lachte Angela.

„Einundzwanzig, wenn ich bitten darf", korrigierte er sie. „In den besten Mannesjahren fängt man an, das Leben ein wenig ernster zu nehmen."

„Ach ja?"

„Ja", bekräftigte Freddy. „Bis jetzt war mein Leben das eines Kindes, aber ich denke, es ist an der Zeit, dass ich meinen Platz in der Welt einnehme und ein wenig erwachsen werde."

„Ah, ja. Wie ich höre, hat Ihre Mutter einen Job für Sie gefunden."

Freddy winkte würdevoll mit der Hand.

„Ja", sagte er. „Sie sehen den neuen Starreporter des Clarion vor sich. Ich werde die Herrschaften dort aufrütteln und ihnen begreiflich machen, dass sich die Zeiten geändert haben. Sie können nicht ewig so weitermachen. Wir jungen Leute sind nicht auf den Kopf gefallen, und wir werden der alten Garde zeigen, wo es langgeht. Ich rechne fest damit, in ein, zwei Jahren zum Redakteur befördert zu werden. Der alte Bickerstaffe ist bald reif, er muss mindestens vierzig sein. Höchste Zeit, dass er in Rente geht. In seinem Alter sollte man die Dinge langsamer angehen lassen."

Er lehnte sich behaglich in den Kissen zurück.

„Dann hätten Sie die anderen besser begleitet", merkte Angela an. „Ist die Entdeckung einer Leiche nicht eine Geschichte wert?"

Er verzog angewidert das Gesicht.

„Ach, das ist doch furchtbar banal, finden Sie nicht? Es lohnt sich kaum, sich damit zu beschäftigen. Ein grober Kerl schlägt seiner Freundin in einem Wutanfall auf den Kopf und wirft sie aus dem Auto - so etwas passiert alle Tage. Nein, ich werde mich auf die wirklich wichtigen Geschehnisse konzentrieren."

„Was könnte wichtiger sein als ein Mord?"

Freddy zögerte einen Moment lang.

„Nun, man könnte durchaus sagen, dass ein Mord in gewisser Hinsicht für die Öffentlichkeit interessant ist", räumte er schließlich ein, „aber ich interessiere mich mehr für die wirklich sensationellen Geschichten - Sie wissen schon, wenn Lady So-und-so ihren Liebhaber in einem Eifersuchtsanfall erschießt und dann von ihrem Dienstmädchen erpresst wird. Das klingt so viel besser, wenn man es aufschreibt."

„Ja, aber solche Fälle kommen sicher nicht häufig vor", meinte Angela. „Sie können doch nicht erwarten, dass

Lady So-und-so ständig ihre Liebhaber erschießt, nur damit Sie davon berichten können.“

„Wahrscheinlich nicht“, sagte Freddy. „Jedenfalls will ich allen zeigen, wie man es macht. Ich werde nicht wie ein gemeiner Schnüffler eine Fährte aufnehmen und nach Chelmsford oder Maidenhead oder Huddersfield hetzen, um ganze Scharen von Bewohnern zu befragen, die vor Staunen den Mund nicht mehr zukriegen. Nein, ich bleibe abseitsstehen und lasse in aller Ruhe den Blick schweifen. Und wenn ich alle erforderlichen Informationen aufgenommen und meine außergewöhnlichen Geisteskräfte auf die Angelegenheit gerichtet habe, werde ich mich zielsicher auf die wichtigsten Fakten konzentrieren, mir ein oder zwei Notizen machen und dann nach Hause gehen und tausend Worte in so eleganter und ergreifender Prosa verfassen, dass meine Kollegen vor Freude und Neid zu weinen beginnen und Mr Bickerstaffe auf der Stelle seinen Stuhl räumt.“

Er hielt genüsslich inne und trank einen weiteren Schluck Whisky.

„Dann warte ich gespannt auf Ihren ersten Artikel“, sagte Angela.

„Tun Sie das. Ich versichere Ihnen, Sie werden nicht enttäuscht sein. Oh, sie sind wieder da.“

Miles‘ alter Wagen war in die Einfahrt eingebogen. Er hielt vor dem Haus und kurz darauf hörte man Stimmen in der Halle. Cynthia kam als Erste ins Wohnzimmer.

„Oh, Sie sind wach, Angela“, sagte sie. „Wir haben Ihr Gepäck geholt.“

Mit einem Eifer, der seine frühere Gleichgültigkeit Lügen strafte, fragte Freddy: „Nun, und? Was gibt es Neues? War die Polizei da? Hast du die Leiche gesehen?“

Cynthia verzog kopfschüttelnd das Gesicht.

„Nein, leider nicht. Die Polizei hat uns nicht gelassen,

obwohl ich gesagt habe, dass ich vom Clarion komme. Wenn man die Polizisten hört, könnte man meinen, wir hätten nur gaffen wollen. Unerhört! Wir würden nicht im Traum daran denken, so etwas Vulgäres zu tun!"

„Ganz genau, mein Liebe", bestätigte Marguerite, die gerade hereinkam. „Wie empörend! Der Wachtmeister besaß sogar die Frechheit, zu sagen, dass wir kein Recht hätten, dein Gepäck mitzunehmen, Angela. Er meinte, es sei ein wichtiges Beweismittel, das er zurückhalten müsse."

„Oh nein!", rief Angela erschrocken.

„Keine Sorge - Miles hat ihn schließlich überredet, es uns mitzugeben. Allerdings glaube ich, dass wir morgen Besuch von der Polizei bekommen."

„Ja", sagte Herbert und lachte herzhaft. „Ich hoffe, Sie haben sich eine glaubhafte Geschichte zurechtgelegt, Angela."

„Ich wüsste nicht, was ich den Beamten erzählen sollte. Sie haben den Tatort ja gesehen und können sich selbst einen Reim darauf machen."

„Ist dir irgendetwas aufgefallen?", fragte Miles. „Irgendwelche Spuren, die auf den Täter hinweisen könnten?"

Angela schüttelte den Kopf.

„Wohl kaum", sagte sie. „Als wir erkannt hatten, was da lag, haben wir uns so schnell wie möglich entfernt. Es war nicht gerade ein erfreulicher Anblick. Wobei mir einfällt – ich sollte nachsehen, wie es William geht."

„Deinem gutaussehenden Chauffeur?", fragte Marguerite. „Ich habe ihn in Hannahs Obhut gegeben. Sie war überglücklich. Als wir hereinkamen, sah ich die beiden in der Küche flirten. Es sollte mich nicht wundern, wenn wir heute Abend nichts zu essen bekommen."

„Oh, das freut mich", sagte Angela, allerdings war nicht klar, was sie mehr erleichterte: dass William in guten

Händen war oder dass sie womöglich auf Hannahs zweifelhafte Kochkünste verzichten mussten.

In diesem Moment ertönte aus der Eingangshalle das schrille Läuten des Telefons. Marguerite eilte hinaus, um das Gespräch anzunehmen.

„Das war Gilbert", erklärte sie, als sie zurückkam. „Er hat von unserem kleinen Abenteuer gehört und will wissen, ob die Polizei schon herausgefunden hat, wer von uns es war."

„Ach du meine Güte." Angela staunte nicht schlecht. „Wie schnell sich Nachrichten hier herumsprechen! Wie hat er davon gehört?"

„Ich weiß es nicht, aber er klang schrecklich neugierig. Er und Lucy werden nach dem Essen vorbeikommen."

„Lucy?", wiederholte Angela. „Meinst du Lucy Syms? Ich habe sie auf dem Weg hierher kennengelernt, kurz bevor wir von der Straße abgekommen sind. Wir hatten uns im Nebel verirrt, und sie hat uns erklärt, wie wir fahren sollten. Sie saß auf einem Pferd."

„Das kann nur Lucy gewesen sein", sagte Miles. „Sie liebt Pferde. Sie ist mit Gilbert Blakeney verlobt. Ein furchtbar vernünftiges Mädchen. Sie wird ihm guttun."

„Ich glaube, du hast schon mal von Gilbert erzählt. Ist er dein ehemaliger Armeekamerad?"

„Ja, das ist er. Er, Herbert und ich, wir waren zusammen in Passchendaele. Armer Gil: Für ihn war das Leben in der Armee genau das Richtige. Er liebte das Reisen und das Marschieren - ich glaube, er mochte sogar die primitiven Unterkünfte und das schreckliche Essen. Aber dann ist kurz nach Kriegsende sein Vater gestorben, und da haben alle von ihm erwartet, dass er seine Pflicht erfüllt, sich hier niederlässt und das Gut übernimmt."

„Welches Gut ist das?"

„Blakeney Park, drüben bei Hazlett St. Peter. Es ist ein

riesiges Anwesen, das seit Jahrhunderten im Besitz seiner Familie ist, glaube ich, und das Ganze gehört Gil, bis zum letzten Grashalm. Obwohl er nicht gerade glücklich darüber ist!"

„Oh?", sagte Angela.

„Ja, er weiß, dass er keinen Sinn fürs Geschäftliche hat, das liegt ihm einfach nicht. Anfangs haben sich alle die Haare gerauft, nachdem er das Erbe angetreten hat - vor allem seine Mutter. Er schien sich der Verantwortung nicht gewachsen zu fühlen, verschwand wochenlang, und wenn er zurückkehrte, sah er elend aus, blieb tagelang im Bett und weigerte sich, aufzustehen."

„Der Krieg hat vielen Männern zugesetzt", bemerkte Herbert nüchtern.

„Stimmt", pflichtete Miles ihm bei, „aber ich dachte immer, dass es bei Gil eher das Kriegsende war, das ihm zu schaffen machte. Die Leitung des Guts zu übernehmen, das war eine Nummer zu groß für ihn. Er bringt einfach nicht die nötigen Voraussetzungen mit."

„Nein, er ist nicht besonders helle, nicht wahr?", warf Cynthia wenig charmant ein. „Ehrlich gesagt wundert es mich, dass Lady Alice ihm den Laden überlassen hat. Er hat ständig irgendwelche Pläne, die zwar gut gemeint, aber allesamt zum Scheitern verurteilt sind. Ich hätte gedacht, dass das Anwesen keine drei Jahre überlebt."

Miles sah sie missmutig an.

„Auf jeden Fall", fuhr er fort, „ist er jetzt mit Lucy verlobt. Sie kennen sich schon seit ihrer Kindheit. Sie ist ein heller Kopf und wird dafür sorgen, dass er keinen Unfug treibt. Es sollte mich nicht wundern, wenn sie die Leitung des Anwesens selbst übernimmt."

„Ich frage mich, wie sie und Gilberts Mutter miteinander auskommen", sagte Cynthia. „Ich glaube, Lady Alice mag sie nicht besonders. Lucy neigt dazu, ihren lieben Sohn herumzukommandieren. Das lässt sich kaum mit der Familienehre vereinbaren!"

„Oh, wusstest du das nicht, meine Liebe? Die Verlobung war ursprünglich Lady Alice' Idee", meinte Marguerite.

„Nein!", sagte Cynthia ungläubig.

„Oh doch. Es stimmt zwar, dass sie und Lucy sich nicht ausstehen können, aber Lady Alice war klug genug zu erkennen, dass Lucy die ideale Frau für Gil ist. Schließlich wird sie selbst nicht jünger und der Gedanke, dass sie sterben könnte, bevor der Fortbestand der Familie gesichert ist, hat sie ganz nervös gemacht. Lucy stammt aus einer alteingesessenen Familie, weißt du …", fuhr Marguerite zu Angela gewandt fort, „… manche Leute legen großen Wert auf so etwas, obwohl ich selbst nichts davon halte - ich persönlich finde, dass ein bisschen frisches Blut einer Abstammungslinie guttut -, aber Lady Alice wollte nur den besten Stammbaum für das Anwesen der Blakeneys."

„Dann sind die Blakeneys also eine Adelsfamilie?", fragte Angela.

„Nein", antwortete Marguerite, „obwohl Lady Alice eine Tochter des Herzogs von Stoke war. Er hatte sechs Töchter, glaube ich, und keine besaß auch nur einen Penny. Ihr Vater war ein schrecklicher alter Wüstling, der sein ganzes Geld und das seiner Frau verprasst hat und einen Berg Schulden hinterlassen hat, als er starb. Lady Alice musste zusehen, wie sie zurechtkam, und hatte das Glück, sich mit Gilbert Blakeney *père* zusammenzutun, der ein gutes Stück älter war als sie. Gil ist ihr einziges Kind. In letzter Zeit scheint sie jedoch von dem Gedanken wie besessen zu sein, die Familie fortzuführen und dafür zu sorgen, dass das Gut an den nächsten Blakeney von tadelloser Herkunft weitergegeben wird. Es ist wirklich seltsam, da sie ja nur in die Familie eingeheiratet hat."

„Vielleicht ist es eine Art Ersatz", gab Angela zu bedenken, „da ihr Vater seinen eigenen Besitz verloren hat."

„Außerdem neigen die Leute dazu, im Alter ein bisschen schrullig zu werden", spöttelte Cynthia.

„Ich würde Lady Alice kaum als schrullig bezeichnen", meinte Miles. „Sie scheint mir völlig klar im Kopf zu sein."

„Ach, die sind oft die Schlimmsten", sagte Herbert düster. „Die, die am gesündesten scheinen, sind oft völlig irre, wenn man genau hinsieht."

„Ist Gilbert ebenso wie seine Mutter darauf bedacht, eine Frau aus gutem Hause zu heiraten?"

„Nun, er und Lucy kommen nachher vorbei, dann kannst du ihn selbst fragen", sagte Miles.

Kapitel Vier

GILBERT BLAKENEY WAR EIN STATTLICHER, etwa fünfunddreißig Jahre alter Mann mit blonden Haaren, der sicherlich nicht der Hellste war, seinen Mangel an Intelligenz jedoch durch seine Freundlichkeit wettmachte - und durch sein offenkundiges Bemühen, allen zu gefallen. Als er Mrs Marchmont vorgestellt wurde, umklammerte er ihre Hand mit eisernem Griff und schüttelte sie begeistert. Dabei errötete er und strahlte sie an, als sei es seit jeher sein sehnlichster Wunsch gewesen, sie kennenzulernen, und könne nun glücklich sterben, nachdem er ihr endlich persönlich begegnet war.

„Ich habe natürlich alles über Sie in der Zeitung gelesen", schwärmte er. „Ich muss schon sagen, diese Detektivarbeit klingt sehr spannend. Wie gehen Sie dabei vor? Ruft die Polizei Sie zu Hilfe?"

Angela erklärte ihm geduldig, dass sie keine Detektivin sei und dass die Polizei sie keineswegs einschaltete, sondern sie eher als ein gewaltiges Ärgernis betrachtete. Er nickte zwar, aber sie sah, dass er nicht zuhörte – wie die meisten Leute.

Seine nächste Frage war also nur folgerichtig. „Werden Sie diesen neuen Fall untersuchen?", wollte er wissen. „Sie haben die Leiche gefunden, nicht wahr?"

„Ja - oder besser gesagt war es mein Chauffeur, der sie zuerst gesehen hat."

„Wie ich gehört habe, war ihr Gesicht bis zur Unkenntlichkeit entstellt", mischte Lucy sich ein. „Was meinen Sie, wer das getan hat?"

„Vermutlich dieselbe Person, die sie getötet hat", erwiderte Angela.

„Ziemlich unvorsichtig von dem Mörder, sie dort liegen zu lassen, wo man sie so schnell finden würde."

„Nein, er war nicht unvorsichtig", widersprach Angela. „Tatsächlich war es reiner Zufall, dass die Leiche überhaupt gefunden wurde. An dieser Stelle ist der Graben auf beiden Seiten von dichtem Gestrüpp gesäumt, sodass sie weder von der Straße noch von dem Feld auf der anderen Seite aus zu sehen war. Wären wir nicht von der Straße abgekommen, hätte sie ewig dort liegen können, ohne jemals entdeckt zu werden."

„Was für ein Pech für den Mörder, dass ausgerechnet eine Detektivin die Leiche gefunden hat", bemerkte Freddy.

„Ich bin keine Detektivin", erklärte Angela erneut. „Ich habe nichts mit der ganzen Sache zu tun, ich bin nur zufällig über die Leiche gestolpert. Vermutlich wird die Polizei den Täter bald fassen, wenn die Frau erst einmal identifiziert ist. Ich frage mich, wer sie wohl war."

Vor ihrem inneren Auge sah sie das leblose Bündel aus Kleidung und Gliedmaßen vor sich, das einmal ein Mensch gewesen war. Den schicken, aber billigen blauen Mantel und die abgetragenen Schuhe. Die blutige Masse, wo ihr Gesicht gewesen war, umgeben von einem Heiligenschein aus goldenem Haar. Was für ein Mensch war sie?

War sie schön gewesen? Wer hatte sie geliebt? Und wer war ihrer dann vermutlich überdrüssig geworden und wollte sie auf diese Weise loswerden? Zweifellos war es die übliche Geschichte, und über den Mann, der sie getötet hatte, würden bald ein paar kümmerliche Zeilen im Clarion erscheinen, wenn ihm der Prozess gemacht wurde. Es war alles furchtbar traurig.

Die beiden Besucher blieben noch auf ein paar Drinks und der Abend ging erst weit nach Mitternacht unter Lärm und Gelächter zu Ende. Angela schlief in dieser Nacht schlecht, doch als sie spät am nächsten Morgen ins Esszimmer kam, saßen die anderen noch beim Frühstück – mit Ausnahme von Freddy, der vermutlich im Bett lag.

„Hallo, Liebes", begrüßte Marguerite sie. „Nimm dir Kaffee und Eier. Herbert hat alle Muffins aufgegessen, fürchte ich."

„Tut mir leid, Angela", sagte Herbert. „Dann müssen Sie morgen eben früher aufstehen."

„Sergeant Spillett hat vor ein paar Minuten angerufen", berichtete Miles, der sich gerade Butter auf eine Scheibe Toast strich. „Er ist unterwegs hierher, weil er mit dir über die Frau am Wassergraben sprechen will. Vermutlich wird er auch deinen Chauffeur befragen."

„Aber nachher müssen Sie uns unbedingt alles erzählen", meldete Cynthia sich zu Wort. „Das macht meinen Artikel für den Clarion umso interessanter. Unsere Leser lieben so etwas."

Angela stellte resigniert fest, dass sie Cynthia nicht entkommen würde, aber sie war fest entschlossen, so wenig wie möglich preiszugeben. Allein der Gedanke, dass ihre Lebensgeschichte in den Zeitungen breitgetreten werden sollte, erfüllte sie mit Schrecken. Sie erwiderte nichts, sondern nahm sich einen Kaffee und fing vorsorglich an, sich ein paar nützliche Lügen auszudenken, die man getrost veröffentlichen konnte und die sie hoffentlich nicht in allzu große Verlegenheit bringen würden.

Kaum dass sie mit dem Frühstück fertig war, teilte man ihr mit, die Polizei sei eingetroffen und wolle sie so bald als möglich sprechen. Sie stand sofort auf.

„Sehen Sie, ob Sie etwas herausfinden können!", zischte Cynthia ihr hinterher.

Im kleinen Empfangszimmer hatte William bereits Platz genommen. Er schien sich äußerst unbehaglich zu fühlen, wie er da auf einem Sessel mit steifer Rückenlehne saß. Außer ihm waren noch zwei uniformierte Polizeibeamte anwesend, ein grauhaariger Sergeant mit einem buschigen Schnurrbart und ein pickliger junger Mann, der ein Notizbuch so linkisch in der Hand hielt, als wisse er nicht, was er damit anfangen sollte. Die drei Herren erhoben sich bei ihrem Eintreten.

„Mrs Marchmont, nehme ich an?", begrüßte der ältere Polizist sie. „Ich bin Sergeant Spillett und dies hier ist Police Constable Bass."

P.C. Bass murmelte etwas Unverständliches und dann setzten sich alle.

„Wie ich höre, wollen Sie uns wegen der armen Frau befragen, die wir gestern gefunden haben", begann Angela. „Ich bin mir jedoch nicht sicher, dass wir etwas Aufschlussreiches beizutragen haben."

„Vielleicht nicht", erwiderte der Sergeant gleichmütig. „Wir sind noch dabei, die Fakten zusammenzutragen, und wer weiß, möglicherweise haben Sie etwas gesehen, dem Sie zunächst keine Bedeutung beigemessen haben, das sich aber im Nachhinein als wichtig erweist."

„Vermutlich ist die Leiche abtransportiert worden?"

Der Sergeant nickte.

„Ja, das haben wir gestern Abend noch veranlasst. Schließlich konnten wir sie nicht über Nacht im Freien liegen lassen, nicht wahr? So viel Respekt sind wir ihr schuldig. Sie befindet sich im Leichenschauhaus in Littlechurch."

„Hat sie lange am Graben gelegen? Ich habe nur einen raschen Blick auf die Frau geworfen, aber ich hatte den Eindruck, dass sie erst vor Kurzem dort abgelegt worden war."

„Ja, der Zustand der Leiche lässt darauf schließen, dass sie nicht lange unter freiem Himmel gelegen hat. Außerdem war ihre Kleidung nicht arg in Mitleidenschaft geraten, wenn man von dem Dreck absieht, den sie auf dem Weg die Böschung hinunter mitgenommen hat." Er nahm seinerseits ein Notizbuch zur Hand und blätterte darin. „Also, ich wüsste gerne von Ihnen, unter welchen Umständen Sie die Tote gefunden haben. Nach allem, was mir Mr Harrison erzählt hat, hatten Sie gestern ein kleines Missgeschick."

Er sah die beiden erwartungsvoll an. Angela forderte ihren Chauffeur mit einer Kopfbewegung auf, anzufangen, und William berichtete sichtlich verlegen von der Schafherde auf der Straße, dem Nebel und der Entdeckung der Leiche.

Spillett nickte mitfühlend.

„Aha, so sind Sie also auf dem Abhang gelandet. Ja, der Nebel ist in dieser Gegend tückisch, da ist Vorsicht geboten. Hoffentlich ist niemand verletzt?"

„Nein, uns ist nichts passiert", beruhigte Angela ihn. „Wir haben nur einen ordentlichen Schrecken bekommen."

„Nun, das wäre also geklärt", meinte der Sergeant. „Haben Sie jemanden, der Ihren Wagen auf die Straße zieht?"

„Ich glaube, Mr Harrison hat mit einem Mr Turner in Littlechurch gesprochen."

„Ja, das ist der Richtige", meinte Spillett. „Er wird sich darum kümmern."

„Er ist mein Onkel", meldete sich P.C. Bass unvermutet zu Wort und errötete heftig.

„Also, weiter im Text", fuhr der Sergeant fort. „Sind Sie auf dem Weg hierher jemandem begegnet oder haben Sie jemanden gesehen? Vielleicht ein weiteres Auto? Oder einen Mann, der die Straße entlangging?"

„Nein", antwortete Angela. „Die Einzige, die wir gesehen haben, war Lucy Syms auf ihrem Pferd. Wir hatten uns verfahren und sie hat uns gesagt, wie wir nach Gipsy's Mile kommen."

„Aha, Miss Syms! Notieren Sie das, Sam. Wir müssen sie ebenfalls befragen, möglicherweise hat sie jemanden gesehen. Also", fuhr er fort, „Sie sagen, Sie haben nur einen kurzen Blick auf die Leiche geworfen, aber neugierig, wie wir Menschen nun mal sind, könnte ich mir vorstellen, dass so mancher sich die Tote genauer angesehen hätte – selbstverständlich mit den besten Absichten. Sind Sie ganz sicher, dass Sie sie nicht berührt haben? Keiner von Ihnen? Um den Puls zu fühlen und sich zu vergewissern, dass ihr nicht mehr zu helfen ist? Das könnte man Ihnen nicht zum Vorwurf machen ..."

Angela schüttelte entschieden den Kopf.

„Oh nein, als wir sie sahen, wussten wir sofort, dass sie tot ist."

William nickte zustimmend.

„Ich hatte überlegt, ob wir sie nach oben zur Straße tragen sollten", gab er zu. „Ich fand es schlimm, sie einfach dort liegen zu lassen, aber Mrs Marchmont meinte, wir dürften keine Spuren verwischen."

„Und damit hatte sie natürlich recht", lobte Spillett.

„Ich habe mir die Frau einen Moment angesehen und mich gefragt, wer sie war", räumte Angela ein, „aber eingehend betrachtet habe ich sie nicht. Es war kein erfreulicher Anblick.“

„Sie haben sie also nicht erkannt?“

„Nein, ich habe keine Ahnung, wer sie ist.“

„Ich auch nicht“, sagte William.

„Der Täter wollte auf jeden Fall sichergehen, dass man sie nicht erkennt“, erklärte Spillett, „vermutlich, weil ihre Identität uns geradewegs auf seine Spur führen würde.“

„Hatte sie keine Handtasche dabei?“, fragte Angela.

„Bis jetzt konnten wir keine finden und in ihren Manteltaschen war auch nichts, das uns hätte weiterhelfen können. Sie hatte nicht einmal einen Hut auf.“

„Das stimmt, sie trug keinen Hut“, sagte Angela nachdenklich. „Warum wohl?“

„Vielleicht hat der Mörder ihn mitgenommen. Wie dem auch sei: Wir müssen nur noch herausfinden, wer sie war, und dann haben wir unseren Mann.“

„Wissen Sie, wie sie gestorben ist?“, fragte Angela. „Da war nicht viel Blut, daher war sie vermutlich tot, als der Mörder ihr das Gesicht zerschmettert hat.“

„Das wissen wir noch nicht“, erwiderte der Sergeant, „aber der Polizeiarzt wird uns sicher bald Näheres sagen. Haben Sie alles notiert, Sam?“

P.C. Bass nickte eifrig.

„Nun, ich denke, das ist für den Moment alles“, sagte sein Vorgesetzter. „Wir lassen Sie jetzt in Ruhe, aber Sie geben uns Bescheid, wenn Ihnen etwas einfällt, das uns weiterhelfen könnte, nicht wahr?“

„Selbstverständlich“, versprach Angela.

Sie kehrte ins Wohnzimmer zurück, wo die anderen bereits auf sie warteten.

„Und?“, fragte Cynthia, kaum dass sie die Tür hinter sich geschlossen hatte. „Was haben die Polizisten gesagt? Haben Sie etwas aus ihnen rausholen können?“

„Überhaupt nichts. Es sieht so aus, wie wir vermutet haben. Die Polizei weiß immer noch nicht, wer die Tote ist, aber man geht davon aus, dass der Täter schnell gefasst wird, sobald man sie identifiziert hat."

„Oh ja", meinte Marguerite, „wahrscheinlich steckt ein Ehemann oder ein verschmähter Liebhaber dahinter. Nun, meine Lieben, da wir gestern alle ein bisschen zu viel getrunken haben, würde ich einen kleinen Spaziergang empfehlen, um einen klaren Kopf zu bekommen. Was meint ihr?"

Ihr Vorschlag fand allgemeine Zustimmung und bald schwärmten die Gäste aus, um Mäntel und festen Schuhe zu holen. Angela wollte ihnen gerade folgen, als Freddy, den die Sonne aus dem Bett gescheucht hatte, ins Esszimmer gestolpert kam.

„Was ist das für ein Lärm?", fragte er und unterdrückte ein Gähnen. „Wie um alles in der Welt soll man bei diesem Krach schlafen?"

„Es ist fast elf Uhr", sagte Angela.

„Genau! Viel zu früh zum Aufstehen. Ehrlich, das Landleben ist nichts für mich, wenn das bedeutet, dass man vor dem Mittagessen aufstehen muss. War das übrigens die Polizei, die ich eben von meinem Fenster aus gesehen habe?" Als Angela seine Vermutung bestätigte, fuhr er fort: „Was für umtriebige Burschen! Wahrscheinlich haben die beiden Herren Ihnen jede Menge unverschämte Fragen gestellt."

„Oh nein, Sie waren sehr höflich."

„Ich muss schon sagen: Die ganze Sache verhagelt mir das Wochenende, obwohl Mutter sicher begeistert ist. Eine Leiche praktisch vor der eigenen Haustür! Man soll ja nicht schlecht von seinen Eltern reden, aber sie ist ziemlich vulgär, meinen Sie nicht auch?"

„Jedenfalls scheint sie ein untrügliches Gespür für gute

Geschichten zu haben", bemerkte Angela spitz, „und das kommt ihr in ihrer Branche sicher zugute."

„Sie ist eine Amateurin", meinte Freddy großspurig, „aber sie hat es auf Sie abgesehen, nicht wahr? Es juckt ihr geradezu in den Fingern, über Sie zu schreiben und dem alten Bickerstaffe zu beweisen, dass sie das Zeug zu einer echten Reporterin hat."

„Aber warum? Ich bin überhaupt nicht interessant."

„Ach, kommen Sie!", rief Freddy. „Es ist doch allgemein bekannt, dass Sie eine dunkle, aufregende Vergangenheit haben und schwören mussten, kein Sterbenswörtchen darüber zu verlieren, so lange Sie leben."

„Ach, tatsächlich?"

„Aber ja! Bis jetzt weiß niemand, was Sie all die Jahre in Amerika gemacht haben. Mutter ist überzeugt, dass es etwas Zwielichtiges war."

„Etwas Zwielichtiges? Meinen Sie Drogenhandel, Auftragsmord oder etwas in der Art?", fragte Angela lachend. Sie fand es faszinierend, welche Gerüchte über sie im Umlauf waren.

„Na ja, so zwielichtig nun auch wieder nicht." Freddy schien sich nicht ganz wohl in seiner Haut zu fühlen. „Aber es muss etwas sehr Geheimnisvolles gewesen sein. Mutter hat sich fest vorgenommen, Ihnen die Wahrheit zu entlocken, also sollten Sie sich in Acht nehmen."

„Da gibt es nichts zu entlocken", erwiderte Angela. „Mein Leben in den Staaten war größtenteils sehr langweilig und banal. Ich werde ihr von all den Wohltätigkeitsvereinen erzählen, bei denen ich in New York im Vorstand gesessen habe. Dann wird sie bereuen, dass sie mich jemals um ein Interview gebeten hat."

Sie lief nach oben in ihr Zimmer, zog sich ein Paar

feste Schuhe an und ging dann wieder nach unten, wo die anderen auf sie warteten.

„Kommst du nicht mit, Freddy?", fragte sein Vater.

„Du liebe Güte, nein!", rief Freddy entgeistert. „Ich habe noch nicht gefrühstückt. Ich brauche mindestens zwei Tassen Kaffee und drei Zigaretten, bevor ich dem Tag ins Auge sehen kann. Nein, geht ihr nur. Ich bleibe hier und empfange eventuelle Besucher."

„Angela, meine Liebe", sagte Cynthia, als sie hinausgingen. „Auf unserem Spaziergang müssen Sie mir unbedingt alles erzählen. Unsere Leser wollen jedes Detail über Ihr Leben in Amerika wissen. Ich habe gehört, dass Sie eine Waffe tragen. Stimmt es, dass Buffalo Bill Sie für seine Show haben wollte?"

Sie packte Angela am Arm und zog sie unerbittlich mit. Angela warf einen Blick zurück und sah Freddy grinsend auf der Türschwelle stehen. Er lüpfte einen imaginären Hut zum Gruße und schloss die Haustür.

Kapitel Fünf

INSPECTOR ALEC JAMESON saß stirnrunzelnd an seinem Schreibtisch. Er verfasste gerade einen Bericht über einen Fall, den er vor Kurzem erfolgreich abgeschlossen hatte. Da er Papierkram grundsätzlich nicht ausstehen konnte, hatte er schlechte Laune. Alles in allem hatte er bei diesem letzten Fall ganz gut abgeschnitten, dachte er - gut genug, um vielleicht sogar seinem chronisch mürrischen Vorgesetzten ein Lächeln ins Gesicht zu zaubern. Den Bericht zu schreiben würde sich also am Ende lohnen, auch wenn er dafür seinen Samstagmorgen opfern musste.

Endlich notierte er mit einem Seufzer der Erleichterung den abschließenden Satz, setzte schwungvoll seinen Namen darunter und begann, den Bericht noch einmal gründlich durchzusehen. Erst da stellte er zu seinem Ärger fest, dass er von der ersten bis zur letzten Seite die Namen des Bandenchefs und des Hauptzeugen verwechselt hatte. Und es waren viele Seiten! Leise fluchend begann er, mühsam jeden Namen durchzustreichen und durch den richtigen zu ersetzen, doch das sah schrecklich aus. Sein Chef wäre nicht begeistert, wenn er ihm dieses

Geschmiere vorlegte. Jameson seufzte, nahm sich ein leeres Blatt Papier und fing an, den Bericht abzuschreiben, diesmal mit den richtigen Namen.

Er war fast mit der ersten Seite fertig, als das Telefon auf seinem Schreibtisch läutete. Er nahm den Hörer ab.

„Jameson am Apparat", meldete er sich. Sein Sergeant Willis hatte gerade den Raum betreten, um eine Akte abzuliefern, und Jameson gab ihm ein Zeichen zu bleiben, während er lauschte, was sein Gesprächspartner am anderen Ende der Leitung berichtete.

„Wo ist das? In Littlechurch?", fragte der Inspector. „Können die Leute vor Ort sich nicht darum kümmern? Das klingt nicht nach einem Fall für uns. Ach so, ich verstehe. Wie bitte? Wer hat sie gefunden, sagten Sie? Na so was … Nein, nein, nichts. Also gut, Willis und ich fahren sofort los. Wir werden so schnell wie möglich dort sein."

Er legte den Hörer auf und wandte sich an den höflich wartenden Sergeanten, dessen Augenbrauen während des Gesprächs Stück für Stück nach oben gewandert waren.

„Wir müssen runter nach Kent", sagte Jameson. „Kennen Sie die Romney Marsh?"

„Ich war ein- oder zweimal in Hastings", sagte Willis, „aber das war's auch schon. Was gibt's?"

„Man hat eine Frau in einem Graben gefunden, mit eingeschlagenem Kopf."

„Eigentlich nicht auf unserer Linie, oder?", bemerkte der Sergeant.

„Man ist sich nicht im Klaren, wie sie gestorben ist", erklärte Jameson. „Der Schlag auf den Kopf erfolgte nach dem Tod."

„Strangulation?", schlug Willis vor.

„Anscheinend nicht. Für heute ist eine vollständige Obduktion angeordnet, aber in der Zwischenzeit wollen sie, dass wir hinfahren und uns die ganze Sache ansehen. Und dann ist da noch etwas", fuhr er fort.

„Und das wäre?"

„Die Leiche wurde von Angela Marchmont gefunden, die zufällig Freunde in der Gegend besucht."

Sergeant Willis schürzte die Lippen und stieß einen überraschten Pfiff aus.

„Mrs Marchmont? Na sieh mal einer an! Sie hat wirklich ein Talent dafür, ständig über Verbrechen zu stolpern."

„So scheint es", stimmte Jameson zu. „Wenn ich Mrs Marchmont nicht kennen würde, wäre mein erster Gedanke, dass wir es mit einer mordlustigen Verrückten zu tun haben, aber ich glaube, es war einfach Pech, dass sie in letzter Zeit in ein paar berühmt-berüchtigte Fälle verwickelt war."

„Oder es war Glück, Sir."

„Was meinen Sie damit?"

„Nun, ihr Name taucht in allen Zeitungen auf, nicht wahr? Vielleicht gefällt ihr der ganze Rummel."

Jameson überlegte kurz und schüttelte dann den Kopf. „Auf mich macht sie nicht den Eindruck, als wollte sie im Rampenlicht stehen."

„Auf mich auch nicht, Sir", meinte Willis. „Ich habe nur eine Theorie in Worte gefasst, gewissermaßen um zu sehen, wie sie sich anhört."

„Nun, Sie können sie ja selbst fragen. Und jetzt sollten Sie besser den Wagen holen. Und besorgen Sie sich eine Straßenkarte von der Romney Marsh. Ich war vor ein paar Jahren dort und bin die halbe Zeit im Kreis herumgefahren. Da unten herrschen ganz andere Verhältnisse als hier in der Stadt."

Kurze Zeit später durchquerten sie London in Richtung Kent. Es waren nur wenige Autos unterwegs, sodass sie schneller als erwartet Ashford erreichten, wo sie von der Hauptstraße abbogen.

„Jetzt wird es schwieriger", sagte Jameson. „Halten Sie die Augen nach Wegweisern offen."

Sie hatten jedoch Glück mit dem Wetter und brauchten sich nicht wie Mrs Marchmont und William durch dichten Nebel vorwärts zu tasten. Sie mussten nur ein paarmal nach dem Weg fragen und gelangten bald zu der angegebenen Straße. Dass sie an der richtigen Stelle angekommen waren, ließ sich zweifelsfrei an der kleinen Gruppe von Menschen erkennen, die schwatzend und gestikulierend zusammenstanden, während zwei gewaltige Zugpferde geduldig auf ihren Einsatz warteten. Ein kleiner Junge hielt derweil ihre Zügel fest.

Ein Constable deutete auf das Gestrüpp am Straßenrand und schien einem älteren Mann Anweisungen zu geben, während ein junger Gehilfe in einem ölverschmierten Overall ein dickes Seil von einer Rolle abwickelte. Zwischendurch warf er immer wieder einen zweifelnden Blick auf den Polizisten. Ein Stück weiter blockierte ein Lastwagen die Fahrbahn.

„Hier muss es sein", sagte der Inspector, der Angela Marchmont sofort erspäht hatte. Sie stand ein wenig abseits mit einem jungen Mann, den Jameson als ihren Chauffeur erkannte, und sah interessiert zu.

Willis stellte den Wagen ab und sie stiegen aus. Der Sergeant trat zu dem jungen Constable, während Jameson auf Mrs Marchmont zuging.

„Na so was, Inspector Jameson!", rief sie erfreut. „Ich hätte nicht erwartet, Sie hier zu sehen."

„Guten Tag, Mrs Marchmont", antwortete der Inspector. „Wie ich höre, haben Sie eine weitere Leiche für uns."

„Oh, hat die örtliche Polizei Scotland Yard hinzugezogen?", fragte Angela erstaunt. „Ich dachte, es sei ein ganz einfacher Fall. Ja", fuhr sie fort, „wir haben die bedauernswerte Frau gestern gefunden, als wir einen unerwarteten Abstecher zu diesem Graben gemacht haben."

Jameson blickte hinunter und sah den Bentley schief und verlassen im Schlamm am Fuß der Böschung stehen.

„Großer Gott", sagte er. „Beinahe wären Sie im Wasser gelandet."

„Das stimmt, wir hatten großes Glück, dass uns nichts passiert ist. Aber dort unten haben wir mehr gefunden, als uns lieb war."

„Ja, deshalb sind wir hier", seufzte der Inspector. Willis und P.C. Bass traten zu ihnen. Sie wurden einander vorgestellt, dann sagte der junge Constable: „Wir haben die Leute von der Werkstatt hier, um das Auto dieser Dame nach oben zu ziehen. Es sollte nicht allzu lange dauern, wenn die Pferde angekoppelt sind."

„Ich hoffe, die Umgebung wurde gründlich nach Spuren abgesucht", meinte Jameson streng.

Bass errötete.

„Oh nein, Sir, ich meine, ja, Sir. Sie können Sergeant Spillett fragen. Es wurde gestern alles ordnungsgemäß durchgeführt. Wir haben nichts gefunden. Nun, außer einer Leiche natürlich. Aber das wussten wir ja schon, dass sie da sein würde. Sonst war nichts Außergewöhnliches zu sehen."

Er hielt verwirrt inne und der Inspector lächelte mitfühlend.

„Leider sind William und ich hier herumgetrampelt", gestand Angela. „Sehen Sie, wir sind nicht weit von der Stelle, an der die Tote lag, mit unserem Gepäck die Böschung hochgeklettert und haben möglicherweise die Spuren zunichte gemacht, die der Mörder hinterlassen hat. Natürlich hätten wir uns einen anderen Weg gesucht, um an die Straße zu gelangen, wenn wir etwas von der Leiche geahnt hätten, aber wir haben sie erst entdeckt, nachdem wir die ersten Koffer nach oben gebracht hatten."

„Das ist bedauerlich, aber es lässt sich nicht ändern", meinte Jameson.

„Warum sind Sie hier, Inspector?", fragte Angela neugierig. „Ich hätte nicht gedacht, dass Scotland Yard bei einem so klaren Fall wie diesem hinzugezogen wird."

„Ich habe noch nicht mit dem Sergeanten gesprochen, aber ich vermute, dass die Sache die eine oder andere Ungereimtheit aufweist", antwortete der Inspector. „Kann sein, dass wir gar nicht gebraucht werden, aber die örtliche Polizei wollte, dass wir uns die Sache ansehen. Man ist sich ziemlich sicher, dass die Tote nicht aus der Gegend stammt - zumindest sind keine Frauen als vermisst gemeldet - und daher hofft man, dass wir bei der Identifizierung helfen können. Uns stehen in London mehr Ressourcen zur Verfügung, wissen Sie", ergänzte er.

„Aha, verstehe", sagte Angela.

Währenddessen war es Mr Turner und seinem Assistenten gelungen, die Pferde vor den Bentley zu spannen, also sah es aus, als würde es gleich losgehen.

„Zurücktreten, bitte!", forderte Mr Turner die Umstehenden auf, die folgsam Platz machten. Dann legten sich die beiden Gäule schnaubend und stampfend ins Zeug und zogen den Wagen Stück für Stück die Böschung hinauf, bis er sicher auf der Straße stand. Er war schlammverkrustet und sah aus, als sei er zutiefst beleidigt. Mit steifen Knien ging Mr Turner in die Hocke, um sich das linke Vorderrad genauer anzusehen.

„Die Achse ist verbogen, wie Sie vermutet hatten", wandte er sich an William. „Sollen wir den Wagen in die Werkstatt schleppen und das für Sie in Ordnung bringen?"

„Oh ja, bitte", sagte Angela. „Was schätzen Sie, wie lange das dauern könnte?"

„Bis Montag könnten Sie ihn wiederhaben, wenn Sie wollen", antwortete der alte Mann.

„Das wäre perfekt, danke." Angela war erleichtert.

Er nickte.

„Setz den LKW zurück, Bob", rief er seinem Mitarbeiter zu.

„Sie sollten unseren Wagen wegfahren, Willis", wies Jameson seinen Sergeanten an. „Die Straße ist zu schmal für zwei Fahrzeuge."

„Ich werde auf der Wache erwartet, also mache ich mich besser auf den Weg, Sir, wenn es recht ist", meinte P.C. Bass, während Willis zum Auto der Londoner Polizisten ging.

„In Ordnung", sagte Jameson. „Willis und ich kommen gleich nach. Wir werden uns hier ein paar Minuten umsehen, aber dann möchte ich mit Sergeant Spillett und dem Inspector sprechen, falls er da ist."

P.C. Bass stieg auf sein Fahrrad, das er an einen Baum gelehnt hatte, winkte kurz und fuhr davon. Der kleine Junge, der lieber aus nächster Nähe zugeschaut hätte, wurde entlohnt und zu seiner Enttäuschung nach Hause geschickt. Er führte seine Pferde weg, blieb aber in einiger Entfernung an der Straße stehen, um das weitere Geschehen zu beobachten.

Angela, William und Inspector Jameson sahen zu, wie das Auto an den Lastwagen gekoppelt und mit großem Zeremoniell abgeschleppt wurde.

„Ich hoffe, der Wagen kommt wieder in Ordnung", sagte William betrübt. Er mochte den Bentley sehr und machte sich schreckliche Vorwürfe, dass er ihn und seine Besitzerin in eine derart missliche Lage gebracht hatte.

„Natürlich wird er das", beruhigte Angela ihn. „Und außerdem", fügte sie nach einer kurzen Pause hinzu,

„können wir jederzeit einen anderen kaufen, wenn der Schaden nicht zu beheben ist."

Williams Miene hellte sich sofort auf.

„Wie kommen Sie beide denn zu Ihren Freunden zurück?", fragte Jameson.

„Oh, wir gehen zu Fuß", sagte Angela. „Es ist nicht weit – höchstens eineinviertel Meilen, glaube ich."

„Willis kann Sie mitnehmen, wenn Sie möchten. Ich sehe mich noch nach Hinweisen um - vorausgesetzt, der Bentley, seine Passagiere und zwei Zugpferde haben etwas an Spuren übriggelassen."

„Hören Sie auf, ich mache mir schon genug Vorwürfe", bat Angela.

„Nein, nein, so war das nicht gemeint – es sollte nur ein Scherz sein", versicherte er. „Wenn Sie nicht gewesen wären, hätten wir die Frau gar nicht erst gefunden."

„Ja, da haben Sie wohl recht."

Angela betrachtete die Spuren, die ihr Auto auf der Böschung hinterlassen hatte. Die tiefen Rillen am Fuß des Abhangs hatten sich mit Schlamm gefüllt, als das Wasser aus dem Graben in sie eingedrungen war.

„Sehen Sie mal", sagte sie plötzlich.

„Was ist?", fragte Jameson.

Sie deutete auf die Vertiefung, in der bis vor wenigen Minuten noch ein Hinterrad des Bentleys gestanden hatte. Dort, zerquetscht und verdreckt und fast ganz von Schlamm bedeckt, lag etwas, das einmal blau gewesen sein könnte.

Der Inspector stieß einen überraschten Pfiff aus und rief Sergeant Willis herbei. William kam ebenfalls hinzu und so starrten sie zu viert auf das ehedem blaue Etwas.

„Tja, es hilft nichts - irgendjemand muss es holen", meinte Jameson schließlich.

„Ich übernehme das, Sir", sagte Willis, aber Jameson winkte ab.

„Nein", meinte er resigniert. „Man soll uns Jamesons nicht vorwerfen können, dass sie sich von ein bisschen Schlamm abschrecken lassen. Wünschen Sie mir Glück", bat er Angela.

„Ich winke mit meinem Taschentuch", versprach sie feierlich. „Wenn Sie die Böschung hinunterkommen wollen, ohne auszurutschen, sollten Sie denselben Weg nehmen wie wir gestern. Die Büsche bieten genügend Halt."

„Ah, ja, gute Idee." Er hangelte sich an dem Gestrüpp nach unten, erreichte den Fuß der Böschung ohne große Schwierigkeiten, bahnte sich vorsichtig einen Weg zu der Stelle, wo das blaue Ding lag, und zog es mit spitzen Fingern aus dem Schlamm.

„Das ist ja ein Hut!", rief Angela. „Dann hatte sie also doch einen auf. Wir müssen bei unserer Schussfahrt auf ihm gelandet sein und ihn plattgedrückt haben."

„Ist dort unten sonst noch etwas, Sir?", fragte Willis.

„Ich glaube nicht", sagte Jameson, sah sich aber vorsichtshalber noch einmal um. „Ich komme wieder hoch."

Bald stand er erneut bei ihnen am Straßenrand, mit seinem Beutestück in der Hand. Es war in einem erbärmlichen Zustand - zerfetzt, schmutzig, durchweicht und verformt, aber es war ganz eindeutig ein Hut.

„Schade, dass es keine Handtasche ist", sagte Jameson. „Die könnte uns sicher ein paar nützliche Hinweise auf ihre Identität geben."

„Darf ich ihn mir einmal genauer ansehen, Inspector?", fragte Angela.

Sie nahm den Hut, den er ihr mit spitzen Fingern reichte, zog behutsam die zusammengepressten Ränder auseinander und schaute hinein. Dann tastete sie mit einer Hand im Innern umher.

„Ah!", sagte sie schließlich und holte vorsichtig ein Stück Papier hervor.

Inspector Jameson betrachtete es eingehend. Es war nass, aber ganz sauber. „Das ist ein Abholschein für die Gepäckaufbewahrung im Bahnhof Charing Cross! Wo war er? Hinter dem Schweißband? Warum in aller Welt hat sie ihn dort hingesteckt?"

„Oh, das mache ich auch oft", antwortete Angela. „Ständig verliere ich irgendwelche Zettel, und so kann ich sie sicher aufbewahren."

„Dann wird sie aus London gekommen sein, möglicherweise in Begleitung des Mannes, der sie getötet hat. Wir müssen an den Bahnhöfen der Umgebung nachforschen, falls die örtliche Polizei das nicht schon getan hat. Hastings ist der naheliegendste, nehme ich an. Vielleicht hat jemand in den letzten Tagen eine blonde Frau mit blauem Mantel und Hut ankommen sehen, und wenn ja, ob sie in Begleitung eines Mannes war. Es ist zwar weit hergeholt, aber möglicherweise erinnert sich der eine oder andere an etwas. Oder ob sie ein Auto gemietet haben?"

„Sie könnte natürlich auch allein gekommen sein", wandte Angela ein. „Vielleicht hat sie hier in der Gegend jemanden besucht."

„Ja - auch dieser Möglichkeit müssen wir nachgehen. Aber als Erstes holen wir das, was sie in Charing Cross zur Aufbewahrung abgegeben hat. Mit etwas Glück ist es ein Koffer, an dem ihr Name steht!"

„Ja, das wäre natürlich eine große Hilfe", stimmte Angela zu. Sie war nun neugierig geworden und wollte dem Inspector gerade weitere Vorschläge machen, was man noch unternehmen könnte, als ihr einfiel, dass das alles eigentlich nichts mit ihr zu tun hatte. Sie verkniff sich die Bemerkung, die ihr auf der Zunge lag, und beschloss, die Angelegenheit der Polizei zu überlassen, die vermutlich wusste, was sie tat.

„Wir sollten zusehen, dass wir nach Littlechurch kommen, Willis", sagte Jameson. „Können wir Sie mitnehmen, Mrs Marchmont?"

„Nein, das ist nicht nötig, Inspector. Sie haben schließlich zu tun und wir kommen schon zurecht. Es ist wirklich nicht weit."

„Nur interessehalber", sagte Jameson, „warum sind Sie hier? Ich meine, warum haben Sie es nicht William überlassen, sich um die Bergung Ihres Wagens zu kümmern?"

Es entstand eine Pause. Angela errötete leicht.

„Oh, na gut, ich gebe es zu", sagte sie dann hastig. „Ich war neugierig und wollte die Stelle noch einmal sehen, an der wir sie gefunden haben. Ich kann nicht anders − solch ein Mordfall lässt mich nicht mehr los."

„Das dachte ich mir", nickte er. „Ja, so kann es kommen. Seien Sie vorsichtig, Mrs Marchmont. Denken Sie daran: Neugier ist der Katze Tod."

„Danke", erwiderte sie. „Das weiß ich leider nur zu gut."

Sie und William sahen den beiden Männern nach, als sie davonfuhren, und machten sich dann selbst auf den Weg nach Gipsy's Mile.

„Das kommt mir alles seltsam vor, Ma'am", bemerkte William, nachdem sie schweigend ein Stück gegangen waren. „Ich mag mir die beklagenswerte Frau gar nicht vorstellen, wie sie da stunden- oder gar tagelang im Dreck liegt."

„Nein, ich auch nicht", stimmte Angela nüchtern zu. „Ich hoffe, dass die Polizei ihren Mörder bald findet. Es ist ein schrecklicher Gedanke, dass er ungeschoren davonkommen könnte."

„Ein komischer Zufall, dass sie ausgerechnet Inspector Jameson zu dem Fall hinzugezogen haben."

„Ja", sagte Angela. „Er muss es satthaben, mir ständig über den Weg zu laufen. Aber er ist ein sehr fähiger Mann, und wenn jemand diesen Fall lösen kann, dann er. Ich frage mich allerdings -"

Sie hielt plötzlich inne, und William warf ihr einen Blick von der Seite zu.

„Was ist?", fragte er.

„Ach, nichts", antwortete sie. „Ich frage mich nur, was uns Inspector Jameson verschweigt."

Kapitel Sechs

DIE BÄUME WUCHSEN SCHWARZ und dicht, reckten die Arme gen Himmel und wanden sich umeinander, um ein gewölbtes Dach aus grünen Blättern und gelbem Moos zu bilden. Angela ging den baumbestandenen Tunnel entlang und hatte das Gefühl, in einer Kirche zu sein, nur dass der Boden unter ihren Füßen aus Erde bestand und die Kirchenbänke aus Baumwurzeln.

Das Kirchenschiff dieses grünen Gotteshauses schien sich meilenweit zu erstrecken und sie wurde langsam müde, aber sie war fest entschlossen, zum Altar zu gelangen, den sie in der Ferne ausmachen konnte. Er bestand aus einer Weißbirke, die ihre Äste anmutig die Höhe streckte. Sie wollte sie unbedingt erreichen, aber je schneller sie ging, desto weiter schien er sich zu entfernen. Schließlich war er ganz verschwunden und sie rang verzweifelt die Hände. Als sie sich umblickte, bemerkte sie plötzlich, dass ein Feldweg nach links abzweigte und zu einer kleinen Lichtung in der Nähe führte. Fast wie von selbst folgten ihre Füße dem neu entdeckten Weg und schon bald sah Angela vor sich auf dem Boden etwas

Blaues, das in sich zusammengesunken dalag. Ein einzelner Sonnenstrahl hatte sich einen Weg durch das Blätterdach gesucht und tauchte das blaue Bündel in warmes Licht. Im Näherkommen stellte sie fest, dass es sich um eine tote Frau in einem blauen Mantel handelte, die auf dem Rücken lag und deren Gesicht vollständig von einer Schicht aus Moos und Schlamm verdeckt war. Sie kniete sich neben die Leiche, doch dann veränderte sich plötzlich alles und sie erkannte, dass es gar keine Frau war, sondern die Leiche eines Mannes in einem eleganten Anzug und mit einem Strohhut. Ein Glitzern lenkte ihren Blick auf seine Hand, in der sie zu ihrer Überraschung eine Diamantkette entdeckte, die seine Hand fest umklammert hielt. Sie spürte, wie sich etwas in ihrem Gedächtnis regte und musterte den Toten eingehender. Sein Gesicht war halb verdeckt, und doch war sie sich sicher, dass sie ihn von irgendwoher kannte. Das Herz schlug ihr bis zum Hals. Könnte es sein, dass –?

„Oh nein!" Mit einem Schlag war Angela hellwach und setzte sich mit einem Ruck kerzengerade im Bett auf. Sie sah sich einen Moment verwirrt um und ließ sich dann erleichtert in die Kissen sinken, als ihr klar wurde, dass es nur ein Traum gewesen war. Sie befand sich in ihrem Zimmer in Gipsy's Mile, es war Sonntag, sie würden zum Mittagessen nach Blakeney Park fahren, und sie würde den größten Teil des Tages damit verbringen, Cynthia Pilkington-Soames aus dem Weg zu gehen und über Freddy zu lachen. Ja, so würde der Tag verlaufen. Jetzt war alles ganz klar. Sie wartete, bis sich ihr Herzschlag normalisiert hatte, dann tastete sie nach ihrem Zigarettenetui und zündete sich eine Zigarette an. Sie hatte das Gefühl, als hätte ihr hinterhältiges Unterbewusstsein ihr den Boden unter den Füßen weggezogen.

Es war noch früh, aber nach einem solchen Traum war

an Schlaf nicht mehr zu denken, also stand Angela auf, zog sich an und ging nach unten. Sie hatte damit gerechnet, die Erste im Esszimmer zu sein, und war daher überrascht, dass Miles und Herbert bereits bei kaltem Braten und Kaffee die Köpfe zusammensteckten. Sie blickten so schuldbewusst auf, als sie eintrat, und begrüßten sie dann so herzlich, dass Angela keinen Zweifel hegte: Sie hatten gerade über sie gesprochen. Ob sie sich über ihre zwielichtige Vergangenheit unterhalten hatten, die man ihr nach Freddys Angaben unterstellte? Sie tat, als habe sie nichts bemerkt, und nahm sich Kaffee und Toast.

„Wann erwartet man uns in Blakeney Park?", fragte sie.

Miles hieb seine Gabel in eine Scheibe Schinken.

„Gegen Mittag, glaube ich", antwortete er. „Gil nimmt es selbst nicht so genau mit der Zeit, aber man muss schon einigermaßen pünktlich sein, wenn man Lady Alice nicht verärgern will. Du wirst sie ja heute kennenlernen, Angela."

„Ist sie wirklich so respekteinflößend, wie alle sagen?", fragte Angela.

„Ach, sie ist gar nicht so übel, wenn man sie erst einmal zu nehmen weiß." Herbert stieß eine seiner Lachsalven aus. „Sie ist vielleicht etwas förmlich und spießig, aber man kommt gut mit ihr zurecht."

„Allerdings bereitet sie Gil eine Menge Kopfschmerzen", bemerkte Miles. „Sie lässt den armen Kerl nicht zur Ruhe kommen. Daran wird sich auch nichts ändern, wenn er verheiratet ist, nur wird er dann von Lucy gescheucht statt von seiner Mutter."

„Das wird ihm schon nicht schaden", sagte Herbert. „Andere Männer müssen sich auch von ihren Frauen herumkommandieren lassen, warum sollte es ihm also besser gehen?"

„Meint ihr, die beiden werden glücklich zusammen?", fragte Angela neugierig.

„Ja, ich glaube, das werden sie", sagte Miles nach kurzem Zögern. „Lucy ist ein nettes Mädchen und Gilbert – nun, du hast ihn ja kennengelernt. Er ist ein toller Kerl - mutig, loyal und großherzig - aber ehrlich gesagt: Er hat das Pulver nicht erfunden. Und hat er dieses riesige Anwesen am Bein. Er braucht Lucy. Ich bin sicher, dass sie ihm guttun wird."

Herbert nickte energisch.

„Ihr mögt ihn sehr, nicht wahr?", lächelte Angela.

„Natürlich mögen wir ihn, schließlich sind wir gemeinsam durch die Hölle gegangen", antwortete Herbert schroff. „Er hat mir das Leben gerettet. Wenn er nicht gewesen wäre, hätte mich der Schuss aus dem Hinterhalt direkt ins Herz getroffen. Dann säße ich jetzt nicht hier."

„Es ist wirklich eine Schande, dass er nicht für eine Medaille vorgeschlagen wurde", meinte Miles. „Bei seiner Tapferkeit im Angesicht des Feindes hätte er eine solche Auszeichnung mehr als verdient. Er hätte in der Armee bleiben sollen, das war genau das Richtige für ihn."

Herbert brach plötzlich in schallendes Gelächter aus.

„Hör mal, Miles", sagte er. „Erinnerst du dich an die zwei Tage, die wir in Paris verbracht haben?"

Miles lächelte vielsagend.

„Wenn du die beiden Tage meinst, an die ich gerade denke, sollten wir Angela vielleicht nichts davon erzählen."

„Oh, du hast recht." Herbert wirkte plötzlich verlegen.

„Ich kann es kaum erwarten, davon zu erfahren", grinste Angela.

„Nun, wissen Sie, es ist ...", begann Herbert.

„Ja?", sagte Angela unschuldig.

„Hör auf, ihn zu ärgern, Angela", grinste Miles. „Soldaten auf Urlaub verhalten sich sicher nicht immer respektabel, aber in den dunklen Tagen des Krieges musste man alles an Spaß mitnehmen, was man kriegen konnte."

„Oh, das weiß ich sehr gut", erwiderte Angela. „Ich habe es natürlich auch erlebt."

„Aber warst du nicht damals in Amerika, weitab vom Kriegsgeschehen?"

„Nicht die ganze Zeit", gab Angela knapp zurück und wechselte das Thema.

Kurz darauf hatte Marguerite ihren gewohnt dramatischen Auftritt. Sie trug einen prachtvollen orangefarbenen Kaftan mit goldenen Streifen und einen goldfarbenen Turban.

„Guten Morgen, meine Lieben", begrüßte sie die Runde. „Ihr seid heute aber früh dran! Angela, ich habe gerade mit deinem jungen Mann gesprochen. Was für ein reizender Junge! Wo hast du ihn gefunden?"

„Na, in den Staaten natürlich."

„Und so gutaussehend! Amerikaner sehen immer fantastisch aus, finde ich."

„Eigentlich ist er Engländer", erklärte Angela.

„Wirklich?"

„Ja, er hat ein sehr interessantes Leben geführt. Er wurde in eine Akrobatenfamilie hineingeboren, die in die USA übersiedelte, als er noch sehr klein war. Er trat schon in jungen Jahren mit der Artistentruppe auf und wurde dann ein Star im Varieté."

„Wie aufregend!" Marguerite klatschte begeistert in die Hände. „Aber wie kommt es, dass er jetzt dein Chauffeur ist?"

„Das ist eine lange Geschichte", antwortete Angela, „aber ich konnte ihm in einer bestimmten Situation einen Dienst erweisen – das war reiner Zufall. Wir stellten fest, dass wir uns gut verstanden, und so fragte ich ihn, ob er für mich arbeiten wolle, denn ich suchte damals einen Chauffeur und jemanden, der alles erledigen konnte, was tagtäglich anfiel, und ich wusste, dass er das ständige Umherziehen mit der Varietétruppe leid war. Er ist ganz anders als ein typisch englischer Bediensteter, er hält mit seiner Meinung nicht hinter dem Berg, aber das stört mich nicht, und er ist sehr loyal, sodass wir uns blendend verstehen."

„Ah." Marguerites Augen funkelten verdächtig, und Angela, die ihre Freundin gut kannte, überlegte, ob sie William warnen sollte, obwohl er sicher alt genug war, um auf sich aufzupassen.

Um Viertel vor zwölf saß Angela mit Freddy Pilkington-Soames in seinem kleinen Zweisitzer und fuhr mit ihm über die schmalen Straßen in Richtung Blakeney Park. Wenn er nicht gerade den gelangweilten Schnösel spielte, war Freddy ein amüsanter Begleiter, und Angela lachte – nicht ohne einen Anflug von schlechtem Gewissen - über einige seiner bissigen Bemerkungen über die Gesellschaft in Gipsy's Mile.

„Wie ich sehe, hat Marguerite es auf Ihren Chauffeur abgesehen", sagte er ein wenig hinterhältig. Angela war überrascht und überlegte, ob sie zugeben sollte, dass ihr das auch schon aufgefallen war, doch er fuhr fort: „An Ihrer Stelle würde ich mir keine Sorgen machen – das ist nur ein Strohfeuer. Sie wird bald das Interesse verlieren. So war es bei mir auch."

Daraufhin riss Angela die Augen auf und sah ihn scharf von der Seite an.

„Freddy!", rief sie aus. Er nickte und sie wusste nicht, ob sie über seine selbstgefällige Miene lachen sollte oder nicht. „Aber - haben Sie -?", fragte sie zögernd.

„Mehr verrate ich nicht, schließlich bin ich ein Muster an Diskretion."

„Oh!", sagte sie enttäuscht.

„Aber seien Sie versichert, dass William bald wieder Ihnen allein gehört."

„Seien Sie nicht albern, Freddy. Ich flirte nicht mit meinen Bediensteten."

„Vielleicht sollten Sie das aber." Er wackelte vielsagend mit den Augenbrauen und sah dabei so komisch aus, dass Angela in schallendes Gelächter ausbrach.

„Und was ist mit Miles?", fragte sie schließlich.

„Miles ist ein prima Kerl", sagte Freddy, „ich lasse nichts auf ihn kommen. Die beiden sind sehr glücklich, wissen Sie. Man kann es sich kaum vorstellen, nicht wahr? Schließlich sind sie so unterschiedlich. Und dann ist sie natürlich auch noch etwas älter als er. Aber sie verstehen sich. Sie ist eine leidenschaftliche Frau, wie Sie wissen, und er - nun ja, er ist eher von der behäbigen Sorte und ist bereit, ein Auge zuzudrücken, wenn sie ihm seine Ruhe lässt. Es war seine Idee, nach Kent zu ziehen. London wurde ihm zu viel, glaube ich. Aber Marguerite ist oft wegen ihrer Kunstausstellungen in der Stadt und hat immer ein oder zwei Schützlinge, die ihr hierhin in die Einöde folgen, sodass sie recht zufrieden miteinander sind."

Sie schwiegen, während Angela über das nachdachte, was Freddy erzählt hatte. So viel Scharfsinn hätte sie ihm gar nicht zugetraut und sie begann, ihn in einem neuen Licht zu sehen. Sie warf ihm einen verstohlenen Seitenblick zu. Bisher hatte sie ihn für einen verwöhnten Hohlkopf gehalten, aber nun fragte sie sich, ob sie ihm damit Unrecht getan hatte. Sicher, er war oberflächlich und faul, aber er schien seine Umgebung aufmerksamer zu beobachten, als sie gedacht hatte.

„Sie fragen sich jetzt, ob ich nicht ein guter Reporter

wäre, nicht wahr?", sagte er zu ihrer Überraschung. „Ich sehe es Ihnen an."

„Wenn Sie so gut Gedanken lesen können, dann werden Sie bestimmt ein guter Reporter."

„Das ist nur eine meiner Gaben", sagte er bescheiden.

„Offenbar muss ich auf meine Gedanken achten."

„Wenn Sie keine Geheimnisse haben, dann haben Sie von mir nichts zu befürchten", versicherte er. „Und auch sonst von niemandem", fügte er hinzu.

„Dann bin ich beruhigt", erwiderte Angela trocken.

Kapitel Sieben

SIE WAREN GERADE von der Straße abgebogen und fuhren durch die großen Tore von Blakeney Park auf eine langgestreckte Allee, die zu einem großzügigen Vorplatz führte. Nun konnte Angela einen ersten Blick auf das Herrenhaus werfen, einen großen, stattlichen Bau im jakobinischen Stil, aus rotem Backstein, mit Sprossenfenstern und hohen Schornsteinen. Die Vorderseite schaute auf einen symmetrisch angelegten Garten und einen See, in dessen Mitte sich ein prachtvoller Springbrunnen erhob. Aus einem unübersichtlichen Gewirr von Nymphen, Cherubim, Meerjungfrauen und allerlei Meeresgetier entsprang eine glitzernde Fontäne. Die Zufahrt war von Statuen gesäumt, und ein eleganter Säulengang verlief entlang der Vorderseite des Gebäudes. Es war alles sehr vornehm.

„Da wären wir", verkündete Freddy. „Freuen Sie sich auf das Feuerwerk!"

„Was meinen Sie?", fragte Angela.

„Na, zwischen Lucy und Lady Alice natürlich", sagte er. „Oh, sie sind ausgesucht höflich und heucheln große Einigkeit, aber dabei geht es nur um Gil und das Anwesen.

Es ist allgemein bekannt, dass sie sich in Wirklichkeit nicht ausstehen können."

Der Wagen hielt vor dem prachtvollen Portal und sie stiegen aus. Die anderen waren schon da und betraten gerade das Haus, wo Gilbert Blakeney sie im Empfang nahm.

„Hallo! Hallo! Wie schön, Sie wiederzusehen." Er begrüßte Angela so freudig, als sei sie eine alte Freundin, die er jahrelang nicht mehr gesehen hatte, und nicht jemand, den er erst seit zwei Tagen kannte. Freddy wurde ebenfalls begeistert willkommen geheißen, ihm wurden ein kräftiger Händedruck und ein Schulterklopfen zuteil. Gil wirkt wie ein eifriges Hündchen, dachte Angela. Seine kindliche Schlichtheit und unverhohlene Freundlichkeit hatten etwas sehr Anziehendes.

„Wie wär's mit einem Drink vor dem Essen?" Lucy stand neben Gil, um die Gäste zu begrüßen. Sie wollten sich gerade in Bewegung setzen, als sie plötzlich sagte: „Oh, das hätte ich fast vergessen - Gil, du musst mit Hardesty über den kaputten Zaun am unteren Feld sprechen. Ich habe ihn schon darauf hingewiesen, aber gestern sind die Kühe bis zur Gärtnerei gelangt und haben eine Fensterscheibe in einem der Gewächshäuser zerbrochen. So kann es nicht weitergehen, du musst ein ernstes Wort mit ihm reden."

Für einen Moment breitete sich Panik auf Gils Gesicht aus.

„Oh, äh, ja", stammelte er. „Du hast es mir letzte Woche gesagt, nicht wahr? Ich wollte ihn mir vornehmen, aber es muss mir irgendwie entfallen sein. Ich kümmere mich morgen darum."

Er sah verlegen und schuldbewusst aus, als hätte er Angst, dass man ihn in die Ecke stellen und hundertmal denselben Satz schreiben lassen würde. Lucy tätschelte ihm jedoch liebevoll den Arm, und seine Miene entspannte sich erleichtert.

Lucy und Gilbert gaben ein seltsames Paar ab: Er war groß, blond und schlaksig, sie dagegen kompakt, mit braunem Haar und einem entschiedenen Auftreten. Lucy war beileibe keine Schönheit, aber ihre rosigen Wangen und die klare Haut, die von einem Leben an der frischen Luft zeugten, wirkten im Zusammenspiel mit ihrer ruhigen, vernünftigen Art nicht unattraktiv. Es hatte etwas Rührendes an sich, wie sie Gil sanft bei der Hand nahm und ihn ins Haus führte. Angela hatte den Eindruck, dass sie bereits die Rolle der Schlossherrin von Blakeney Park spielte, obwohl sie noch nicht mit Gil verheiratet war und daher nicht hier wohnte, sondern in Littlechurch in dem Haus, das ihre Eltern ihr hinterlassen hatten.

Die Gäste wurden in einen großen Salon gebeten, der im Gegensatz zur dunkel getäfelten Eingangshalle hell und luftig wirkte. Durch die hohen Fenster hatte man einen herrlichen Blick auf den See und den Brunnen. Der Raum war elegant und komfortabel eingerichtet, offensichtlich von jemandem, der ein Auge für solche Details hatte. Ein großer, schweigsamer Diener reichte ein Tablett mit Getränken herum und alle nahmen sich mehr oder weniger eifrig ein Glas.

„Mutter hat das alles vor ein paar Jahren gemacht, kurz bevor mein alter Herr gestorben ist", erklärte Gil, als Angela den Einrichtungsstil lobte. „Sie war immer sehr stolz auf das Haus. Es wird ihr schwerfallen, es aufzugeben. Oh, da bist du ja, Mutter. Angela hat gerade gesagt, wie sehr sie deinen Geschmack bewundert."

Diese letzte Bemerkung war an eine Frau gerichtet, die gerade den Raum betreten hatte. Das war also Lady Alice. Sie nickte der versammelten Gesellschaft zu, trat dann zu Gil und Angela und stellte sich ihr vor. Ihr Auftreten wirkte ein wenig distanziert, aber nicht unfreundlich, und Angela beäugte sie mit diskreter Neugierde. Trotz ihres fortgeschrittenen Alters zeigten sich in ihrem Gesicht weiterhin deutliche Spuren ihrer früheren Schönheit. Sie musste umwerfend ausgesehen haben. Sie war klein, mit zierlichen Händen und schlanken Fesseln, und obwohl sie etwas mollig war, hatte sie eine schmale Taille, die sie durch ihren Kleiderstil betonte, auch wenn dies der Mode widersprach. Ihr Gesicht war nur sehr dezent geschminkt, und ihre Haut war hell und von einer so gleichmäßigen Beschaffenheit, wie sie ohne Zugriff auf kosmetische Hilfsmittel kaum hinzubekommen war. Sie hatte nicht die geringste Ähnlichkeit mit ihrem Sohn, der vermutlich nach seinem Vater kam.

Marguerite ging mit weit ausgebreiteten Armen auf sie zu, wodurch sie wie ein riesiger exotischer Vogel wirkte. Sie gab der erschrockenen Lady Alice zur Begrüßung einen Kuss auf die Wange.

„Hallo, ihr Süßen, wie lieb von euch, uns einzuladen", dröhnte sie. „Angela konnte es kaum erwarten, Blakeney Park zu bewundern. Sicher ist es das schönste Haus, das du je gesehen hast, nicht wahr, Angela?" Sie wartete nicht ab, bis ihre Freundin sich eine Antwort zurechtgelegt hatte, sondern fuhr fort: „Aber sagt mal, ist das nicht ein aufregendes Wochenende? Mit all den Leichen, die überall auftauchen?"

Gil sah sie erstaunt an.

„Ist noch eine gefunden worden?"

„Ich übertreibe natürlich ein wenig", beruhigte Marguerite ihn. „Nein, bis jetzt ist es bei der einen geblieben. Lady Alice, ich sollte Sie warnen. Angela stolpert ständig über Leichen, wohin sie auch geht. Es scheint, als würden ihr Mörder und andere Verbrecher überall nachlaufen."

„Tatsächlich?", sagte Lady Alice mit höflichem Interesse. „Wie lästig für Sie, meine Liebe."

Angela lachte.

„In letzter Zeit ging es recht bewegt zu, das stimmt", sagte sie, „aber vermutlich wird sich alles früher oder später wieder beruhigen. Es ist ja nicht so, dass ich es darauf anlegen würde."

„Und jetzt haben wir sogar Scotland Yard hier", fügte Marguerite hinzu. „Wahrscheinlich müssen wir angeben, was wir diese Woche gemacht haben. Ich hoffe, du hast ein gutes Alibi, Gil."

„Scotland Yard?", wiederholte Gil mit ausdrucksloser Miene. „Aber wozu? Was hat denn die Londoner Kriminalpolizei damit zu tun?"

„Ich schätze, es ist reine Routine", meinte Miles, der das Gespräch mitgehört hatte und sich nun zu ihnen gesellte. „Aber Angela kann uns sicher mehr darüber erzählen, da sie mit dem Inspector, der gestern angereist ist, gut befreundet ist."

„Ich weiß nicht viel", sagte Angela, „aber ich glaube, man ist sich nicht sicher, wie die Frau gestorben ist." Den Abholschein der Gepäckaufbewahrung erwähnte sie vorsichtshalber nicht, da sie nicht wusste, wie viele Informationen sie preisgeben durfte.

„Sie werden natürlich Nachforschungen anstellen, nicht wahr, Angela?", erkundigte sich Cynthia.

„Lieber Himmel, nein!", rief Angela. „Ich habe Ihnen doch schon gesagt, dass die ganze Sache nichts mit mir zu tun hat. Ich habe der Polizei alles mitgeteilt, was ich weiß, und jetzt müssen die Beamten zusehen, wie sie zurechtkommen."

„Weiß man bereits, wer die Frau war?", fragte Lucy.

„Ich glaube nicht", antwortete Angela.

„Wieso lag sie dort im Gestrüpp? Das ist alles sehr

merkwürdig. Ich verstehe es einfach nicht. Und wie kommt es, dass ihr Gesicht zerschmettert war?"

„Denk lieber nicht darüber nach, meine Liebe", sagte Lady Alice. „Das Ganze klingt äußerst unangenehm. Was hatte sie auch allein auf dem Lande zu suchen? Solch eine Frau fordert das Schicksal ja geradezu heraus."

„Meines Wissens geht man nicht davon aus, dass sie allein war", wandte Angela ein. „Ich glaube, die Polizei vermutet, dass sie mit jemandem zusammen war."

„Allein oder nicht, ich bin sicher, dass sie von zweifelhaftem Charakter war", sagte Lady Alice mit Bestimmtheit und wechselte entschlossen das Thema, indem sie Marguerite nach einer Skulpturenausstellung fragte, die sie in Littlechurch geplant hatte. Es war offensichtlich, dass sie nicht weiter über die tote Frau sprechen wollte, und so wandte sich das Gespräch anderen Dingen zu.

Um ein Uhr wurden sie zum Mittagessen in einen großen, prachtvollen Speisesaal geführt. Angela saß neben Freddy, der sie immer wieder anstupste und bedeutungsvoll ansah, wenn jemand eine Bemerkung machte, die er für wichtig hielt.

Herbert und Gil unterhielten sich über die Jagd, Miles hörte zu und mischte sich nur ab und zu ein. Marguerite erzählte jedem, der bereitwillig zuhörte, lautstark von ihrer Ausstellung, während Cynthia, neugierig wie immer, zu Lucy sagte: „Nächstes Jahr ist also die Hochzeit! Sie freuen sich bestimmt schon sehr darauf. Wann genau ist sie denn?"

„Sie soll im August stattfinden", antwortete Lucy. „Die Verlobung wurde letzten Juli in der Times bekannt gegeben."

„Im August! Und dann gehört Blakeney Park ganz Ihnen! Wie wunderbar!", sagte Cynthia mit ihrem üblichen Mangel an Taktgefühl.

Freddy stupste Angela so heftig an, dass sie fast ihre Suppe verschüttete, und wies kaum merklich mit dem Kinn auf Lady Alice und ihre wütende Miene.

„Und wollen Sie in die Flitterwochen fahren?", fuhr Cynthia ungerührt fort. „Soweit ich höre, ist Italien ganz reizend. Die Knowles sind letztes Jahr nach ihrer Hochzeit nach Venedig gefahren - du erinnerst dich doch an sie, oder, Freddy?"

„Oh, selbstverständlich", antwortete Freddy. „Ich habe sogar erst vor ein oder zwei Wochen mit Rupert gesprochen. Ich muss sagen, dass er ziemlich niedergeschlagen wirkte, obwohl er überzeugt ist, dass die Trennung nur eine vorübergehende Laune von Diana ist."

Cynthia warf ihrem Sohn einen bösen Blick zu, während Angela angestrengt in ihre Suppe schaute, um nicht laut loszulachen.

„Nein, ich glaube kaum, dass wir die Zeit für eine Hochzeitsreise haben", sagte Lucy. „Im Sommer gibt es auf dem Anwesen viel zu tun. Vermutlich werden wir auf Blakeney Park gebraucht, um nach dem Rechten zu sehen."

„Oh, ich bin sicher, das Anwesen kommt ein, zwei Wochen ohne euch aus", meldete sich Lady Alice zu Wort. „Wenn ich mich recht entsinne, war Gilbert um diese Jahreszeit schon oft weg. Und ich bin ja auch noch hier und kann mich kümmern."

„Aber dann wird Heu gemacht", wandte Lucy ein, „und ich - Gil hatte vor, mit der Reparatur der Zäune zu beginnen, nicht wahr, Gil? Die haben das seit Langem nötig."

Gilbert blickte erschrocken auf, als er seinen Namen hörte.

„Aber damit muss man nicht bis zum kommenden Sommer warten." In Lady Alice' Stimme hatte sich ein eisiger Ton geschlichen. „Wenn man rechtzeitig anfängt, können die Zäune sogar bis zur Hochzeit fertig sein."

Freddy stieß Angela so oft an, dass sie aus Rücksicht auf ihr Kleid schließlich den Versuch aufgab, ihre Suppe zu löffeln.

„Nun, vielleicht überlegen wir es uns noch einmal", sagte Lucy zögernd.

„Oh, ja", sagte Gil, der offensichtlich nur mit halbem Ohr hingehört hatte. „Ich würde nach der Hochzeit gerne verreisen, du nicht auch, Lucy?"

Lucy brachte ein gequältes Lächeln zustande und gab sich stillschweigend geschlagen. Angela fragte sich, welche der beiden Frauen am häufigsten die Oberhand behielt. Im Moment sah es so aus, als habe Lady Alice das Sagen, obwohl ihr Einfluss zwangsläufig schwinden musste, sobald Gil und Lucy verheiratet waren. Es war nicht zu übersehen, dass Gil zwischen den beiden gefangen war. Würden sie es schaffen, ihre Differenzen zu vergessen und sich um Gils willen zusammenzuraufen? Oder würde die Feindseligkeit auch nach der Heirat fortbestehen? Seltsam, dass die Verlobung offenbar Lady Alice' Idee war. Angela war sehr gespannt, wie sich das alles entwickeln würde.

Kapitel Acht

SERGEANT WILLIS STELLTE einen ramponierten Koffer auf dem Schreibtisch seines Vorgesetzten ab.

„Hier ist er, Sir", verkündete er. „Ein Koffer aus der Gepäckaufbewahrung von Charing Cross, wie Sie mir aufgetragen haben. Er wurde letzten Mittwoch dort abgegeben."

Jameson schob seinen Bericht beiseite, der inzwischen fast fertig war – und dieses Mal mit den richtigen Namen.

„Das ist also die Hinterlassenschaft unserer geheimnisvollen Toten", sagte er. „Aber immer noch keine Handtasche, nehme ich an."

„Nein, Sir."

„Haben Sie schon etwas von der Polizei in Littlechurch gehört? Wissen Sie, ob die Frau an den Bahnhöfen der Umgebung irgendjemandem aufgefallen ist?"

„Ich habe heute Morgen mit Littlechurch gesprochen, Sir. Bis jetzt hatten sie noch kein Glück. Niemand kann sich daran erinnern, sie gesehen zu haben, weder allein noch in Begleitung eines Mannes."

„Hmm, noch ist nicht aller Tage Abend. Dass niemand

sie gesehen hat, heißt das nicht, dass sie nicht da war. Da Sie sagen, dass ihre Sachen am Mittwoch bei der Gepäckaufbewahrung abgegeben wurden, können wir wohl davon ausgehen, dass sie an diesem Tag ihren Koffer dort abgestellt hat und kurz darauf in einen Zug gestiegen ist - es sei denn, unser Mörder ist raffinierter, als wir es ihm zutrauen, und hat ihre Sachen selbst dort abgestellt und den Abholschein in ihren Hut gesteckt. Das scheint mir aber eher unwahrscheinlich zu sein. Der Zug nach - wohin? Nach Ashford oder Hastings? Oder vielleicht in eine kleinere Stadt. Appledore?"

„Es könnte jeder dieser Orte gewesen sein, Sir." Willis zuckte die Schultern. „Wenn sie dort gewesen ist, werden die Jungs aus Kent das sicher früher oder später herausfinden."

„Das nehme ich an", sagte Jameson. „Na gut, dann wollen wir mal sehen, was wir hier haben."

Willis öffnete den Koffer und sie warfen einen Blick hinein.

„Ziemlich genau das, was man erwarten würde", bemerkte Willis. „Nur Kleidung."

„Ja", bestätigte Jameson. Er hob ein blassrosa Teil heraus. Es war ein leicht zerknittertes Abendkleid aus billigem Satin, das ein paar Flecken aufwies und nach Zigarettenqualm roch. „Ein Abendkleid", sagte er. „Und kürzlich getragen, würde ich sagen."

Er legte es beiseite und holte nacheinander die anderen Sachen heraus. Es waren zwei weitere Abendkleider und ein Paar Satinhandschuhe, eine leicht mottenzerfressene Pelzstola, ein oder zwei schlichte Röcke und Pullover, ein Paar satinierte Abendschuhe, aber keine festen Schuhe für tagsüber, Unterwäsche, ein paar billige Schmuckstücke und Kosmetika.

„Fällt Ihnen etwas auf, Willis?", fragte Jameson.

„Sie scheint ziemlich viel Abendkleidung gehabt zu haben", antwortete Willis.

„Hmm", machte Jameson. Er betrachtete die armselige Sammlung von Besitztümern, die der toten Frau einst gehört und die ihr vielleicht etwas bedeutet hatten, und fragte sich nicht zum ersten Mal, was sie wohl gedacht hätte, wenn sie geahnt hätte, dass ein Fremder ihre Sachen durchwühlte.

Aus Erfahrung wusste er, dass es unklug war, sich vom Schicksal derer, die ein unglückliches Ende gefunden hatten, zu sehr beeinflussen zu lassen. Trotzdem war es ihm bis jetzt nie gelungen, dieses Gefühl leiser Trauer abzuschütteln, das er immer verspürte, wenn er zum ersten Mal ihren Besitztümern gegenüberstand - das Einzige, was von ihnen übrig war, und eine ständige Erinnerung daran, dass auch sie einmal Menschen gewesen waren, mit Liebe und Hass, Wünschen, Fehlern und Tugenden. Eigentlich war er froh über dieses Gefühl, denn es zeigte ihm, dass er trotz all der schrecklichen Dinge, die er gesehen hatte, menschlich geblieben war.

„Woher kam sie wohl?", fragte er den Wachtmeister. „Von irgendwo außerhalb Londons? War sie hier nur auf der Durchreise? Oder kam sie aus London? Ich frage mich, warum sie ihren Koffer hiergelassen hat. Sie hatte auf jeden Fall vor, zurückzukehren und ihn zu holen."

„Vielleicht wollte sie für ein paar Tage mit dem geheimnisvollen Mann wegfahren", überlegte Willis. „Nein, das passt nicht, oder? Wenn ja, hätte sie ihren Koffer mitgenommen. Vermutlich wollte sie nicht lange wegbleiben. Schade, dass niemand sie oder ihren Begleiter gesehen hat."

„Es könnte natürlich sein, dass sie allein war, als sie in den Zug stieg", überlegte der Inspector. „Möglicherweise war sie in Kent mit jemandem verabredet."

„Dann müssen wir davon ausgehen, dass sie von jemandem getötet wurde, den sie kannte", meinte der Sergeant. „Wir können aber nicht ausschließen, dass sie von einem zufällig vorbeikommenden Verrückten überfallen und den Abhang hinuntergeworfen wurde."

„Oh, ich glaube, das können wir durchaus", erwiderte Jameson, „wenn die Angaben des Polizeiarztes in Littlechurch stimmen."

„Ah ja, das hatte ich ganz vergessen."

„Morgen bekommen wir die Leiche. Mal sehen, was unsere Leute davon halten."

Willis nahm ein Satinkleid in die Hand und betrachtete es eingehend.

„Warum so viele Abendkleider?", fragte er.

„Ich schätze, das ist ihre Arbeitskleidung", sagte Jameson. „Es würde mich nicht überraschen, wenn sie als sogenannte Taxi-Tänzerin oder Tanzhostess gearbeitet hat."

„Das könnte sein, Sir", stimmte Willis zu. „Ist sonst noch etwas in dem Koffer?"

„Nein", sagte Jameson. „Ah, Moment mal, hier ist eine kleine Tasche."

Er holte ein mehrfach gefaltetes Stück Papier heraus, warf einen Blick darauf, dann stieß er einen Pfiff aus.

Willis reckte den Hals, um zu sehen, was es war.

„Es ist ein Handzettel", sagte er. „Was steht darauf?"

Jameson reichte ihm das Papier. Darauf waren in großen Buchstaben die folgenden Worte gedruckt:

GENIESSEN SIE DIE MUSIK
GENIESSEN SIE DEN TANZ
GUTE UNTERHALTUNG BIS IN DEN FRÜHEN
MORGEN!
ALVIE BERTEAU UND SEIN JAZZORCHESTER
DIE BESTE MUSIK IN DER STADT

„Was ist das für ein Symbol hier?" Willis wies auf eine kleine Zeichnung. „Es sieht aus wie die Sonne, aber was soll das hier sein? Der Mond?"

„Die Erde, glaube ich", antwortete Jameson. „Erkennen Sie es nicht? Es ist ein Handzettel für den Copernicus Club." Willis sah ihn verständnislos an. „Sie erinnern sich doch an den Copernicus, nicht wahr? Er liegt in der Brewer Street. Das Haus von Mrs Chang."

„Ach, *der* Laden." Jetzt wusste Willis, wovon der Inspector sprach. „Wurde er nicht geschlossen?"

„Ja, kurzzeitig. Er wurde sogar schon ein paar Mal geschlossen. Ab und zu machen wir eine Razzia, Mrs Chang wird dem Richter vorgeführt und zu einer Geldstrafe verurteilt. Dann schütteln wir uns alle die Hände, und sie geht nach Hause und macht wieder auf. Mittlerweile ist es wie ein Spiel."

„Reine Zeitverschwendung, wenn Sie mich fragen", meinte Willis angewidert. „Währenddessen könnten wir echte Verbrecher fangen." Sein Gesichtsausdruck verdeutlichte, was er von den Gesetzen hielt, die den Ausschank alkoholischer Getränke regelten.

„Dieser Handzettel untermauert allerdings unsere Theorie über den Beruf der Frau", sagte Jameson.

„Sie war eine Tanzhostess", bestätigte Willis. „Falls sie sich aufs Tanzen beschränkt hat."

„Tja, das ist genau der Punkt, nicht wahr? Man munkelt, dass im Copernicus nicht nur Alkohol ohne Lizenz verkauft wird, sondern auch andere zweifelhafte Dinge im Gange sind, aber wir haben ihnen nie etwas nachweisen können. Und wenn unsere Tote mit den Herren nicht nur getanzt hat, dürfte es uns schwerfallen, ihren männlichen Begleiter zu finden. Als Nächstes sollten wir der Brewer Street einen Besuch abstatten und mit Mrs Chang sprechen. Vielleicht ist sie bereit, uns mit ein paar

Informationen weiterzuhelfen, wenn wir bei der nächsten Razzia ein gutes Wort für sie einlegen."

„Hoffen wir es", sagte Willis, der in der Seitentasche des Koffers gestöbert hatte. „Hier ist noch etwas!", rief er. „Das hatten Sie übersehen. Es steckte ganz unten in der Ecke."

Es war ein kleines Foto eines vielleicht etwa zwei- oder dreijährigen Kindes.

„Ob das ihr Kind ist?", überlegte Jameson.

„Das wäre sehr traurig, Sir", sagte Sergeant Willis. „Ein Kind, das die Mutter verloren hat - das ist schrecklich."

„Es ist ein recht ungewöhnliches Gesicht", bemerkte Jameson und betrachtete das Bild eingehend. „Ich würde fast sagen, dass es einen fremdländischen Einschlag hat, italienisch oder vielleicht spanisch. Wenn es das Kind der Frau ist, wüsste ich gern, ob es seiner Mutter ähnelt. Vielleicht war sie Ausländerin."

„Das könnte schon sein", meinte Willis, „aber ihrer Kleidung nach zu urteilen, war sie bereits eine ganze Weile hier. Ihre Sachen haben nichts Fremdländisches an sich."

„Ja, Sie haben recht", sagte Jameson. „Ihre Kleidung ist erkennbar englisch. Ich werde unsere Leute losschicken, vielleicht können sie ihre Herkunft zurückverfolgen. Allerdings glaube ich kaum, dass wir viel Glück haben werden. Das sind lauter Sachen, die man in jedem billigen Modegeschäft in England finden kann."

„Stimmt."

„Und sehen Sie sich die Vermisstenanzeigen an. Vielleicht kommen wir der Sache auf diese Weise auf den Grund. Wenn nicht, müssen wir eine Anzeige in die Zeitungen setzen. Irgendjemand muss doch eine junge, blonde Frau in einem blauen Mantel vermissen. Junge Frauen haben Freundinnen. Irgendjemand muss wissen, wer sie ist."

„Es ist eine seltsame Geschichte." Der Sergeant schüttelte den Kopf. „Auf den ersten Blick hätte ich gesagt, dass es ein einfacher Fall ist – der Mörder streitet sich mit seiner Freundin, gibt ihr eins auf den Kopf und wirft sie in Panik die Böschung hinunter. Wir haben jedes Jahr drei oder vier solcher Fälle. Aber dieser hier liegt anderes."

„Ja", pflichtete Jameson ihm bei. „Wir werden natürlich in den nächsten Tagen mehr erfahren, wenn unser Gerichtsmediziner seine Untersuchungen abgeschlossen hat, aber es gibt keinen Grund, an den Aussagen des Polizeiarztes von Littlechurch zu zweifeln."

„Es war doch Arsen, oder?"

„Davon scheint er auszugehen."

Willis schüttelte den Kopf.

„Dann war es vorsätzlich. Erwürgen oder ein Schlag auf den Kopf: Das kann beides spontan passieren. Aber bei Arsen sieht die Sache schon anders aus."

„Das stimmt", sagte der Inspector. „Und sie wird sehr viel komplizierter."

Kapitel Neun

DIE SONNE STAND SCHON TIEF am Himmel, als die Besucher sich von Lady Alice, Gil und Lucy verabschiedeten und nach Gipsy's Mile zurückkehrten. Diesmal fuhr Mrs Marchmont mit Herbert Pilkington-Soames, da Cynthia darauf bestand, ihren Sohn zu begleiten - um herauszubekommen, worüber er und Angela auf der Hinfahrt gesprochen hatten, wie Angela annahm.

Herbert war ein stämmiger Fünfundvierzigjähriger, der das, was ihm an Haupthaar fehlte, durch einen üppigen Schnurrbart mehr als wettmachte. Er bewunderte seine Frau und fürchtete sie zugleich, trotz seiner Größe, und gab unumwunden zu, dass er alles tat, was sie ihm sagte.

„Mit Cynthia ist nicht zu spaßen", ließ er Angela wissen, als sie im Auto saßen. „Seit sie mit dem Kartenspielen angefangen hat, wirft sie mit dem Geld nur so um sich. Glauben Sie mir, ein paarmal ist sie dem finanziellen Ruin nur um Haaresbreite entronnen, und ich musste ein Machtwort sprechen. ‚Cynthia', habe ich gesagt, ‚wenn du unbedingt spielen musst, warum lässt du es dann nicht bei einem Sixpence als Einsatz, statt um Guineas zu spielen?

Nein', habe ich ihr klargemacht, ,das muss aufhören.' Zum Glück hat sie begriffen, dass die Sache beinahe ein böses Ende genommen hätte, also hat sie versprochen, sich nach einer Einnahmequelle umzusehen. Und so hat sie mit ihren Schreibereien für den Clarion angefangen. Natürlich ist das alles Unsinn – Bickerstaffe hat sie nur genommen, weil sie behauptet hat, die Telefonnummer von jedem Aristokraten zu haben, der jemals mit jemandem erwischt worden ist, mit dem er sich besser nicht hätte erwischen lassen. Er dachte also, er hätte damit einen direkten Draht zu den neuesten Skandalen. Inzwischen bereut er es wahrscheinlich, sie eingestellt zu haben – ehrlich, Angela, die Frau kann kaum ihren eigenen Namen schreiben!"

Er schwieg, während er eine gefährliche Kurve nahm. In Anbetracht der Schikanen, die Cynthia ihr antat, hatte Angela nicht das Geringste gegen Herberts freimütige Enthüllungen einzuwenden. „Wird sie denn gut bezahlt?", fragte sie.

„Das hängt davon ab, was sie liefert", antwortete Herbert. „Sie kann zwischen vier und neun Pence pro Wort bekommen, je nach Geschichte. Sie sind vermutlich eher in der Neun-Pence-Kategorie."

„Das hatte ich befürchtet", seufzte Angela. „Schade – wenn ich preiswerter wäre, könnte ich sicher irgendwie davonkommen. Es mag zwar nicht so aussehen, aber ich bin nicht gerade scharf darauf, meinen Namen in der Zeitung zu sehen."

„Das glaube ich Ihnen gern", versicherte Herbert. „Sie sind nicht der Typ, der unbedingt im Rampenlicht stehen will, das sieht man sofort. Aber das wird Cynthia nicht davon abhalten, Ihnen auf Schritt und Tritt zu folgen, bis sie ihren Artikel zusammen hat. An Ihrer Stelle würde ich ihr einen Haufen Lügen auftischen. Das ist meine Taktik – sie macht das Leben so viel einfacher."

Angela musste lachen. „Etwas Ähnliches hatte ich mir schon überlegt", gestand sie.

„Manchmal denke ich, es wäre besser, wenn wir aus London weggehen würden", fuhr er fort. „London ist teuer und natürlich wohnen all ihre Freundinnen dort – vor allem diese grässliche Nancy Beasley. Kennen Sie sie?"

„Nein."

„Schreckliches Weibsbild!" Herbert schüttelte sich. „Sie würde ihre eigene Großmutter verkaufen, um sich einen weiteren Abend am Spieltisch leisten zu können. Cynthia ist nicht mehr dieselbe, seit sie sich mit ihr eingelassen hat. Hier auf dem Land geht es ruhiger zu, fernab von allen Verlockungen."

„Und Sie könnten öfter mit Miles und Marguerite zusammen sein. Und mit Gil."

„Ja, das wäre schön. Ich vermisse meine Kameraden."

„Gil ist viel jünger als Miles und Sie, nicht wahr?", fragte Angela neugierig. „Ist es nicht eine etwas ungewöhnliche Freundschaft?"

Herbert nickte. „Ja, das stimmt. Ich bin der Älteste von uns dreien. Ich hatte schon Frau und Kind, als ich eingezogen wurde, Miles war noch nicht verheiratet und Gil war fast noch ein Kind. Aber der Krieg stellt seltsame Dinge mit den Menschen an, er bringt sie auseinander oder er schweißt sie zusammen, wie in unserem Fall. Ich verdanke Gil mein Leben, und auch Miles hat mir mehr als einmal aus der Patsche geholfen. Er hat mich immer wieder aufgebaut, wenn mir vor Angst die Knie schlotterten – und ich gebe es offen zu: Wir alle hatten manchmal furchtbare Angst. Aber wir hatten auch viel Spaß zusammen."

Angela lächelte verständnisvoll angesichts von Herberts Aufrichtigkeit. Trotz seines bisweilen ungehobelten Auftretens fand sie ihn recht sympathisch.

„Ah, ja", sagte sie. „Ihre berühmten Wochenenden in Paris."

Herbert rutschte unbehaglich auf seinem Sitz hin und her, aber unter seinem gewaltigen Schnurrbart zeigte sich ein Lächeln.

„Ich wäre gerne noch einmal jung", sagte er. „Die Jugendzeit vergeht so schnell und man ist viel zu beschäftigt, um sie zu genießen - wenn Sie verstehen, was ich meine."

„Ich glaube schon", antwortete Angela. „Aber manchmal denke ich, dass die Erinnerung trügt: Wir vergessen die schlimmsten Momente und halten an den guten fest."

„Ich wünschte, ich könnte die schlimmsten Momente vergessen", bemerkte Herbert schroff. „So, da wären wir", sagte er dann in einem fröhlicheren Ton, als sie auf Gipsy's Mile zufuhren. „Armer Gil. Ich wette, er wäre gerne mitgekommen, um den beiden Frauenzimmern zu entrinnen, die sich in seinem zugigen Mausoleum um ihn zanken. Ich wollte um nichts in der Welt mit ihm tauschen, und wenn er noch so wohlhabend ist."

Angela nickte. Der schlichte Gilbert Blakeney, der so verzweifelt bemüht war, es allen recht zu machen, hatte etwas unpassend gewirkt in diesem prunkvollen Gemäuer, das sein Erbe und sein Schicksal war. Selbst Lucy, die dort noch nichts zu suchen hatte, schien sich in dem Haus viel wohler zu fühlen als er.

Miles' Auto stand vor dem Haus, also waren die Harrisons bereits da. Angela brauchte etwas aus ihrem Zimmer und ging nach oben, um es zu holen. Als sie die Treppe wieder hinunterstieg, meinte sie, einen orange-goldenen Blitz um die Ecke fegen zu sehen. In der Eingangshalle stand William mit leicht gerötetem Gesicht, der respektvoll auf sie wartete.

„Was gibt's?", fragte sie ihn.

„Mr Turner hat Bescheid gegeben, dass der Bentley repariert ist, Ma'am. Er bringt ihn morgen vorbei."

„Oh, wunderbar! Ich muss sagen, dass ich erleichtert bin. Wir brauchen also doch keinen neuen zu kaufen."

„Nein, Ma'am", sagte William, wobei er seine Enttäuschung nicht ganz verbergen konnte.

Angela lachte. „Kommen Sie, William, wir wollen doch nicht unnütz Geld ausgeben. Seien Sie nicht so niedergeschlagen! Vielleicht kaufen wir nächstes Jahr einen neuen. Hatten Sie nicht letztens ein Auge auf einen Rolls Royce geworfen?"

„Oh, ja, das hatte ich." Williams Miene erhellte sich.

„Nun, wir werden sehen", sagte Angela und wollte sich schon zum Gehen wenden, als ein Gedanke sie innehalten ließ.

„William", begann sie, dann verstummte sie.

„Ja, Ma'am."

Sie trat einen Schritt näher zu ihm und fragte mit leiser Stimme: „Ist alles in Ordnung?" Die Worte selbst schienen nichtssagend, aber ihr Gesichtsausdruck verlieh ihnen eine unmissverständliche Bedeutung. William lief rot an.

„Ja, danke, Ma'am", antwortete er.

Angelas Blick ging zu der Stelle, wo sie eben den orange schimmernden Blitz gesehen hatte.

„Ich glaube, Sie verstehen mich", sagte sie freundlich. „Natürlich würde es mir nicht im Traum einfallen, mich in Ihre persönlichen Angelegenheiten einzumischen, aber Sie werden mir doch Bescheid sagen, wenn ich Ihnen behilflich sein soll, nicht wahr? Ich werde nicht tatenlos zusehen, wenn jemand Sie in irgendeiner Weise belästigt."

William hatte sich wieder ganz im Griff.

„Vielen Dank, Ma'am", sagte er. „Ich habe verstanden. Niemand belästigt mich."

Angela schaute ihn von der Seite an. Sie tauschten einen Blick gegenseitigen Verständnisses, dann ging sie lächelnd davon. Nun, sie hatte ihr Bestes getan. Wie sich William jetzt verhielt, war seine Sache.

Sie gesellte sich zu den anderen im Wohnzimmer. Die Atmosphäre war ein wenig frostig, und die Männer schienen sich nicht wohl in ihrer Haut zu fühlen, woraus sie schloss, dass sich Marguerite und Cynthia eines ihrer kleinen Wortgefechte geliefert hatten. Dabei handelte es sich immer nur um ein, zwei spitze Bemerkungen, und danach waren die beiden Damen sofort wieder die besten Freundinnen.

„Liebes, da bist du ja!", rief Marguerite. „Was hältst du von Lady Alice?"

„Sie schien recht nett zu sein", antwortete Angela, „obwohl ich verstehe, was du über das Verhältnis zwischen ihr und Lucy sagst. Sie sind wie Hund und Katz."

„Oh, ja, sie sind schlimm, nicht wahr?"

„Bist du ganz sicher, dass Lady Alice für die Verlobung war?", fragte Angela. „Nachdem ich die beiden zusammen erlebt habe, kann ich es mir kaum vorstellen."

„Oh ja, daran gibt es überhaupt keinen Zweifel", versicherte Marguerite. „Sie schwören alle drei, dass es so war."

Angela sagte nichts, dachte aber bei sich, dass Lady Alice eine bemerkenswerte Person sein musste, wenn sie ihren Sohn ermutigte, eine Frau zu heiraten, die sie selbst zutiefst verabscheute, nur um den Fortbestand der Familie und die Zukunft des Anwesens zu sichern.

„So, Angela", sagte Cynthia. Angela sah zu ihrem Entsetzen, dass sie ein zierliches Notizbuch und einen Bleistift aus ihrer Tasche geholt hatte. „Wir haben gerade noch Zeit, das vor dem Abendessen zu erledigen. Sollen wir in den Salon gehen?"

Jetzt gab es kein Entrinnen mehr. Angela erhob sich

und folgte Cynthia aus dem Wohnzimmer. Im Vorbeigehen warf sie Herbert einen gespielt entsetzten Blick zu. Freddy grinste sie schadenfroh an und sie musterte ihn kalt.

„Da wären wir!", sagte Cynthia, kaum dass sie sich im Salon niedergelassen hatten. „Keine Sorge, es tut ganz bestimmt nicht weh", fügte sie mit einem perlenden Lachen hinzu. „Also, ich habe Sie das ganze Wochenende beobachtet und mir Notizen gemacht - nur für den Hintergrund -" (Angela sah sie mit schreckgeweiteten Augen an) „aber jetzt möchte ich mich ausführlich mit Ihnen unterhalten - Sie wissen schon, all die persönlichen Details herausfinden, die Sie zu der Berühmtheit machen, die Sie sind. Ihre innersten Gedanken und Geheimnisse. Ich habe immer noch nicht das Gefühl, dass ich der Frage ‚Wer ist die echte Angela Marchmont?' auf den Grund komme. Unsere Leser brennen darauf, das zu erfahren. Sagen Sie mir, Angela, was ist Ihre Motivation, Ihre treibende Kraft? Was stimuliert Sie wirklich?"

Angela lag es auf der Zunge zu sagen: „Im Moment würde mich ein Martini ungemein stimulieren", doch stattdessen antwortete sie vage und äußerst verlegen. Ein Blick auf die Uhr verriet ihr, dass es noch eine halbe Stunde bis zum Abendessen war. Jetzt stellte Cynthia Fragen zu Angelas Ehe, zu der sie sich lieber nicht äußern wollte. Insgeheim stieß sie einen Seufzer aus und bereitete sich darauf vor, die Lügen zu erzählen, die sie sich zuvor zurechtgelegt hatte. Auf keinen Fall sollte die Wahrheit auf den Titelseiten der Zeitungen erscheinen.

Nach ungefähr einer Viertelstunde wurde sie von Freddy gerettet, der sich ihrer erbarmte und ihnen Drinks servierte.

„Danke, Freddy, Schatz", murmelte Cynthia, während sie sich Notizen machte. „Wir sind gleich fertig."

„Ich finde, es ist an der Zeit, dass du Angela gehen

lässt", antwortete ihr Sohn. „Ich bin gekommen, um sie aus deinen Klauen zu befreien."

„Was um Himmels willen meinst du?", fragte seine Mutter empört.

„Sieh dir das arme Ding doch an!" Freddy wies auf Angela, die sich ihres gequälten Gesichtsausdrucks gar nicht bewusst gewesen war. „Ihnen wäre es lieber, wenn Sie nicht ausgefragt würden, stimmt's, Mrs M.?"

„Red keinen Unsinn", schnaubte Cynthia. „Wer erzählt nicht gern von sich?"

„Angela", erwiderte Freddy. „Lass sie jetzt in Ruhe. Du hattest genug Gelegenheit, herumzuschnüffeln. Außerdem kannst du dir problemlos etwas zusammenfantasieren. Das machst du doch sonst auch."

„Das stimmt nicht!" Cynthia war beleidigt.

„Gut, dann einigen wir uns auf ‚kreatives Ausschmücken'", schlug Freddy vor.

Zum Glück wurde das Abendessen serviert, bevor ein ernsthafter Streit zwischen Mutter und Sohn ausbrechen konnte. Angela warf Freddy einen dankbaren Blick zu und flüchtete sich erleichtert ins Esszimmer. Für den Rest des Abends achtete sie darauf, einen großen Bogen um Cynthia zu machen, ging früh zu Bett und hoffte, glimpflich davongekommen zu sein.

Am nächsten Morgen saßen sie noch beim Frühstück, als der Bentley gebracht wurde, und Angela ging hinaus, um ihn sich anzusehen.

„Wie geht es dem Patienten, Mr Turner?", fragte sie.

„Der ist so gut wie neu", erwiderte der alte Mann. „Es gibt nichts, was sich nicht mit ein paar Hammerschlägen beheben ließe. Der Wagen wird Ihnen keinen Ärger mehr machen. Vorausgesetzt, Sie kommen nicht wieder von der Straße ab."

William ging begeistert um das Auto herum. Es war

auf Hochglanz poliert und der Chauffeur fuhr liebevoll über die Lackierung.

„Meine Frage, ob Sie froh sind, den Wagen wiederzuhaben, erübrigt sich wohl", sagte Angela. „Wir reisen gleich nach dem Frühstück ab, Sie sollten also das Gepäck einladen."

„Natürlich, Ma'am." William machte sich sofort ans Werk, während Angela ins Haus zurückkehrte, um ihren Kaffee auszutrinken.

Um halb elf waren sie bereit zum Aufbruch. Miles verabschiedete sich freundlich von Angela, doch Marguerite war nirgends zu sehen. Cynthia und Herbert waren schon früher abgereist, da Herbert in London zu tun hatte.

„Halten Sie Ausschau nach meinem Artikel im Clarion", hatte Mrs Pilkington-Soames beim Abschied gesagt. „Ich schätze, er erscheint am Freitag. Kann ich Sie nicht doch umstimmen, sich fotografieren zu lassen, meine Liebe?"

„Nein, leider nicht." Angela war heilfroh, dass sie sich zumindest in diesem Punkt hatte durchsetzen können. Sie war erleichtert, der Gefahr entronnen zu sein, obwohl sie ein flaues Gefühl in der Magengegend bekam, wenn sie sich vorstellte, was Cynthia sich womöglich zusammengeschrieben hatte.

Freddy begleitete sie zum Auto.

„Kopf hoch", sagte er. „Sie können immer noch nach Sibirien auswandern, wenn Ihnen das alles zu peinlich wird."

„Oh, hören Sie auf! Ich habe keine Ahnung, warum ich mich überhaupt darauf eingelassen habe."

„Mutter kann sehr überzeugend sein, wenn sie will."

„Ich bin eher geneigt, die Cocktails vom Freitag dafür verantwortlich zu machen. Die waren nicht ohne. Ich glaube, das hat sie ausgenutzt."

„Oh ja, hüten Sie sich vor König Alkohol", sagte Freddy. „Der hat schon so manche Frau in den Ruin getrieben."

„Und so manchen Mann", wandte Angela ein. „Wo um alles in der Welt ist William hin?"

„Ich kann es mir gut vorstellen", antwortete Freddy mit vielsagendem Lächeln.

„Unfug", sagte Angela.

In diesem Moment näherte sich William mit großen Schritten. Er haspelte eine Entschuldigung, dass er Mrs Marchmont hatte warten lassen, und hielt ihr die Tür auf. Angela wollte gerade einsteigen, als Marguerite die Treppe herunterlief und sie dann zum Abschied begeistert küsste.

„Es war einfach bezaubernd, dich wiederzusehen, meine Liebe", flötete sie. „Du musst unbedingt wiederkommen, wenn meine Ausstellung in Littlechurch eröffnet wird."

„Ich werde sehen, was ich tun kann", versprach Angela und übersah geflissentlich Freddys hämisches Grinsen.

Sie fuhren los. Angela winkte, bis sie außer Sichtweite waren, dann ließ sie sich mit einem Seufzer in ihren Sitz sinken.

„Nun, das war ein ereignisreicher Besuch", sagte sie. Sie warf William einen raschen Blick zu und bemerkte einen roten Fleck auf seiner Wange. „Wischen Sie sich das Gesicht ab, William."

Er verstand sofort und rieb sich entsetzt die Wange. Das Auto machte einen leichten Schlenker.

„Aber fahren Sie uns nicht wieder in den Graben", ermahnte Angela ihn.

„Tut mir leid, Ma'am."

Angela schüttelte den Kopf, schaute aus dem Fenster, damit er ihr Lächeln nicht sah.

Kapitel Zehn

„DAS IST EINDEUTIG", sagte Inspector Jameson.

„Oh ja", bestätigte Dr. Ingleby. „Der Körper enthielt eine große Dosis Arsen. Genug, um die Frau umzubringen, daran gibt es keinen Zweifel." Er rückte seine Brille zurecht und warf einen Blick auf seine Notizen. „Sie hat ein paar Stunden vor ihrem Tod etwas gegessen, aber ihr Magen war leer. Diese Tatsache und gewisse Spuren an ihrer Kleidung deuten darauf hin, dass sie eine akute Magenverstimmung hatte."

Jameson und Willis zogen die Nase kraus, allerdings nicht ohne Mitgefühl für das Opfer.

„Es muss ihr stundenlang ziemlich elend gegangen sein", fuhr Ingleby fort. „Die Symptome einer Arsenvergiftung sind äußerst unangenehm. Dabei kann es zu einem brennenden Gefühl in der Kehle kommen, außerdem zu Durchfall, blutigem Erbrechen, Krämpfen und schließlich zum Koma."

„Die arme Frau", sagte Willis.

„Es sieht nicht so aus, als sei die Magenverstimmung die unmittelbare Todesursache gewesen, obwohl letztendlich das Gift natürlich zum Tod geführt hat. Aber der Zustand der Eingeweide – das sollte ich so kurz nach dem Mittagessen vielleicht lieber nicht genauer ausführen – lässt vermuten, dass sie den ersten Anfall überlebt hat. Möglicherweise ist es ihr sogar etwas besser gegangen. Das kann bei einer Arsenvergiftung tatsächlich passieren, wissen Sie. Man erholt sich von den anfänglichen Symptomen, doch die Nachwirkungen geben einem dann den Rest. Sie ist wohl an Herzversagen gestorben. Es lag eine erbliche Vorerkrankung vor, ich habe Anzeichen einer Mitralstenose gefunden, daher kann ich nur vermuten, dass ihr Herz das Arsen nicht verkraftet hat."

„Was ist mit den Verletzungen im Gesicht?", fragte Jameson.

„Die wurden ihr eine ganze Weile nach ihrem Tod zugefügt", erklärte Ingleby, „offenbar mit der Absicht, ihre Identität zu verschleiern."

„Ihr Mörder muss also gewusst haben, dass ihr Verschwinden kein großes Aufsehen erregen würde", überlegte der Inspector. „Jedenfalls ist es uns bisher nicht gelungen, eine Spur zu finden. Keine Frau, die ihrer Beschreibung entspricht, ist als vermisst gemeldet."

„Wonach haben Sie Ausschau gehalten? Nach einer Blondine? Sie wissen, dass das nicht ihre natürliche Haarfarbe war, oder?"

„Tatsächlich?"

„Oh ja. Dieses helle Blond sieht man kaum bei einer erwachsenen Frau. Ja, sie hatte von Natur aus dunkelbraunes, fast schwarzes Haar. Das ist bei Engländern sehr selten."

Jameson dachte an das Foto des kleinen Jungen, das sie im Koffer der Toten gefunden hatten. Nach seinem Eindruck hatte der Kleine einen fremdländischen Einschlag.

„Aha, das ergibt einen Sinn. Wie dumm von mir, dass ich nicht darauf gekommen bin."

„Das liegt daran, dass Sie nicht verheiratet sind", meinte Willis selbstgefällig.

„Sie sind aber doch verheiratet. Warum ist es Ihnen nicht aufgefallen?"

„Mrs Willis' Haar hatte immer schon einen sehr schönen Rotton, Sir", erklärte der Sergeant. „Sie braucht keine künstlichen Haarfärbemittel."

„Sicherlich nicht", pflichtete der Arzt ihm bei. „Ich muss sagen, dass ich eine Frau lieber mit der Haarfarbe sehe, die der liebe Gott ihr gegeben hat."

„Mrs Willis' Haar war das Erste, was mir an ihr aufgefallen ist", meinte Willis. „Und ihre Fesseln. Sie hat ausgesprochen schlanke Fesseln."

„Ich unterbreche Ihre romantischen Reminiszenzen ja nur ungern", sagte Jameson, „aber wir haben eine Menge Arbeit vor uns. Sie nehmen sich besser noch einmal die Vermisstenliste vor. Vielleicht ist eine dunkelhaarige Frau gemeldet worden, auf die unsere Beschreibung passt. Möglicherweise hat sie sich die Haare erst nach ihrem Verschwinden gefärbt."

„Wird erledigt, Sir."

„Aber vorher statten wir einer alten Freundin einen Besuch ab."

Mrs Chang wohnte in einer Wohnung über ihrem Nachtclub, im obersten Stockwerk des Hauses in der Brewer Street. Sie war klein und zierlich, Jameson schätzte ihr Alter irgendwo zwischen fünfzig und siebzig Jahren. Ihr langes, immer noch tiefschwarzes Haar hatte sie zu einem festen Dutt zusammengerollt. Sie war elegant und geschäftsmäßig gekleidet und hätte als der Inbegriff von Seriosität durchgehen können, wären da nicht das spitzbübische Funkeln in ihren Augen und die Neigung gewesen, bei direkten Fragen eine berechnende Listigkeit an den Tag zu legen.

Sie begrüßte Jameson und Willis überschwänglich wie gute Freunde.

„Hallo, hallo, Inspector Jameson! Und das ist Sergeant Willis. Ja, ja, ich erinnere mich sehr gut. Wir haben vor sechs Monaten gesprochen, ja? Wir haben zusammen gesprochen, als Sie Razzia in meinen Club durchgeführt haben. Sehr höfliche Polizisten, alle beide. Nicht wie der andere, wie hieß er noch? Er ist sehr unhöflich. Ich respektable Geschäftsfrau, ich sage ihm, aber er gar nicht höflich. Warum sind Sie dann heute hier? Sie kommen, um meinen Club wieder zu schließen? Sie finden hier nichts. Alles in bester Ordnung. Sehen Sie? Drei Uhr jetzt und wir haben zu. Wir machen später wieder auf, aber alles ganz vorschriftsmäßig. Gute Musik und Tanz, aber kein illegaler Alkoholkonsum. Wir haben sehr gutes Orchester. Berühmt in ganz Amerika. Auch die Bezahlung ist großzügig - wir sind nicht billig wie andere Lokale, die solche Orchester einstellen. Herzöge und Prinzen und Filmstars kommen von überall her, um unsere Musik zu hören.“

Als es Jameson endlich gelang, ihren Redefluss zu stoppen, versicherte er ihr, dass sie nicht gekommen seien, um ihren Club zu schließen, woraufhin sie begeistert in die Hände klatschte.

„So, so! Warum sind Sie dann hier? Vielleicht sprechen Sie mit meinem Sohn, Johnny. Er übernimmt bald, wenn ich zu alt bin. Auf die Tochter ist kein Verlass - sie hat gerade einen sehr angesehenen Mann geheiratet. Trauen Sie Ihrer Tochter nicht, Inspector. Sie läuft weg und heiratet, anstatt zu helfen.“

„Gratulation!“, sagte der Inspector höflich. „Nun, wir kommen in einer ziemlich heiklen Angelegenheit.“

Das Lächeln auf Mrs Changs Gesicht erlosch, als hätte

es jemand ausgeschaltet. Sie setzte sich kerzengerade hin und richtete ihre ganze Aufmerksamkeit auf die beiden Polizisten.

„Ja?", sagte sie.

„Ja, also … Ich weiß nicht, ob Sie in letzter Zeit die Zeitung gelesen haben, aber wenn ja, haben Sie von einer toten Frau gelesen, die in Kent in einem Graben gefunden wurde."

Der altbekannte berechnende Ausdruck erschien auf Mrs Changs Gesicht, als sie sagte: „Ja? Ja? Vielleicht erinnere ich mich. Eine Frau mit zertrümmertem Kopf, ja? Ich glaube, ich habe die Geschichte gelesen. Sehr traurig."

„Genau diese Geschichte meine ich", bestätigte Jameson. „Jetzt versuchen wir herauszufinden, wer sie war. Sie hatte keinen Ausweis bei sich, als sie gefunden wurde, aber sie hat einen Koffer hinterlassen, in dem sich ein Handzettel für den Copernicus Club befand."

Mrs Chang nickte.

„Ja, viele Leute kommen in meinen Club, ist bei der Oberschicht sehr in Mode. Auch viele ausländische Prinzen und Damen."

„Ich glaube nicht, dass sie zur Oberschicht gehörte", wandte Jameson ein, „aber möglicherweise hat sie hier als Taxi-Tänzerin, also als Tanzhostess gearbeitet."

„Ah, ja, meine Mädchen", sagte Mrs Chang. „Sehr gute Mädchen. Sie tanzen mit ausländischen Prinzen. Aber nur tanzen. Wir sind ein seriöser Club. Nichts – wie sagen Sie? - unter der Gürtellinie."

„Äh, natürlich", sagte Jameson.

„Ich hole Johnny. Er kennt alle Mädchen. Er sagt Ihnen, was Sie wissen wollen."

Sie sprang überraschend behände auf, lief ins Treppenhaus und beugte sich über das Geländer. Als sie plötzlich mit schriller Stimme etwas auf Chinesisch rief, zuckte

Willis zusammen. Im nächsten Moment hörten sie, wie sich eine Tür in der unteren Etage öffnete und eine Männerstimme antwortete. Zwischen Mutter und Sohn entspann sich ein hitziger Wortwechsel, dann schnaubte der Sohn ungeduldig und kam die knarrende Treppe herauf.

„Das ist mein Sohn, Johnny", stellte Mrs Chang in vor. „Er sagt Ihnen, was Sie wissen wollen. Johnny, du beantwortest die Fragen der Polizisten."

Johnny Chang war ein stämmiger, ernst dreinblickender junger Mann in Hemdsärmeln. Obwohl er nicht besonders groß war, überragte er seine Mutter, die ihn ungeduldig anstarrte.

„Wie kann ich Ihnen helfen, Inspector?", fragte er mit überraschend gebildeter Ausdrucksweise.

„Mein Sohn war in Oxford, hat Bestnoten abgeschnitten", warf Mrs Chang stolz ein. „Er ist Klügster in Familie. Guter Junge, kümmert sich um seine Mutter."

Johnny machte eine schnippische Bemerkung auf Chinesisch, die sie ebenso schnippisch erwiderte. Dann lächelte sie die beiden Polizisten an.

„Johnny sagt, ich mische mich ein. Vielleicht. Ich lasse Sie reden."

Sie verschwand in einem Hinterzimmer und zog die Tür zu, doch Jameson war sich fast sicher, dass sie dahinter lauschte. Johnny Chang sah die beiden Polizisten fragend an und Jameson erklärte ihm den Grund ihres Besuchs.

„Der Handzettel brachte uns auf die Idee, dass sie möglicherweise hier gearbeitet hat", schloss er, ohne den jungen Mann aus den Augen zu lassen. Dessen Miene verriet jedoch nicht die geringste Regung.

„Ja, wir haben Mädchen hier", sagte er. „Sie haben die Aufgabe, mit den Männern zu tanzen und sie zu unterhalten."

„Und sie zu ermuntern, ihnen Drinks zu spendieren?", fragte Jameson sanft.

Johnny gestattete sich ein leises Lächeln.

„Wenn ein Kunde einem hübschen Mädchen einen Drink ausgeben möchte – nun, dagegen ist nichts einzuwenden, nicht wahr, Inspector?"

„Überhaupt nichts", antwortete Jameson.

„Es ist alles völlig harmlos und ich versichere Ihnen, dass wir unsere Tanzhostessen sorgfältig auswählen. Sollten wir jemals Wind von etwas Ungehörigem bekommen, sind sie den Job los, und das wissen sie. Unsere Gäste gehören zur sogenannten feinen Gesellschaft. Einen schlechten Ruf können wir uns nicht leisten."

Jameson verkniff sich die Bemerkung, dass zwischen der lückenhaften Einhaltung der Schankbestimmungen im Copernicus und dem regelmäßigen Erscheinen seiner Mutter vor dem Friedensrichter ein Zusammenhang bestand.

„Oh, wir haben keinerlei Hinweis, dass diese Frau sich irgendetwas Verwerfliches hat zuschulden kommen lassen", beschwichtigt er den jungen Mann. „Wir wollen nur herausfinden, wer sie war, und der Handzettel ist unsere einzige Spur."

„Verstehe", sagte Johnny.

„Ist eines Ihrer Mädchen in letzter Zeit plötzlich verschwunden?", fragte Jameson.

Johnny schüttelte den Kopf.

„Nein, ich kann Ihnen versichern, dass alle unsere Mädchen vollzählig an Bord sind. Es tut mir leid, Inspector, aber ich kann Ihnen nicht weiterhelfen."

Die Bestimmtheit seiner Worte machte Jameson deutlich, dass eine weitere Befragung sinnlos war. Als er und Willis sich erhoben, um zu gehen, erschien Mrs Chang und strahlte sie an.

„Kommen Sie, wann immer Sie wollen", sagte sie, „aber das nächste Mal bitte im Abendanzug und ohne Dienstausweis. Wir haben wunderbare Musik und schöne Mädchen. Sie werden sich amüsieren, ja? Wir mögen Polizei. Sie sind sehr gute Trinker."

Jameson dankte ihr und nachdem sie sich verabschiedet hatten, folgte Johnny Chang ihnen die Treppe hinunter. Als sie die Eingangshalle erreichten, ging die Tür auf und ein paar dunkelhäutige Männer mit Instrumenten kamen herein. Vermutlich war es das Orchester, das zur Probe kam. In dem allgemeinen Getümmel rempelten sich die Männer gegenseitig an, entschuldigten sich und sortierten sich schließlich in Ankömmlinge und sich Verabschiedende.

„Auf Wiedersehen, Inspector", sagte Johnny Chang und wandte sich dann an einen der Musiker, einen schlaksigen jungen Mann mit einem Trompetenkoffer. „Einen Moment, Alvie, ich muss mit dir reden."

„Inspector?" Alvie sah Jameson überrascht an. „Haben wir schon wieder die Bullen hier, Mr Chang?"

„Es ist nichts", sagte Johnny. „Sie suchen nur nach einem Mädchen, das vermisst wird. Wir können ihnen natürlich nicht helfen. Jetzt lass uns nach oben gehen."

Alvie warf den beiden Polizisten einen weiteren Blick zu, als er Johnny die Treppe hinauf folgte, sagte aber nichts.

„Es hat keinen Sinn", meinte Jameson, als er mit Willis auf der Straße stand. „Sie haben die Reihen geschlossen und werden uns nicht mehr sagen als unbedingt nötig."

„Kein Wunder", meinte Willis. „Sie wissen genau - oder vermuten zumindest -, was ihre Mädchen treiben, aber sie können es nicht zugeben, sonst wirft man ihnen vor, ein Bordell zu betreiben, und das ist das Letzte, was sie im Moment wollen."

„Ja", bestätigte Jameson, „aber wir haben ein Problem, wenn sie nicht bereit sind, mit uns zu reden. Wir werden einen verdeckten Ermittler schicken müssen, vielleicht findet der etwas heraus. Ich muss wissen, wer dieses arme Mädchen war."

Kapitel Elf

„ICH DACHTE, Polizisten hätten keine Zeit zum Mittagessen“, sagte Mrs Marchmont, als der Kellner ihr einen Stuhl an den Tisch schob.

„Normalerweise nicht“, räumte Inspector Jameson ein, „aber ich war zufällig in der Gegend und dachte, ich schaue mal bei Ihnen vorbei, vielleicht habe ich ja Glück und Sie sind zu Hause.“

„Ich bin froh, dass Sie gekommen sind“, sagte Angela. „Unerklärlicherweise wusste ich heute nichts mit mir anzufangen und habe mich ziemlich gelangweilt, aber jetzt habe ich jemanden, mit dem ich mich unterhalten kann. Und ich hoffe, Sie werden indiskret sein.“

Jameson lachte.

„Nur bis zu einem gewissen Punkt.“

„Dann werde ich mich damit begnügen müssen.“ Sie schwieg, während der Kellner um sie herumwuselte, und fragte dann: „Dürfen Sie mir sagen, wie Sie mit dem Fall der Leiche am Graben vorankommen?“

„Ich wüsste nicht, was dagegenspräche. Die Fakten werden früher oder später sowieso ans Licht kommen.“

„Wie schön. Ich dachte schon, Sie müssten Still-schweigen bewahren, da ich nichts mit der Sache zu tun habe."

„Natürlich haben Sie etwas damit zu tun. Ohne Sie wäre die Leiche vermutlich nie gefunden worden, und außerdem würde es mich interessieren, was Sie von dem Fall halten. Sie besitzen einen scharfen Verstand, wie er für einen guten Detektiv unabdingbar ist, und entdecken viel-leicht etwas, das wir übersehen haben."

„Oh." Angela fühlte sich geschmeichelt.

„Aber das muss unter uns bleiben. Ich möchte nicht, dass morgen alles im Clarion steht", fuhr er halb im Scherz fort.

Angela spürte, wie sie rot wurde.

„Oh!", sagte sie noch einmal. „Ich hatte gehofft, Sie würden dieses schreckliche Blatt nicht lesen. Cynthia Pilkington-Soames kann sich auf etwas gefasst machen, wenn ich sie sehe. Von den Dingen, die sie geschrieben hat, habe ich kaum die Hälfte gesagt, und ich habe mich nur zu diesem Interview bereiterklärt, weil sie keine Ruhe gegeben hat."

„Ich muss gestehen, dass ich Sie so, wie Sie in dem Artikel dargestellt werden, nicht wiedererkannt habe", sagte er.

„Nun, das ist immerhin ein Trost", seufzte sie. „Aber Sie wissen natürlich, dass es mir nicht im Traum einfallen würde, Dinge, die mir im Vertrauen mitgeteilt werden, an die Presse weiterzugeben."

„Das weiß ich", versicherte er.

„Dann lassen Sie uns diese dumme Geschichte verges-sen, sonst werde ich die Peinlichkeit nie wieder los."

Es war unschwer zu erkennen, dass ihr die Sache mit dem Zeitungsartikel nahe ging, also wechselte der Inspector taktvoll das Thema.

Der Kellner trat an ihren Tisch und wartete höflich ab, bis sie sich entschieden hatten, was sie essen wollten. Dann widmeten sie sich wieder dem Fall der mysteriösen Toten. Jameson berichtete Angela von Dr. Inglebys Untersuchungsergebnissen.

„Das ist sehr interessant und recht seltsam", meinte sie. „Ja, ich verstehe, warum die Polizei von Littlechurch Sie hinzugezogen hat. Es ist doch kein alltäglicher Mord, wie alle ursprünglich dachten, oder?"

„Nicht mit dem Gift als Zutat", pflichtete er ihr bei.

„Aber wo wurde ihr das Arsen verabreicht und wie?", fragte Angela. „Ich hatte angenommen, dass es sich um eine spontane Tat handelte, und war davon ausgegangen, dass sie erwürgt wurde - vielleicht sogar in einem Auto - und der Mörder sie dann die Böschung hinuntergeworfen hat. Aber jemanden in einem Auto vergiften? Das stelle ich mir schwierig vor. Das bedeutet also, dass sie sich einige Zeit in einem Haus oder einem Hotel aufgehalten haben muss und dort hat man ihr das Gift verabreicht, vielleicht in einer Mahlzeit oder einem Getränk."

Der Inspector nickte.

„Ja, und laut Dr. Ingleby ist sie nicht sofort gestorben. Sie hatte eine Magenverstimmung, wie man sie bei einer Arsenvergiftung erwarten würde, aber das scheint sie überlebt zu haben. Sie starb an Herzversagen, verursacht durch die Nachwirkungen des Giftes. Nach ihrem Tod hat jemand ihr Gesicht entstellt und dann die Leiche entsorgt, aber es muss eine ganze Weile gedauert haben, bis sie gestorben ist."

Der Gedanke an die bedauernswerte Frau und ihr grausames Ende machte Angela betrübt.

„Was ist mit dem Abholschein?", fragte sie. „Hat er sie auf eine heiße Spur geführt?"

Er erzählte ihr von dem Handzettel und dem Foto, das sie beides in dem Koffer gefunden hatten.

„Dann hatte sie ein Kind?", fragte Angela.

„Nicht unbedingt", wandte er ein. „Vielleicht ist es das Bild von einem Neffen oder einem anderen Verwandten."

„Das ist natürlich möglich. Es wäre schrecklich, wenn durch den Mord ein Kind seine Mutter verloren hätte. Und was ist mit dem Handzettel?"

„Den habe ich hier." Er tastete in einer Innentasche seiner Jacke, holte den mehrfach gefalteten Zettel hervor und reichte ihn ihr.

„Der Copernicus Club? Ich glaube, von dem habe ich schon gehört", sagte Angela. „Ist die Besitzerin nicht eine Mrs Chang? In der Zeitung stand etwas über sie. Sie wird immer wieder verhaftet, weil sie nach der Sperrstunde Alkohol ausgeschenkt hat, stimmt's?"

„Ja, das ist sie. Sie ist schlau. Im Copernicus Club treffen sich vor allem die schicken jungen Leute der Oberschicht, und die Polizeirazzien und Verhaftungen geben ihnen das Gefühl, furchtbar verrucht und verwegen zu sein. Ich könnte schwören, dass sie das absichtlich macht – sie trägt damit zum Image des Clubs bei. Die Geldstrafen bezahlt sie aus der Portokasse, die sind kein Problem für sie, und jedes Mal, wenn sie verhaftet wird, berichten die Zeitungen darüber und steigern so ihren Bekanntheitsgrad."

„Und Sie meinen, unsere geheimnisvolle Tote könnte im Copernicus als Tanzhostess gearbeitet haben?"

„Ich halte das durchaus für möglich. Außer dem Handzettel waren mehrere abgetragene Abendkleider in ihrem Koffer. Ich habe jedoch mit Mrs Chang und ihrem Sohn gesprochen, und entweder konnten oder wollten sie mir nichts sagen. Vor allem aus Mutter Chang war nichts herauszubekommen - sie ist ein alter Hase und weiß genau, was sie tut. Ihre Zusammenstöße mit den Behörden sind mittlerweile ein Witz, doch man munkelt, dass die Mädchen, die im Copernicus Club arbeiten, mit den männlichen Kunden nicht nur tanzen. Und wenn man Mrs Chang nachweisen könnte, dass sie ein Bordell betreibt - nun, das wäre ein ernsthaftes Risiko für ihr Geschäft. Johnny Chang ist allerdings jünger und weniger erfahren und vielleicht auch weniger abgebrüht als seine Mutter. Ich hatte den Eindruck, dass er etwas wusste. Er war jedoch nicht bereit, auch nur das Geringste preiszugeben, sodass wir mit leeren Händen dastanden. Danach schickten wir eine Zivilstreife in den Club. Der Kollege sollte sich ein paar Abende lang unter die Besucher mischen, aber sie hatten wohl damit gerechnet, dass wir jemanden einschleusen, denn er hat nichts in Erfahrung bringen können. Offensichtlich hatte man allen eingeschärft, nicht zu reden. Wenn er auf die Tanzhostessen zu sprechen kam, haben sie einfach dichtgemacht."

„Aha, verstehe." Angela betrachtete den Handzettel nachdenklich. „Dann wissen Sie also noch nicht viel mehr über die geheimnisvolle Tote."

„Das kann man so nicht sagen. Wir überprüfen die Vermisstenlisten und natürlich haben die meisten Zeitungen über den Fall berichtet. Vielleicht ergibt sich daraus die eine oder andere Spur. Die Polizei von Littlechurch stellt ausgedehnte Nachforschungen in der Umgebung an, in der Hoffnung, dass jemand die Frau gesehen hat. Und den Copernicus Club haben wir auch noch nicht abgehakt, er ist im Moment unsere vielversprechendste Spur. Irgendwie bringen wir jemanden zum Reden, mit welchen Mitteln auch immer, warten Sie's ab."

In diesem Augenblick wurde ihr Essen serviert. Sie aßen schweigend, während Angela über das nachdachte, was sie gerade gehört hatte. Die Frau war also vorsätzlich vergiftet worden? Dadurch bekam der Fall natürlich eine ganz andere Gewichtung. Offenbar hatten sie es nun nicht mehr mit einer im Affekt begangenen Tat zu tun, einer unvorhersehbaren Tragödie – nein, jemand hatte sich die Mühe gemacht, ihr ein tödliches Gift zu verabreichen, mit mörderischer Absicht. Und dann, als die Frau tot war, hatte er ihr Gesicht zerschmettert und dabei eine schreckliche Gewalt an den Tag gelegt, bis er ihre Leiche schließlich fortgeworfen hatte, in der Hoffnung, dass sie nie entdeckt würde. Doch Angela und William hatten die Tote kurz danach gefunden. Welch ein Pech für den Mörder, dachte Angela. Ob er jeden Tag angstvoll die Zeitungen durchblätterte, um herauszufinden, wie sich der Fall entwickelte? Zuckte er zusammen, wenn es an der Tür klopfte? Plötzlich kam ihr ein Gedanke.

„Inspector Jameson", begann sie zögernd, „könnte es Selbstmord gewesen sein?"

Jameson sah sie zweifelnd an. „Meinen Sie, sie hat sich umgebracht, und dann hat sie jemand gefunden und ihr Gesicht entstellt? Warum?"

„Das weiß ich nicht. Ich spiele nur verschiedene Möglichkeiten durch."

„Hm, solange wir nicht wissen, wer sie war, ist das alles reine Spekulation."

„Da haben Sie natürlich recht."

Sie unterhielten sich über andere Dinge, doch irgendwann waren ihre Teller leer gegessen und Jameson warf einen bedauernden Blick auf seine Uhr.

„Keine Ruhe für die Gottlosen", seufzte er. „Ich muss mich leider verabschieden. Der Chef hat mich für drei Uhr einbestellt. Vermutlich will er sich über irgendetwas beschweren."

„Vielen Dank für das Mittagessen", sagte Angela, „und

viel Glück bei Ihrer Jagd nach dem Mörder. Ich wünschte, ich könnte irgendwie helfen."

„Nein, leider gibt es nichts für Sie zu tun, es sei denn, Sie finden heraus, wer sie war."

„Nun, wenn mir etwas Brauchbares einfällt, rufe ich Sie an", versprach Angela, als sie auf die Straße traten. „Nein, lassen Sie nur - Sie brauchen mich nicht nach Hause zu begleiten. Sie haben es eilig und ich wohne ja nur um die Ecke. Sehen Sie lieber zu, dass Sie zu Ihrem Termin mit dem Chef kommen."

Er lächelte kurz, warf erneut einen Blick auf seine Uhr und verabschiedete sich. Angela sah ihm nach, wie er die Straße hinuntereilte, dann wandte sie ihre Schritte in Richtung nach Hause. Sie hatte gerade die Ecke der Mount Street erreicht, als sie zögerte und es sich anders zu überlegen schien. Sie überquerte die Straße und ging weiter, bis sie nach ein paar Hundert Metern zu einer kleinen Remise kam, in der sowohl der Bentley als auch William untergebracht waren.

Das Auto stand mit weit geöffneter Motorhaube auf der Straße, während William rauchend auf dem Bürgersteig saß und die frühherbstliche Sonne genoss. Er drückte rasch die Zigarette aus und stand auf, als er sie sah.

„Gibt es Probleme?", fragte sie.

„Nein, Ma'am", antwortete er. „Es ist alles in Ordnung. Ich dachte nur, ich schaue mal kurz nach dem Rechten. Soll ich Sie irgendwo hinfahren? Ich gehe nur schnell meine Jacke holen."

„Nein, nein, nicht nötig. Ich wollte Sie nur etwas fragen. Wie hieß Ihr Freund, der Bandleader, damals in New York? Albie oder Alvie irgendwas."

Falls William überrascht war, zeigte er es nicht.

„Meinen Sie Alvie Berteau?"

„Genau den meine ich, ja. Ist er jetzt in London?"

„Ja, Ma'am. Er hat ein Engagement in irgendeinem Nachtklub - ich weiß den Namen nicht mehr."

„Im Copernicus Club?"

„Ja, ich glaube, so hieß er", nickte William. „Haben Sie ihn dort gesehen?"

„Nein, aber ich würde gerne mit ihm sprechen. Können Sie das einfädeln, William?"

„Sicher. Wann immer Sie wollen. Ich sehe zu, dass ich ihn ausfindig mache."

„Danke", sagte Mrs Marchmont.

William zögerte.

„Darf ich fragen -", begann er.

„Ich wüsste nicht, warum ich es Ihnen nicht sagen sollte. Es könnte sein, dass er etwas über die Frau weiß, die wir in Kent gefunden haben."

„Denken Sie, er hat sie umgebracht?", fragte William erstaunt.

„Nein, natürlich nicht. Aber die Polizei vermutet, dass sie im Copernicus Club gearbeitet hat, und ich habe mich nur gefragt, ob er sie kannte, das ist alles. Ich würde gerne herausfinden, wer sie war."

„Die Polizei hat also noch keine eindeutige Spur?"

„Vermutlich nicht und im Copernicus will niemand mit den Beamten sprechen, weil sie alle um ihren Job fürchten. Ich dachte, ich bekomme vielleicht etwas aus ihm raus."

„Das könnte gut sein", meinte William. „Hoffentlich haben Sie Glück. Mir gefällt die Vorstellung nicht, dass diese arme Frau anscheinend von niemandem vermisst wird. Und dass niemand um sie trauert."

„Mir auch nicht", sagte Angela.

Kapitel Zwölf

ANGELA LIEß William weiter am Bentley herumbasteln und beschloss, einen kleinen Spaziergang zu einem in der Nähe der Regent Street gelegenen Hutgeschäft zu machen, das ihr sehr gefiel. Es war ein schöner Nachmittag, recht warm für die Jahreszeit. Angela ging gemächlich die Grosvenor Street entlang, genoss das geschäftige Treiben in den Straßen, die Autos und Karren, die Laufburschen und Büromädchen, die ihre Erledigungen machten.

Ein plötzliches Wiehern und Schnauben ließ sie erschrocken herumfahren. Ein Lumpensammler versuchte, sein Pferd zu beruhigen, das vor dem lauten Knattern eines Motorrades scheute. Das bedauernswerte Tier war klapperdürr und Angela konnte nicht umhin, es in Gedanken mit Castana zu vergleichen, Lucy Syms' wohlgenährter Stute. Dann wanderten ihre Gedanken zurück zu dem Mittagessen in Blakeney Park in der vergangenen Woche und zu dem Wettstreit der Persönlichkeiten, den Lucy und Lady Alice für alle sichtbar ausgefochten hatten. Sie fragte sich, wie die beiden Frauen nach der Hochzeit zurechtkommen würden.

Hatte Lady Alice vor, sich mit Anstand in den Hintergrund zurückzuziehen? Oder würde sie ihre Stellung verteidigen und auf ihrer Vorherrschaft über Blakeney Park bestehen? Und wie würde Gil damit umgehen? Er schien nicht das nötige Fingerspitzengefühl zu besitzen, um die drohenden Konflikte zu entschärfen, aber vielleicht hatte er verborgene Talente, von denen sie nichts wusste.

Das Läuten von Kirchenglocken und Stimmengewirr in der Nähe rissen sie aus ihren Gedanken. Ohne es zu merken, war sie bis zur St. George's Church gelaufen, vor der sich eine kleine Menschenmenge versammelt hatte, darunter auch einige Reporter. Drinnen heiratete offensichtlich eine bekannte Persönlichkeit, denn am Straßenrand wartete eine große, glänzende Limousine unter den wachsamen Augen ihres Fahrers und eines uniformierten Polizisten, der hin und wieder ein paar neugierige Kinder vertreiben musste.

Angela sah, wie sich die Menge nach vorne schob, und konnte einen Blick auf das glückliche Paar erhaschen, als es aus der Kirche trat. Sie wollte gerade weitergehen, als sie von einem nachlässig gekleideten jungen Mann angesprochen wurde, der eben noch mit gelangweilter Miene, Notizbuch und Stift in der Hand, an einem Geländer auf der anderen Straßenseite gelehnt hatte.

„Hallo, Mrs M.", begrüßte Freddy Pilkington-Soames sie.

„Freddy!", rief Angela aus. „Was machen Sie denn hier?"

„Ich verdiene mir selbstverständlich meinen Lebensunterhalt", antwortete er. „Hochzeiten der High Society sind extrem langweilig, aber wie es scheint, kann die Öffentlichkeit nicht genug davon bekommen, und deshalb bin ich hier."

„Oh, ich verstehe. Das Clarion hat Sie geschickt, nicht wahr? Und wie gefällt Ihnen das Leben als Reporter?"

Freddy schloss kurz die Augen und schauderte ein wenig.

„Es gibt kaum Worte, die beschreiben können, wie furchtbar ermüdend es ist", antwortete er. „Man zwingt mich, um halb neun zu erscheinen. Halb neun! Haben Sie eine Ahnung, zu welch gottloser Stunde ich aufstehen muss? Und dann werde ich losgeschickt, wie ein Blumenmädchen stundenlang auf der Straße zu stehen, nur weil die geneigten Leser alle Einzelheiten über die Hochzeit zwischen einem verachtenswürdigen Aristokraten und seiner Geliebten, einem gewöhnlichen Ladenmädchen, wissen wollen. Und stellen Sie sich das vor: Abends muss ich auch noch arbeiten! Ich habe letzten Mittwochabend einer Gewerkschaftsversammlung in einem schäbigen, feuchten, zugigen Saal in Bethnal Green beigewohnt, bei der Mr Rowbotham gut zwei Stunden lang über das Thema ‚Der arbeitende Mensch und seine Zukunft' referiert hat, wobei seine Grammatik einiges zu wünschen übrig ließ, wie ich hinzufügen möchte. Bethnal Green! Ich glaube, ich war vorher noch nie weiter östlich als im Alhambra. Ich hatte das Gefühl, Kopf und Kragen zu riskieren. Zum Glück war ein alter Schulfreund von mir da, der nicht ganz bei Verstand ist und sich der Labour Party angeschlossen hat. Er geht tatsächlich davon aus, dass er bei den nächsten Wahlen als Kandidat aufgestellt wird. Ich werde wohl für die Zeitung etwas Schmeichelhaftes über ihn schreiben. Man kann doch einen Freund nicht im Stich lassen."

Angela konnte nicht anders: Der angewiderte Gesichtsausdruck, mit dem er den größten Teil seiner Ansprache hielt, brachte sie einfach zum Lachen.

„Und was schreiben Sie über die Hochzeit?", fragte sie ihn. „Wer ist das glückliche Paar eigentlich?"

„Er ist Lord Blanchard und sie ist eine gewisse Miss Christabel Plunkett, von der bisher noch niemand gehört hat. Er ist einundvierzig Jahre älter als sie und mehr oder weniger vergreist. Weiß der Kuckuck, wie sie es geschafft haben, ihn vor den Altar treten zu lassen, ohne dass er auf dem Weg dorthin zusammenklappt. Und sie – nun, Sie können sich sicher vorstellen, was für eine Frau sie ist. Ich wette, sie trägt eine Auflistung seiner Besitztümer an ihrem Herzen. Das sage ich in meinem Artikel natürlich nicht. Ich werde lediglich erwähnen, dass die Menge in Jubelgeschrei ausbrach, als die Braut mit rosigen Wangen und feuchten Augen aus der Kirche kam. Und was dergleichen Unfug mehr ist. Und dann werde ich wohl noch hinzufügen, dass sie ein Hochzeitskleid aus schwerem weißem Seidenbrokat trug, mit einem gewagten Dekolleté das mit Perlen und Diamanten besetzt war."

Angela starrte ihn erstaunt an.

„Mit Perlen und Diamanten?", fragte sie. „Konnten Sie das aus der Entfernung erkennen?"

„Oh, ich habe herausgefunden, wer ihre Schneiderin ist, und die habe ich gestern befragt."

„Mich wundert, dass Sie sich überhaupt die Mühe gemacht haben, hierher zu kommen."

„Nun, man weiß nie, was passiert", meinte Freddy. „Die Braut könnte es sich plötzlich anders überlegen und den Pfarrer heiraten wollen oder die Mutter der Braut und die Schwester des Bräutigams tauchen im gleichen Kleid auf und kratzen sich vor der Kirche die Augen aus. Das wäre doch ein Jammer, so etwas zu verpassen. Aber wie es scheint, verläuft alles nach Plan. Schade, ich hatte eigentlich gehofft, der alte Knacker würde tot umfallen, bevor sich die beiden das Ja-Wort geben können. Stellen Sie sich das Theater vor!"

„Sie sind unmöglich, Freddy", sagte Angela.

„Daran ist wahrscheinlich meine Mutter schuld", verteidigte er sich. „Und Sie? Spazieren am helllichten Tag durch Mayfair, wo alle Welt Sie sehen kann! Und das, wo Sie so berühmt sind."

„Ich wollte mir eigentlich einen Hut kaufen."

Freddy schnalzte missbilligend mit der Zunge.

„Das Leben der Reichen und Schönen – nichts als Müßiggang!", sagte er. „Eines Tages werden Leute wie Sie an die Wand gestellt und erschossen oder den Wölfen vorgeworfen oder so. Das behauptet zumindest Mr Rowbotham."

„Aber ich brauche einen neuen Hut", beharrte Angela.

„Sie haben doch schon einen Hut. Den haben Sie auf dem Kopf."

„Dieses alte Ding? Das kann man ja wohl kaum noch als Hut bezeichnen. Außerdem kann man nie zu viele Hüte haben."

„Das ist eine geradezu frivole Einstellung. Wissen Sie nichts Besseres mit Ihrer Zeit anzufangen? Sie könnten ein Museum besuchen oder in einer karitativen Einrichtung aushelfen."

„Ist das der Einfluss Ihres Freundes von der Arbeiterpartei?"

„Großer Gott, nein!", beteuerte Freddy. „Das Ganze war furchtbar langweilig und bierernst. Und Gewerkschafter tragen grässliche Klamotten, weil schöne Klamotten eine unentschuldbare Verschwendung darstellen, und sie dürfen sich nicht amüsieren, verstehen Sie? Sie hätten mal sehen sollen, wie mein Freund St. John gekleidet war. Sein Geschmack ist unrettbar verdorben. Er hat mir sehr leidgetan."

„Und Sie behaupten, ich hätte eine frivole Einstellung", sagte Angela.

Freddy grinste selbstgefällig. Angela sah ihn forschend an.

„Ich glaube, Sie genießen Ihren neuen Job", stellte sie fest.

„,Genießen' ist ein großes Wort," bemerkte er. „Mir macht keine Arbeit Spaß. Aber ich muss zugeben, dass das Leben als Reporter nicht ganz so schrecklich ist, wie ich erwartet hatte. Ich begreife allmählich, was Mutter daran findet."

„Nun, ich hoffe, Sie halten sich mehr an die Fakten als sie. Ich kann mir nicht erklären, woher sie die Dinge hat, die sie in ihrem Artikel über mich schreibt."

„Ach, der Artikel." Freddy grinste. „Ja, das war eine fantasievolle Geschichte, nicht wahr? Aber Sie sind selbst schuld. Wenn Sie nichts von sich preisgeben, werden die Leute eben alles Mögliche über Sie erfinden."

„Aber ich rede nicht gerne über mich."

„Verstehen Sie denn nicht? Deshalb sind ja alle so wild darauf, mehr über Sie zu erfahren. Sie meinen, Sie würden ein paar schrecklich aufregende Dinge verheimlichen."

„Das tue ich doch gar nicht. Ich will nur nicht, dass die ganze Welt jeden Gedanken kennt, der mir durch den Kopf geht."

„Dann werden Sie weiterhin die allgemeine Aufmerksamkeit auf sich ziehen", stellte Freddy schlicht fest. Er warf einen Blick auf die Hochzeitsgesellschaft, die sich allmählich zum Aufbruch rüstete. „Vermutlich sollte ich die Sache bis zum bitteren Ende durchziehen und dem glücklichen Paar ins Claridge's folgen. Vielleicht landet der Bräutigam mit dem Gesicht voran in der Hochzeitstorte. Dann hätte sich mein Einsatz wenigstens gelohnt."

„Freddy", sagte Angela, einer plötzlichen Idee folgend. „Kennen Sie den Copernicus Club?"

„Den Copernicus Club?", wiederholte Freddy. „Aber natürlich kenne ich den. Er war in meiner Jugend Schauplatz vieler beklagenswerter Episoden." Er hörte sich an wie ein ehrwürdiger Greis, der auf ein langes, ereignisreiches Leben zurückblickt.

„Was wissen Sie über den Club?"

„Oh, eine ganze Menge. Er gehört Mrs Chang, von der Sie sicher schon gehört haben. Ich habe bei ihr einen Stein im Brett, wissen Sie. Dort treffen sich für gewöhnlich lauter reiche junge Leute und Filmstars auf der Suche nach dem neuesten Nervenkitzel. Man munkelt sogar -" In geheimnisvollem Flüsterton erzählte er ihr von einem skandalösen Gerücht um ein minderjähriges Mitglied der königlichen Familie.

„Du meine Güte!", sagte Angela.

„Es war allerdings in einem Privatzimmer, und niemand gibt zu, dabei gewesen zu sein, also wird es auf ewig unbewiesen bleiben."

„Gehen Sie mit mir hin?", fragte Angela.

„Ich war seit Monaten nicht mehr dort, aber ja, ich könnte Sie begleiten, wenn Sie wollen." Freddy war sichtlich überrascht. „Woher kommt dieses plötzliche Interesse an nächtlichen Ausschweifungen? Ich hätte nicht gedacht, dass das Ihr Ding ist."

„Ich habe durchaus eine Vorliebe für nächtliche Ausschweifungen", erwiderte Angela würdevoll. „So alt bin ich noch nicht."

„Natürlich nicht", sagte Freddy hastig. „Dann gehen wir also zusammen hin. Wann würde es Ihnen passen?"

„Wie wär's mit morgen?"

„Morgen? Warum die Eile?" Er sah sie misstrauisch an. „Ich glaube, Sie verschweigen mir etwas", sagte er. „Wieso übt der Copernicus Club plötzlich diese unwiderstehliche Anziehungskraft aus?"

„Jemand hat mir erzählt, es sei ein interessanter Club, das ist alles", antwortete Angela vage, aber Freddy ließ sich nicht täuschen.

„Unsinn", sagte er. „Sie haben einen bestimmten Grund. Los, spucken Sie's aus."

„Ich kann nicht. Ich habe versprochen, der Presse nichts zu sagen - und schon gar nicht dem Clarion."

„Ich glaube, ich weiß, wann ich meinen Mund halten muss." Freddy war beleidigt.

Angela seufzte. Irgendwann musste sie ihn einweihen, schließlich konnte sie kaum den ganzen Abend lang versuchen, das Personal des Clubs zu befragen, ohne dass er es mitbekam.

„Also gut. Aber Sie dürfen es nicht weitererzählen. Die Polizei vermutet, dass zwischen dem Club und der toten Frau in Littlechurch eine Verbindung besteht."

Freddy hob die Augenbrauen. „Ah, das klingt interessant. Wie kommt die Polizei darauf?"

Angela berichtete ihm von ihrem Gespräch mit Inspector Jameson und dem Handzettel, der im Koffer der Frau gefunden worden war.

„Wie praktisch für Sie, dass Sie einen Freund bei der Polizei haben", bemerkte Freddy. „Ich sollte mich ebenfalls um derart nützliche Bekanntschaften bemühen. Und die Polizei hat es also bisher nicht geschafft, die Leute vom Club zum Reden zu bringen? Das überrascht mich nicht. Aber was genau haben Sie vor? Haben Sie etwas in der Hinterhand, das Ihnen einen Vorteil gegenüber der Polizei verschafft?"

„Nicht direkt", antwortete Angela, „aber William kennt jemanden, der dort im Jazzorchester spielt, und er hat mir versprochen, mich ihm vorzustellen. Ich dachte, ich könnte bei ihm anfangen. Er weiß bestimmt, ob eine der Tanzhostessen verschwunden ist."

„Das hört sich vielversprechend an. Der alte Bickerstaffe würde sich die Lippen lecken, wenn er davon wüsste."

„Seien Sie vorsichtig. Vergessen Sie nicht, was ich Inspector Jameson versprochen habe, also dürfen Sie es wirklich niemandem erzählen. Wenn Sie es doch tun, werde ich - ich werde …", sie suchte nach einer fürchterlichen Drohung, die den Zweck eines Damoklesschwertes erfüllen würde. „Dann erzähle ich Ihrer Mutter von Ihnen und Marguerite."

Freddy erbleichte.

„Das würden Sie tun!", rief er entgeistert.

„Oh, meinen Sie nicht?"

„Sie sind ein herzloses Geschöpf, Angela."

„Dann versprechen Sie mir hoch und heilig, dass kein Sterbenswörtchen über Ihre Lippen kommt. Wenn Sie jetzt brav sind, könnte es sein, dass Sie hinterher ein Exklusivrecht auf die Geschichte bekommen."

„Sie müssen mich Ihrem Inspector vorstellen."

„Vielleicht tue ich das."

Freddy gab ihr widerwillig sein Wort, dann trennten sie sich, nachdem sie sich für den nächsten Abend verabredet hatten.

Kapitel Dreizehn

Es war ein nieseliger Abend, als Angela und Freddy sich von einem kleinen Restaurant, das zu ihren Favoriten gehörte, wie sie übereinstimmend festgestellt hatten, auf den Weg Richtung Brewer Street machten. Trotz der späten Stunde und des unangenehmen Wetters herrschte in Soho lebhaftes Treiben. Die Besitzer der verschiedenen Etablissements rieben sich erfreut die Hände, während junge und nicht mehr ganz so junge, angesagte und ein wenig aus der Mode gekommene Menschen ihnen die Türen einrannten, in der Hoffnung, wenigstens einen Teil des fröhlichen und bunten Londoner Nachtlebens zu erhaschen.

Sie waren in die Brewer Street eingebogen, als sie auf eine kleine Gruppe von Leuten stießen.

„Da sind wir", sagte Freddy, als sie sich der Gruppe näherten. Eine junge Frau drehte sich zu den Neuankömmlingen um und grinste, als sie Freddy erkannte.

„Hallo, Freddy, altes Haus", sagte sie liebenswürdig. „Wir haben uns ja ewig nicht gesehen."

„Hallo, Gertie", begrüßte Freddy sie. „Wo hast du dich

denn herumgetrieben? Macht dein alter Herr dir immer noch Schwierigkeiten?"

„Ja", bestätigte Gertie. Ihre Stimme und ihr gesamtes Auftreten ließen vermuten, dass sie es faustdick hinter den Ohren hatte. „Vater ist unmöglich, seit dieser Geschichte mit der Party mit Cowboys und Indianern. Ich habe ihm gesagt, dass die Beule am Auto nichts mit mir zu tun hat, und er hat gesagt, dass das Auto ihm egal ist, aber dass es ihm nicht egal ist, wenn seine Tochter nur mit einem Poncho und einem Federschmuck bekleidet auf einem Esel durch Covent Garden reitet. Er hat mir meinen Haustürschlüssel weggenommen und mir das Taschengeld gestrichen und das schon seit Wochen. Bevor ich heute vor die Tür durfte, musste ich hoch und heilig versprechen, mich anständig zu benehmen. Du passt auf mich auf, nicht wahr, Walter?", sagte sie zu dem jungen Mann an ihrer Seite. „Du achtest darauf, dass ich keine Dummheiten mache."

„J-j-j-ja", stammelte ihr Begleiter, der nicht aussah, als könnte er Gertie von irgendetwas abhalten, das sie sich in den Kopf gesetzt hatte.

In diesem Moment ging die Tür auf und ein bullig wirkender Türsteher trat zur Seite, um sie einzulassen.

„Hallo, Mr Pilkington-Soames", begrüßte er Freddy, „lange nicht gesehen."

„Hallo, Jenkins, ist die alte Clique heute Abend hier?"

„Nicht vollzählig", informierte ihn der Türsteher. „Mr Doyle und Mr Allison sind schon da. Sie haben gesagt, dass Mr Bagley und der junge Viscount Delamere später nachkommen."

„Delamere, dieser entsetzliche Langweiler? Wieso um alles in der Welt lassen sie ihn mitmachen?"

„Das kann ich Ihnen nicht sagen, Sir", antwortete Jenkins diplomatisch und winkte sie hinein.

Angela fühlte sich plötzlich ziemlich alt und überlegte, ob sie nicht besser mit jemandem in ihrer Altersgruppe hergekommen wäre. Sie hatte jedoch keine Zeit, weiter darüber nachzudenken, denn als sich die nächste Tür öffnete, schlugen ihnen ein Schwall heißer, feuchter Luft und ohrenbetäubende Musik entgegen. Angelas erster Gedanke war, dass sie in die Hölle geraten seien, denn der ganze Raum war in einem dunklen Blutrot ausgekleidet. Die Wände waren rot, der Teppich war rot, die Sessel waren mit rotem Samt gepolstert, und selbst das schwache Licht bekam dank der roten, mit Quasten behangenen Deckenlampen einen rosafarbenen Schimmer.

Man geleitete sie zu einem Tisch und Angela sah sich interessiert um, nachdem sich ihre Augen an das Dämmerlicht gewöhnt hatten. Es war erst zehn Uhr abends, aber der Raum war bereits zum Bersten gefüllt. Die Tische standen so dicht beieinander, dass man die Gespräche der Nachbarn problemlos hätte belauschen können, wenn die laute Musik nicht gewesen wäre, die alle Versuche, sich zu unterhalten, im Keim erstickte. Das Orchester spielte mit viel Schwung und Humor und schien sich genauso gut zu amüsieren wie die Gäste. Die winzige Tanzfläche war so voll, dass die Tänzer kaum mehr tun konnten, als sich gegenseitig herumzuschieben. Angela blickte zur Bühne. Der Bandleader spielte gerade ein kompliziertes Trompetensolo und schien gleichzeitig das Orchester mit seinem ganzen Körper zu dirigieren. Es war ein beeindruckender Anblick.

Ein Kellner kam und Freddy bestellte Champagner, der mit einem Teller mit altbackenem Brot und kaltem Aufschnitt serviert wurde. Freddy schob den Teller beiseite und bot Angela Feuer für ihre Zigarette an. Sie saßen eine Weile in geselligem Schweigen da und betrachteten das Kommen und Gehen. Angela hatte bereits zwei Filmstars gesehen, die verheiratet waren - wenn auch nicht miteinander -, sowie die Ehefrau eines aufstrebenden Politikers, die affektiert lachte, als ein dunkelhaariger, fremdländisch wirkender Mann ihr die Hand küsste.

Eine junge Frau mit unnatürlich blondem Haar, roten Lippen und resignierter Miene ging an ihrem Tisch vorbei und winkte Freddy kurz zu. Angela beobachtete, wie sie den Blick schweifen ließ und schließlich einen Mann entdeckte, der allein an einem Tisch saß. Sie ging zu ihm und legte ihm ohne Scheu die Hand auf die Schulter. Er wies auf einen Stuhl, sie setzte sich und er rief einen Kellner herbei.

Aha, so funktioniert das also, dachte Angela. „Arbeitet sie hier?“, fragte sie Freddy. Sie musste die Frage mehrmals wiederholen, bis er sie verstand.

„Ja“, sagte er, „sie ist eines von Mrs Changs Mädchen. Sie haben die Aufgabe, die männlichen Gäste um ihr überschüssiges Bargeld zu erleichtern, indem sie sie ermuntern, ihnen Drinks zu spendieren.“

„Ja, das dachte ich mir“, antwortete Angela. Sie suchte in ihrer kleinen, mit Perlen besetzten Handtasche, holte ein kleines Notizbuch und einen Stift hervor, kritzelte eine Nachricht auf ein freies Blatt, riss es heraus und winkte einen Kellner herbei, den sie bat, den Zettel dem Bandleader zu geben.

„Sie hätten mir den Zettel geben sollen“, sagte Freddy. „Jetzt denkt der Kellner, Sie versuchen, mit dem armen Mann anzubändeln.“

„Selbst wenn − er würde vermutlich kaum mit der Wimper zucken“, gab Angela zurück. „Ich dachte, so etwas sei in diesen Kreisen heutzutage ganz normal. Ich bezweifle, dass es irgendjemanden schockieren würde.“

Die Band hatte zwischen zwei Nummern eine Pause eingelegt und Angela sah, wie der Kellner dem Trompetenspieler ihre Nachricht zusteckte. Der schien nicht sonderlich überrascht, als er sie las, sondern sah den Überbringer nur fragend an, der auf Angelas Tisch zeigte. Der Musiker nickte Angela zu und signalisierte ihr, dass er so bald wie möglich zu ihr kommen werde.

„Lassen Sie uns tanzen", schlug Freddy vor, als die Band die nächste Nummer anstimmte. „Er wird noch eine Weile zu tun haben."

„Warum nicht – wenn wir überhaupt Platz zum Tanzen finden können."

Er führte sie zur Tanzfläche und sie versuchten sich an einem Two-Step, der jedoch aufgrund der beengten Verhältnisse nicht gerade schwungvoll ausfiel. Die junge Frau namens Gertie und ihr unglückseliger Begleiter tanzten ebenfalls. Gertie schenkte Freddy ein verschmitztes Lächeln, während sie Angela neugierig beäugte. Schließlich war die Nummer zu Ende und sie kehrten ein wenig atemlos zu ihrem Tisch zurück. Alvie Berteau legte seine Trompete beiseite, nickte seinem Ersatzmann zu und bahnte sich durch die Menge einen Weg zu ihnen.

„Mrs Marchmont?", sagte er.

„Mr Berteau", erwiderte Angela. „Nett, Sie kennenzulernen. William hat mir viel von Ihnen erzählt. Danke, dass Sie gekommen sind. Dies ist Freddy Pilkington-Soames."

Die Herren schüttelten sich feierlich die Hände und Angela lud Alvie ein, sich zu ihnen zu setzen.

„Hat William Ihnen gesagt, weshalb ich mit Ihnen sprechen will?"

Alvie war sofort auf der Hut, er schaute sich vorsichtig um.

„Das hat er, Ma'am", antwortete er. „Aber hier können wir nicht reden, das dürfen wir nicht. Wenn herauskommt, dass ich mit Ihnen gesprochen habe, fliege ich raus."

„Wussten Sie -", begann Angela, verstummte jedoch,

als Freddy ihr einen warnenden Blick zuwarf. Ein junger Mann mit chinesischem Einschlag blieb an ihrem Tisch stehen. Er verbeugte sich höflich vor Angela und Freddy, dann sah er den Musiker an.

„Alvie", sagte er, „sollten Sie nicht auf der Bühne stehen?"

„Tut mir leid, Mr Chang." Alvie erhob sich, aber Angela hielt ihn zurück.

„Ich bitte um Verzeihung", sagte sie, „ich habe ihn nur herbestellt, weil ich ihm persönlich sagen wollte, wie beeindruckt ich von ihm und seiner Band bin. Mr Pilkington-Soames hier arbeitet für den Clarion und er wollte einen Artikel über den Copernicus Club und sein Jazzorchester bringen. Ich hoffe, Sie haben nichts gegen die Publicity."

Johnny Chang zögerte. „Nein, ganz und gar nicht", meinte er dann freundlich. „Alvie, Sie können mit der Dame und dem Herrn sprechen, aber ich möchte, dass Sie in zehn Minuten wieder auf der Bühne stehen."

Er machte keine Anstalten zu gehen, also sagte Angela: „Eigentlich wollten Mr Berteau und ich gerade tanzen, wenn es Ihnen recht ist. Keine Sorge, ich werde ihn nach der nächsten Nummer wieder an die Arbeit schicken."

Offensichtlich hielt Johnny Chang sie für eine gelangweilte Dame der Gesellschaft auf der Suche nach einem unerlaubten Nervenkitzel. Er machte höflich Platz, um sie und Alvie vorbei zu lassen.

„Es tut mir leid, dass Sie nun gezwungen sind, mit mir zu tanzen, und ich hoffe, ich habe Sie nicht in Schwierigkeiten gebracht", sagte Angela, als sie die Tanzfläche betraten.

„Keine Sorge." Seine Stimme klang nun ein wenig entspannter. „Sie haben das Zauberwort ‚Publicity' erwähnt. Er wird sich nicht weiter den Kopf zerbrechen. Für die Changs geht das Geschäft über alles."

Er führte sie behutsam über die Tanzfläche.

„Ich nehme an, wir können jetzt reden, ohne belauscht zu werden", sagte Angela. „Sie kennen mein Anliegen. Eine Frau ist tot, und ich möchte herausfinden, wer sie war. Es wäre eine Schande, wenn die Angst vor der Polizei sich als unüberwindliches Hindernis darstellen würde."

„Nun, wissen Sie", begann Alvie zögerlich, „möglicherweise tun die Mädchen hier ein wenig mehr als das, wofür sie engagiert werden. Ich denke, Sie verstehen, was ich meine."

Angela nickte.

„Und so etwas gefällt der Polizei gar nicht", fuhr er fort. „Wenn das herauskäme, könnte der Laden endgültig dichtmachen."

„Der Polizist, der in diesem Mordfall ermittelt, hat kein Interesse daran, den Club zu schließen", erklärte Angela. „Und außerdem brauchen wir nur einen Namen. Ob sie in illegale Aktivitäten verwickelt war oder nicht und ob die vom Club gedeckt wurden, ist irrelevant."

„Ja, wahrscheinlich haben Sie recht", sagte Alvie. „Wie ist sie gestorben?"

„Sie wurde mit Arsen vergiftet und nach ihrem Tod hat jemand ihr Gesicht bis zur Unkenntlichkeit entstellt. Dann wurde sie eine Böschung hinuntergeworfen." Angela beschönigte absichtlich nichts, in der Hoffnung auf eine Reaktion bei ihrem Tanzpartner.

Alvie biss sich auf die Lippen.

„Wird ein Mädchen aus dem Club vermisst, Alvie?", fragte Angela sanft.

Er blickte einen Moment auf den Boden, als würde er einen inneren Kampf ausfechten.

„Lita", sagte er schließlich. „Ihr Name war Lita."

Kapitel Vierzehn

BEVOR ANGELA weitere Fragen stellen konnte, machte sich am anderen Ende des Raumes Unruhe breit. Ihre Augen weiteten sich, als sie eine Gruppe von zwanzig oder dreißig uniformierten Polizisten sah, die sich durch die Menge drängten.

„Nicht schon wieder", seufzte Alvie resigniert.

Einer der Polizisten blies in seine Trillerpfeife, während er sich einen Weg zur Bühne bahnte und die Band heftig gestikulierend um Ruhe bat. Einige Musiker gehorchten sofort, andere brauchten etwas länger, um mitzubekommen, was los war. Nach und nach verstummten die Instrumente, nur ein einsamer Posaunist war so in seine Musik vertieft, dass er munter weiterspielte und sich im Takt wiegte, bis ein Constable dem erstaunten Mann die Posaune aus der Hand riss. Alvie beobachtete die Szene mit einer Mischung aus Empörung und Erheiterung.

Ein Polizist betrat die Bühne und brüllte: „Meine Damen und Herren, dieser Club verstößt gegen die Schankgesetze Seiner Majestät und muss sofort geschlossen werden. Bitte sammeln Sie Ihre Sachen ein und gehen Sie."

Ein Stöhnen ging durch die Menge, einige der erregbareren Gäste stießen schrille Schreie aus, aber die meisten erhoben sich folgsam. Der Exodus verlief in geordneten Bahnen, als plötzlich ein lautes Kreischen ertönte und man eine winzige Chinesin sah, die sich im Griff zweier Polizisten wand. Angela war sich nicht ganz sicher, was als Nächstes geschah, aber kurz darauf hörte sie lautes Rufen. Ein paar Leute rauften sich auf dem Boden, dann gab es einen panikartigen Ansturm zum Ausgang. Angela wurde hin und her gestoßen, als Hunderte von Menschen gleichzeitig auf die Tür zusteuerten. Beinahe wäre sie umgerannt worden, doch Alvie, der immer noch bei ihr stand, fing sie zum Glück auf und zerrte sie aus der Menge auf die Bühne. Von dort aus konnte sie sehen, wie die Polizei Mrs Chang abführte. Zu ihrem Erstaunen entdeckte sie auch Freddy, der gerade von zwei Polizisten überwältigt wurde, von denen einer seinen Knüppel einsetzte.

„Großer Gott!", rief sie aus. „Was ist da los?"

Ohne auf Alvies Warnungen zu achten, sprang sie von der Bühne und rannte auf den Tumult zu.

„Freddy!" Zu ihrem Entsetzen sah sie, wie er in Handschellen weggeführt wurde.

Freddy hatte keine Gelegenheit zu antworten, bevor er hinausbracht wurde. Ein Polizist versperrte Angela den Weg.

„Sie können ihn morgen früh abholen", sagte er. „Ich denke, eine Nacht in Polizeigewahrsam wird ihm guttun."

„Aber –", begann Angela, doch es hatte keinen Zweck. Der Polizist ließ sie nicht durch. Angela sah sich verzweifelt um, während die Menge zum Ausgang drängte. Dann bahnte sie sich einen Weg zu ihrem Tisch, um ihre Tasche zu holen, konnte sie aber zunächst nicht finden. Zum Glück entdeckte sie sie nach kurzer Suche auf dem Boden.

Ein weiterer Polizist scheuchte sie aus dem Lokal, und bald darauf fand sich Angela ohne Mantel und Hut in der kühlen Nachtluft auf der Straße wieder. Ringsum standen Grüppchen zusammen, die sich lautstark beschwerten, weil sie einen Teil ihrer Sachen hatten zurücklassen müssen. Sie sah Alvie mit ein paar Bandkollegen sowie einem Kellner und einer der Hostessen, die versuchten, einen Polizisten zu überreden, sie wieder hineinzulassen, um ihre Instrumente zu holen.

„Nein", sagte der Polizist mit Nachdruck. „Niemand darf hinein. Ich habe eindeutige Anweisungen. Sie können morgen wiederkommen und die Sachen abholen. Und jetzt verschwinden Sie."

Alvie wandte sich verärgert ab und wollte davongehen, doch Angela hielt ihn auf.

„Ich habe mich noch gar nicht bedankt, dass Sie mich gerettet haben. Ohne Sie wäre ich glatt zu Tode getrampelt worden", sagte sie.

Er lächelte. „Keine Ursache. Ich schätze, William wäre nicht erfreut gewesen, seinen Job zu verlieren."

„Haben Sie Ihren gerade verloren?"

„Nein", antwortete er lässig. „Mrs Chang ist morgen wieder auf freiem Fuß, in ein paar Tagen machen wir wieder auf, und dann ist mehr los als je zuvor. Das ist schon einmal passiert, und es wird wieder passieren."

„Keine besonders zuverlässige Art, sein Brot zu verdienen."

Er zuckte die Achseln. „Die Arbeit im Club ist in Ordnung. Die Changs behandeln uns gut und die Bezahlung ist okay."

„Alvie, wann können Sie mir mehr über Lita erzählen?"

Er rieb sich nachdenklich das Kinn. „Hören Sie", sagte er schließlich, „ich weiß selbst nicht viel von ihr, aber sie war mit ein paar von den anderen Mädchen befreundet. Ich werde sehen, dass ich eine finde, die bereit ist, mit Ihnen zu reden."

„Ich wäre Ihnen unendlich dankbar." Angela zitterte in der kühlen Nachtluft und schlang die Arme um sich. „Aber jetzt sollte ich zusehen, dass ich nach Hause komme. Mir ist kalt und ich hatte genug Aufregung für einen Abend."

Alvie lachte und half ihr bei der Suche nach einem Taxi. Das dauerte eine Weile, da es auf der Straße von Leuten nur so wimmelte, die ebenfalls den Heimweg antreten wollten. Als sie schließlich einen Wagen gefunden hatten, schüttelten sie einander die Hand und er versprach ihr, so bald wie möglich Bescheid zu geben. Der Taxifahrer schaute überrascht, als Angela ihm ihre Adresse in der Mount Street nannte. Vermutlich hatte er keinen guten Eindruck von ihr, da sie weder Mantel noch Hut trug und von einem schwarzen Mann, der einige Jahre jünger war als sie, in das Taxi gesetzt worden war. Es interessierte sie jedoch wenig, was der Fahrer von ihr hielt, denn sie machte sich Sorgen um Freddy. Warum war er verhaftet worden?

Am nächsten Morgen stand sie zeitig auf und frühstückte. Zu ihrem großen Ärger verspürte sie die Anfänge einer Erkältung, die zweifellos von ihrem nächtlichen Abenteuer herrührten. Ihr Mädchen Marthe wollte, dass sie zu Hause blieb und sich ausruhte, aber sie weigerte sich entschieden und rief William, der auch prompt erschien.

„Wir müssen heute Morgen zum Polizeigericht in die Bow Street", erklärte sie ihm. William hob fragend die Augenbrauen. „Ich muss Mr Pilkington-Soames – äh – raushauen."

Williams Augenbrauen wanderten noch weiter nach oben.

„Das hört sich nach einem interessanten Abend an, Ma'am", sagte er. „Was ist passiert?"

„Das weiß ich nicht genau", antwortete Mrs Marchmont. „Es begann mit einer Polizeirazzia und endete mit einer Massenpanik und damit, dass ich meinen Mantel verloren habe."

„Haben Sie mit Alvie gesprochen?", fragte er eifrig. „Hat er Ihnen etwas über das Mädchen sagen können?"

„Ich konnte mich nur kurz mit ihm unterhalten, dann kam die Polizei hereingestürmt und alles ging drunter und drüber", berichtete Angela. „Aber er kannte das Mädchen, und vielleicht kann er eine ihrer Kolleginnen überreden, mit mir zu sprechen."

„Hoffen wir es", sagte William.

Im Polizeigericht in der Bow Street war eine bunte Mischung von Leuten versammelt, die darauf warteten, dass die einzelnen Fälle aufgerufen wurden. Darunter waren auch ein paar Reporter, vermutlich wegen der Anhörung von Mrs Chang. Angela ging in den Gerichtssaal und hörte sich mehrere Fälle an: Bagatelldiebstahl, Trunkenheit in der Öffentlichkeit und Herumtreiberei. Es war ziemlich langweilig.

Schließlich wurde Freddy hereingeführt und zu Angelas Überraschung auch Gertie und ihr Freund Walter. Sie boten einen traurigen Anblick. Freddy hatte ein blaues Auge, Walters Lippe war aufgeplatzt und Gerties Make-up war verschmiert. Sie hatte eine zertretene Pfauenfeder in der Hand, wirkte aber kampfbereit. Als Freddys und Angelas Blicke sich kreuzten, winkte sie ihm zu, woraufhin er matt eine Hand hob und den Gruß erwiderte. Er sah völlig entnervt aus.

„Wer sind diese Leute?" Der Friedensrichter musterte

das Trio mit säuerlicher Miene. Der Gerichtsschreiber reichte ihm ein Blatt mit den Einzelheiten des Falles, der Richter setzte seine Brille auf und las vor: „Frederick Herbert Pilkington-Soames, Walter Peregrine Anstruther, und - was ist das? Gertie McAloon? Ist das Ihr vollständiger Name, junge Frau?"

„Nein", sagte Gertie kurz.

„Wie lautet dann Ihr vollständiger Name?"

Gertie starrte ihn wütend an. „Lady Gertrude Jacqueline Lucrèce Myrtle Sandford-Romilly-McAloon", ratterte sie hastig herunter.

Mehrere Reporter blickten interessiert auf und Freddy sah sie überrascht an.

„Alle Wetter!", sagte er. „Das ist ja ein ganz schöner Brocken."

„Kann man wohl sagen", murmelte sie.

„Ruhe!", befahl der Richter, obwohl er ebenfalls verblüfft wirkte. „Haben Sie das notiert?", fragte er den Gerichtsschreiber.

„Wie lautet die Anklage gegen diese - äh, jungen Leute?", fragte der Richter.

„Trunkenheit und Erregung öffentlichen Ärgernisses sowie Tätlichkeiten gegen einen Polizeibeamten", lautete die Antwort des Gerichtsschreibers.

Die Angeklagten sahen den Richter trotzig an.

„Und wie plädieren Sie?", fragte er.

„Nicht schuldig", sagte Freddy.

„Nicht schuldig", sagte Gertie.

„N-nicht schuldig", sagte Walter.

Der Richter seufzte entnervt. „Könnte mir bitte jemand erklären, was passiert ist", verlangte er.

Ein Polizeisergeant trat in den Zeugenstand. Er schien eine Verletzung am Ohr zu haben, denn er tastete immer wieder mit der Hand danach und zuckte dann zusammen.

Er las aus seinem Notizbuch vor: „Am Abend des Dienstags, 20. September, gingen wir unseren Pflichten als Angehörige der Gendarmerie Seiner Majestät nach, als da wären -"

„Ja, ja", unterbrach ihn der Richter ungeduldig. „Ich weiß, was diese Pflichten sind. Sagen Sie mir einfach, was passiert ist."

Der Sergeant warf ihm einen gequälten Blick zu. „Sehr wohl, Euer Ehren." Er blätterte zur nächsten Seite in seinem Notizbuch.

„Wir führten eine Razzia in einem Nachtclub in der Brewer Street durch, der unter dem Namen Copernicus Club bekannt ist, nachdem wir einen anonymen Hinweis erhalten hatten, dass dort Alkohol außerhalb der gesetzlich erlaubten Zeiten ausgeschenkt wird. Wir verschafften uns Zutritt zu den besagten Räumlichkeiten und forderten alle Anwesenden zum Gehen auf. Die Evakuierung verlief in geordneten Bahnen, mit Ausnahme der Beschuldigten, die die Aufforderung, sich zu entfernen, offensichtlich nicht mitbekommen hatten und die an ihrem Tisch eine Art Spiel zu spielen schienen. Police Constable Grimshaw und ich näherten uns den Beschuldigten mit der Absicht, sie anzusprechen, als diese junge Dame hier ohne erkennbaren Grund urplötzlich aufsprang und mich mit einer gefährlichen Waffe angriff."

„Tatsächlich?" Der Richter sah Gertie über seine Brille hinweg streng an.

„Ich habe ihm mit einer Wurst eins auf die Nase gegeben", erklärte Gertie. „Es war ein Unfall. Ich wollte Freddy treffen."

Im Zuschauerraum war hier und da ein Lacher zu hören.

„Ruhe!", donnerte der Richter. „Was ist dann passiert?", fragte er den Sergeanten.

„Ich versuchte, die junge Dame zu bändigen, doch dieser Herr hier" – er wies auf Walter – „sprang auf und bedachte uns mit einigen sehr unschönen Kraftausdrücken."

Angela gab sich alle Mühe, sich den pedantischen Walter vorzustellen, wie er die Gesetzeshüter beschimpfte, doch es gelang ihr nicht.

„Dann wollte er P.C. Grimshaw einen Boxhieb ins Gesicht versetzen", fuhr der Sergeant fort. „Ich ließ die junge Dame los und versuchte, mich Mr Anstruthers zu erwehren, doch besagte Dame attackierte mich von hinten und schlug mir mit der Wurst auf den Kopf."

Wieder brandete Gelächter auf.

„Sie haben ihn geschlagen!", rief Gertie empört. „Sie können doch nicht einfach auf unschuldige Leute einprügeln!"

„Und warum ist der andere junge Mann hier?", fragte der Richter ermattet.

„Er hat sich mit Mr Anstruther angelegt und mich dann aufs Ohr geboxt", antwortete der Sergeant.

„Nein, das stimmt nicht", begann Freddy, doch der Richter fuhr ihn an: „Das reicht! Ich erkläre Sie alle drei für schuldig und lege die Strafe auf zehn Pfund für jeden der Herren fest. Und Sie", sagte er zu Gertie, „zahlen zwanzig Pfund, weil Sie eine Frau sind. Sie hätten es besser wissen müssen. Der Nächste bitte!"

Die drei wurden unter Protest aus dem Gerichtssaal geführt und Angela folgte ihnen in den Vorraum.

„Was soll ich bloß tun?", jammerte Gertie. „Ich habe mein ganzes Geld im Club verloren. Walter, das musst du übernehmen."

Der glücklose Walter kramte in seinen Jackentaschen. Er sah sehr bedrückt aus.

„Hallo, Angela", begrüßte Freddy sie. „Wir sitzen ganz schön in der Patsche, fürchte ich. Sie könnten wohl nicht -"

„Selbstverständlich", sagte Angela. „Deshalb bin ich hier. Ich habe ein schlechtes Gewissen, obwohl mir nicht klar war, dass Sie drei etwas damit zu tun hatten."

„Es t-tut mir l-leid, Freddy", stammelte Walter, „ich vertrage einfach keinen Alkohol."

„Den Eindruck habe ich auch", erwiderte Freddy. Er betastete vorsichtig sein blaues Auge.

„Warum um alles in der Welt haben Sie einen Polizisten geschlagen?", wollte Angela wissen.

„Ich habe auf Walter gezielt", erklärte Freddy. „Ich habe ihn von dem Polizisten weggezerrt und er hat das irgendwie falsch verstanden und mir dieses prachtvolle Veilchen verpasst. Das konnte ich natürlich nicht auf mir sitzen lassen, habe ausgeholt und ihm eins auf die Schnute gegeben – tut mir leid, altes Haus. Aber dann ging er wieder auf mich los und hat sich weggeduckt, als ich mich revanchieren wollte. Und so ist meine Faust am Ohr des Polizisten gelandet."

Angela schüttelte den Kopf. „Wir sollten besser zusehen, dass man Sie gehen lässt."

Eine Viertelstunde später standen sie vor dem Gerichtsgebäude und Angela tat ihre Dankesbekundungen mit einem lässigen Schulterzucken ab.

„Nicht der Rede wert", sagte sie. „Und jetzt bringen wir Sie nach Hause, mein Wagen wartet um die Ecke."

William verzog keine Miene, als er den Passagieren den Wagenschlag öffnete, doch ein rosiger Schimmer an den Ohren ließ erkennen, dass er sich innerlich vor Lachen krümmte.

„Jetzt muss ich Vater alles beichten", jammerte Gertie. „Vielleicht sollte ich mich ins Haus schleichen, meine Sachen packen und für ein paar Monate außer Landes gehen, bevor er es herausfindet. Wie ich höre, ist es in Australien ganz nett."

„V-vielleicht k-kriegt er es gar nicht raus", sagte Walter.

Freddy stieß ein humorloses Lachen aus. „Fehlanzeige! Ich habe einen Reporter vom Clarion im Gericht gesehen, er strahlte übers ganze Gesicht. Wenn ich Glück habe, setzt mich der alte Bickerstaffe nicht sofort auf die Straße."

„Warum erzählen Sie ihm nicht, dass Sie Nachforschungen betrieben haben?", schlug Angela vor. „Sie könnten sagen, dass Sie eine authentische Reportage über die verrufenen Seiten des Londoner Nachtlebens schreiben wollen, nachdem Sie sie am eigenen Leib erlebt haben."

„Und es so hinstellen, dass ich mich freiwillig geopfert habe, meinen Sie?" Freddy strich sich nachdenklich über das unrasierte Kinn. „Keine schlechte Idee."

„Hauptsache, du opferst mich nicht auch", warf Gertie ein. „Ich habe schon genug Ärger am Hals."

Walter und Gertie wurden jeweils zu Hause abgesetzt, sodass nur noch Freddy mit William und Angela im Auto saß.

„Vermutlich gibt es keine Möglichkeit, Gerties Namen aus der Presse herauszuhalten – bei dem Namen!", überlegte Angela. „Was sie wohl ihrem Vater erzählt? Sie tut mir leid."

„Ach, um Gertie brauchen Sie sich keine Sorgen zu machen. Sie hat es faustdick hinter den Ohren und schafft es mühelos, ihren alten Herrn um den Finger zu wickeln. Er spielt sich zwar immer als der gestrenge Paterfamilias auf, aber das ist nur Fassade. Ihr passiert schon nichts." Er gähnte. „Ich habe schreckliche Kopfschmerzen und würde mich am liebsten für den Rest des Tages im Bett verkriechen, aber wenn ich den Helden geben will, wie Sie vorgeschlagen haben, gehe ich wohl lieber zur Arbeit."

„Oh, dann wären wir besser als Erstes zur Fleet Street gefahren.

„Nein, nein, ich wollte erst Gertie und Walter loswerden, damit Sie mir sagen können, was dieser Alvie Ihnen erzählt hat.“

„Er hatte gar keine Zeit, mir viel zu sagen“, erwiderte Angela. „Ich habe nur einen Namen: Lita. Ich weiß nicht einmal, ob es sich um ein und dasselbe Mädchen handelt. Vielleicht ist diese Lita jemand ganz anderes. Aber Alvie meinte, eine der anderen Tanzhostessen wäre eventuell bereit, mit mir zu reden.“

„Sie sagen doch ganz bestimmt Bescheid, wenn Sie etwas Genaueres erfahren?“, fragte Freddy. „Ich werde nichts über die ganze Sache schreiben, das habe ich Ihnen ja versprochen, aber ich möchte trotzdem wissen, wer die bedauernswerte Frau war.“

Angela schwor hoch und heilig, dass er in alles eingeweiht würde. Dann breitete sich im Wagen tiefes Schweigen aus, während sie zur Fleet Street fuhren. Der Grund dafür wurde Angela bald klar: Freddy war eingeschlafen.

Kapitel Fünfzehn

Angela musste nicht lange auf Nachricht von Alvie Berteau warten. Zwei Tage später suchte William sie auf. Wenn es Mrs Marchmont nicht ungelegen komme, würde sein Freund Alvie sie gerne jemandem vorstellen, der bereit sei, über die Person zu sprechen, über die sie sich unlängst im Copernicus Club unterhalten hätten. Nachdem Angela sich zwei Tage lang mit einer Erkältung geplagt hatte, die sie sich bei eben jener Gelegenheit zugezogen hatte, ging es ihr schon viel besser und sie war froh, das Haus für eine Weile zu verlassen.

Also machten William und sie sich am Samstagnachmittag im Bentley auf den Weg nach Soho. Bei dem Treffpunkt, den Alvie vorgeschlagen hatte, handelte es sich um ein schäbiges kleines Café, das nichtsdestotrotz den besten Kaffee in diesem Teil Londons servierte, wenn man dem großen Schild im Fenster glauben durfte.

„Sie kommen besser mit", meinte Angela zu William. „Sie möchten Ihren Freund doch sicher sehen."

Das ließ sich William nicht zweimal sagen. Er sprang

aus dem Auto und hielt ihr die Tür auf. Zusammen betraten sie das kleine Café.

Alvie saß an einem Tisch in der Ecke, ihm gegenüber war eine junge Frau in Straßenkleidung, die Angela sofort als die Tanzhostess erkannte, die Freddy am Dienstagabend zugewinkt hatte. Alvie erhob sich und begrüßte William begeistert, dann stellte er seine Begleiterin als Geraldine vor.

„Guten Tag", sagte Geraldine. Sie klang höflich, schien sich aber unbehaglich zu fühlen. Angela erkannte, dass es schwierig sein würde, in dieser Viererrunde ein vertrauliches Gespräch mit ihr zu führen, daher schlug sie vor: „William, ich bin sicher, Sie und Alvie haben sich eine Menge zu erzählen. Warum machen Sie nicht einen Spaziergang und kommen etwa in einer halben Stunde wieder?"

Die beiden Männer verabschiedeten sich ohne Widerrede und Geraldine lächelte dankbar. Angela winkte die Kellnerin herbei.

„Was darf ich Ihnen bestellen", fragte sie das Mädchen. „Ich würde gerne den Kaffee probieren, für den das Café angeblich so berühmt ist."

„Ich nehme auch einen", sagte Geraldine. Die Kellnerin nickte, und kaum war sie verschwunden, fuhr sie fort: „Alvie meinte, Sie wollten über Lita reden."

„Ja. Hat er Ihnen auch gesagt, warum?"

„Es sagt, sie ist tot", antwortete Geraldine mit tonloser Stimme.

„Das wissen wir nicht mit Bestimmtheit", erklärte Angela, „aber vor Kurzem wurde die Leiche einer Frau gefunden und in ihrem Gepäck steckte ein Handzettel vom Copernicus Club. Es könnte also sein, dass sie eine Weile dort gearbeitet hat. Wann haben Sie Lita zuletzt gesehen?"

„Ich erinnere mich nicht genau. Wir arbeiten

manchmal an unterschiedlichen Abenden, aber es dürfte etwa drei Wochen her sein. Wir wohnten in ein und demselben Zimmer. Ich war weg, und als ich wiederkam, war sie nicht da, doch ich habe mir nichts dabei gedacht. Es war nicht ungewöhnlich, dass wir uns ein paar Tage nicht gesehen haben. Jedenfalls ging ich zu Bett und am nächsten Morgen fiel mir plötzlich auf, dass sie ihre Sachen gepackt hatte und verschwunden war."

„Und ist ihr Verschwinden sonst jemandem aufgefallen? Mrs Chang vielleicht?"

Geraldine schüttelte den Kopf. „Nein, in dieser Branche kommen und gehen die Mädchen. Einen Abend sind sie da, am anderen sind sie weg und keiner schert sich darum. Ich meine, es ist nicht gerade ein Traumjob, nicht wahr? Aber Lita und ich hatten uns angefreundet und ich hätte erwartet, dass sie mir erzählt, wohin sie geht. Sie hätte mir wenigstens ihre neue Adresse geben können, auch wenn sie den Changs nichts gesagt hat."

„Erzählen Sie mir von ihr."

„Was wollen Sie wissen?"

„Wie sah sie aus? War sie hübsch?"

„Oh ja", antwortete Geraldine ohne Zögern. „Sie war eine Schönheit, das kann man wohl sagen. Ein dunkler Typ und exotisch, wenn Sie wissen, was ich meine. Viele Leute dachten, sie sei aus Spanien oder Südamerika, aber sie war Engländerin durch und durch, soweit ich weiß. Sie nannte sich Lita de Marquez, aber das war nicht ihr echter Name."

„Wie hieß sie in Wirklichkeit?"

Geraldine zuckte die Schultern. „Das hat sie mir nie gesagt."

„Sie sagen, sie war ein dunkler Typ. Hat sie sich die Haare gefärbt?"

„Ja, vor ein paar Monaten. Sie wollte einfach mal etwas

anderes ausprobieren. Ich fand, es passte nicht zu ihr, aber ihr gefiel es. Woher wissen Sie das?"

„Ich habe ihre Leiche gefunden – falls sie es ist", sagte Angela. „Die Frau, die ich gesehen habe, hatte blondes Haar und einen blauen Mantel, aber inzwischen weiß ich, dass es nicht ihre natürliche Haarfarbe war."

„Sie hatte einen blauen Mantel", sagte Geraldine nach kurzem Überlegen. Sie sah ernst aus. „Sie ist wirklich tot, nicht wahr?"

„Es sieht so aus."

„Wer hat sie umgebracht?

„Das weiß ich nicht, aber ich will es herausfinden. Helfen Sie mir und erzählen Sie mir etwas über sie?"

„Hm, ich weiß nicht, ob ich Ihnen viel sagen kann", meinte Geraldine. „Ich mochte sie, aber sie war nicht der Typ für enge Freundschaften. Jedenfalls nicht mit anderen Frauen. Sie hat vieles für sich behalten, sie wollte nicht darüber reden, was sie vor ihrer Zeit im Copernicus Club gemacht hat. Da seien Dinge, die sie vergessen wolle, sagte sie. Ich hatte den Eindruck, dass ihr Privatleben nicht immer glücklich war."

„Hatte sie ein Kind?"

„Ein Kind?" Geraldine sah sie überrascht an. „Wenn ja, dann hat sie mir nichts davon erzählt. Warum fragen Sie?"

„In ihrem Koffer war ein Foto eines kleinen Jungen. Ich frage mich, ob es ihr Sohn war."

„Ein Kind hat sie mir gegenüber nie erwähnt. Sind Sie sicher? Ehrlich gesagt kann ich sie mir nicht als den mütterlichen Typ vorstellen. Und von einem Ehemann hat sie auch nie etwas erzählt – wahrscheinlich hatte sie keinen. Das würde erklären, warum sie nicht über sich selbst reden wollte."

„Ja." Angela zögerte. Sie wusste nicht recht, wie sie ihre

nächste Frage formulieren sollte. „Wissen Sie etwas über ihre Beziehungen zu Männern?", sagte sie schließlich. „Ich nehme an, bei der Arbeit im Copernicus Club hat sie viele Männer kennengelernt. Glauben Sie, sie hat -"

„Sich mit einem von ihnen eingelassen?", vervollständigte Geraldine den Satz. Sie wich Angelas Blick aus und schwieg eine Weile. „Als Tanzhostess verdient man nicht viel", sagte sie schließlich, „da muss man zusehen, wie man zurechtkommt."

Angela betrachtete ihre Antwort als Bestätigung ihrer Vermutung.

„Wissen Sie von einem bestimmten Mann?", fragte sie. „Ich meine, gibt es jemanden, mit dem sie eine engere Beziehung hatte?"

Geraldine schüttelte den Kopf. „Nein. Ehrlich, ich weiß von niemandem."

Angela musterte sie. Sagte sie die Wahrheit?

„Ihnen ist klar, dass wir es hier mit Mord zu tun haben?"

Geraldine nickte.

„Lita wurde nicht von einem zufällig vorbeikommenden Fremden getötet", fuhr Angela fort. „Sie wurde von jemandem ermordet, den sie kannte, und wir müssen herausfinden, welche Ereignisse zu ihrem Tod geführt haben. Wir wissen zum Beispiel, dass sie ihren Koffer in die Gepäckaufbewahrung von Charing Cross gebracht hat, dann nach Kent gefahren ist - vermutlich mit dem Zug - und nicht zurückgekehrt ist. Was wir nicht wissen, ist, ob jemand sie begleitet hat. Falls sie allein gereist ist — mit wem hat sie sich in Kent getroffen? Sind Sie ganz sicher, dass Sie nichts von ihren Reiseplänen wussten? Wenn Sie irgendeinen Hinweis haben, dann sagen Sie es mir bitte. Vielleicht hilft uns das, herauszufinden, wer Ihrer Freundin das angetan hat."

„Ehrlich, ich weiß es nicht", beteuerte Geraldine. „Sie hat sich mit vielen Männern vom Copernicus gut verstanden. Das war schließlich ihr Job. Aber sie hat mir nichts über jemand Bestimmtes erzählt. Und in ihrem Brief stand auch nichts von einem Mann."

„Ihr Brief?", fragte Angela erstaunt. „Dass sie eine Nachricht hinterlassen hat, haben Sie gar nicht erwähnt."

„Nein? Doch, hat sie. Daher wusste ich ja, dass sie nicht wiederkommen würde."

„Was stand in dem Brief?"

„Ich erinnere mich nicht mehr genau. Irgendetwas darüber, dass sie weggeht, weil sie woanders bessere Chancen hat, und dass sie diese nutzen wollte. Dann wünschte sie mir Glück und sagte, sie hoffe, wir würden uns eines Tages wiedersehen. Sie hat auch eine Wochenmiete im Voraus dagelassen, was ich in Ordnung fand, weil ich schnell jemand anderen finden musste, der sich die Miete mit mir teilt. Sie war in dieser Hinsicht sehr korrekt, das muss man ihr lassen."

„Sie habe anderswo bessere Chancen und wolle diese nutzen", wiederholte Angela nachdenklich. „Eine seltsame Formulierung, finden Sie nicht auch? Sind Sie sicher, dass das ihre Worte waren?"

„Ziemlich sicher."

„Sie haben den Brief nicht mehr, nehme ich an."

„Nein, ich habe ihn weggeworfen.

„Haben Sie eine Vorstellung, was sie mit ‚besseren Chancen' gemeint hat?"

Geraldine zuckte die Schultern. „Ich dachte, sie meinte einen Job, bei dem sie mehr verdienen würde." Dann sagte sie plötzlich: „Gerade fällt es mir ein – da war ein Mann."

Angela blickte auf.

„Er kam ein, zwei Tage, nachdem sie verschwunden war, und hat nach ihr gefragt."

„Wohin ist er gekommen? Zum Club?"

„Zu unserer Wohnung. Aber ich glaube, er war erst im Club und dort hat ihm jemand unsere Adresse gegeben."

„Hat er seinen Namen genannt?"

„Ich glaube schon, aber ich kann mich nicht mehr daran erinnern."

„Wie sah er aus?"

„Dunkelhaarig. Jung, würde ich sagen. Er sah aus wie ein Ausländer. Er wollte wissen, wo sie war, und war ziemlich aufgebracht, als ich ihm sagte, dass ich es nicht wüsste. Er sagte, er suche schon so lange nach ihr und habe in allen Nachtclubs nach ihr gefragt, und ob ich sicher sei? Natürlich hätte ich ihm ihre Adresse nicht gegeben, selbst wenn ich sie gehabt hätte. Aber ich wusste wirklich nicht, wo Lita war, und das habe ich ihm auch gesagt. Er meinte, er müsse sie unbedingt finden, es sei dringend, und ob ich ihr ausrichten könne, dass er dagewesen sei, falls sie sich bei mir meldete."

„Hat er Ihnen eine Adresse gegeben?" Angela fragte sich, wer dieser junge Mann gewesen sein mochte.

„Ja, ich glaube schon", antwortete Geraldine. „Wenn Sie mögen, kann ich mal nachsehen. Mein Zimmer ist gleich um die Ecke."

Angela bezahlte für den Kaffee und sie machten sich auf den Weg zu Geraldines Wohnung, die in einer schäbigen Seitenstraße nicht weit vom Copernicus Club lag. Sie stiegen die schmutzige Treppe hoch bis hinauf ins Dachgeschoss.

„Da wären wir", sagte Geraldine und holte einen Schlüssel hervor. Angela folgte ihr in die Wohnung und sah sich erstaunt um. Dass man in so beengten Verhältnissen leben konnte! Der Raum war winzig, er enthielt nur einen abgetretenen Teppich, zwei Betten und eine kleine Kommode. Zwischen der Kommode und dem Fenster hatte jemand eine Stange befestigt, die als eine Art Schrank diente. Daran waren billige glänzende Satinkleider, Flitterkram, Strümpfe und Boas aufgehängt. Der Boden war übersät mit Kleidungsstücken, Zeitschriften, Zigarettenpackungen und Schuhen. In einer Ecke entdeckte Angela einen Spirituskocher und eine Tasse mit einem Rest Flüssigkeit, in der Zigarettenstummel schwammen.

„Bitte entschuldigen Sie das Chaos", sagte Geraldine. „Ich bin nicht besonders ordentlich." Mit einem Anflug von Humor fügte sie hinzu: „Jetzt sehen Sie, warum es so lange gedauert hat, bis ich merkte, dass Lita weg war."

„Gehört das alles Ihnen?"

„Das meiste. Ich habe dem neuen Mädchen gesagt, dass sie sich damit abfinden muss, wenn sie einziehen will. Es scheint ihr nichts auszumachen, obwohl sie selbst ihre Sachen immer wegräumt. Lita war auch sehr ordentlich."

„Hat sie etwas zurückgelassen?"

„Ich glaube nicht." Sie wühlte in einem Kleiderhaufen. „Wo habe ich ihn denn bloß hingelegt?"

Nach einiger Zeit entdeckte sie einen zusammengefalteten Zettel in der Tasche eines Rocks, der unter ihrem Bett gelandet war. Angela sah ihn sich genau an. Der Name „Lew" stand darauf, über der Adresse einer Pension in der Pentonville Road.

„Würde es Ihnen etwas ausmachen, wenn ich den Zettel der Polizei gebe?", fragte sie.

„Machen Sie damit, was Sie wollen, aber schicken Sie die Polizei nicht hierher, weil ich nichts sagen werde. Mr Chang hat ein Machtwort gesprochen und ich will meinen Job behalten."

„Oh, ist der Club weiterhin geöffnet? Ich habe gehört, dass Mrs Chang nach der neuerlichen Razzia drei Monate Gefängnis bekommen hat."

Geraldine lachte kurz auf.

„Ja, das hat sie. Ich wette, damit hat sie nicht gerechnet! Aber ihr Sohn wird den Club weiterführen und bald ist sie wieder da. Die beiden sind gar nicht so übel, vorausgesetzt, man kommt ihnen nicht in die Quere."

„Viel Glück." Angela holte eine Visitenkarte hervor. „Und ich danke Ihnen, Sie haben mir sehr geholfen. Sie sagen mir doch Bescheid, falls Sie noch einmal von diesem Mann hören sollten, oder? Hier ist meine Adresse, ansonsten können Sie mich auch über Alvie erreichen."

„Ich hoffe, Sie finden den, der das getan hat", sagte Geraldine. „Es ist nicht recht, was mit ihr passiert ist."

„Nein", pflichtete Angela ihr bei. „Das ist es nicht."

Sie ließ eine nachdenkliche Geraldine zwischen ihren Habseligkeiten stehen und kehrte auf die Straße zurück. William und Alvie standen am Bentley, unterhielten sich und lachten. William hatte etwas in der Hand, das Angela sofort erkannte.

„Mein Mantel!", rief sie. „Und mein Hut! Vielen Dank, William."

„Danken Sie Alvie", sagte William. „Er hat Ihre Sachen geholt."

Alvie winkte bescheiden ab und öffnete ihr die Wagentür.

„Nach Hause, Ma'am?", fragte William.

Angela nickte, bedankte sich noch einmal bei Alvie, und dann fuhren sie los. Auf der Fahrt durch die belebten Straßen dachte Angela darüber nach, was sie von Geraldine erfahren hatte. Die Formulierung, die Lita in ihrem Abschiedsbrief verwendet hatte, machte sie neugierig: Was genau hatte sie damit gemeint, dass sie ihre Chancen nutzen wolle? Es schien ihr eine merkwürdige Wortwahl zu sein, die nicht zu einer neuen Stelle passte. Und wer war dieser Lew, der nach ihr gesucht hatte? Hatte er sie gefunden und sie dann umgebracht? Das war alles sehr rätselhaft.

„Jedenfalls kann ich Inspector Jameson ein paar Hinweise liefern“, murmelte sie. „Dann muss ich mich wohl diskret zurückziehen und ihn und Sergeant Willis ihre Arbeit machen lassen, ohne mich weiter einzumischen.“

Sie verspürte einen kurzen Anflug von Bedauern, schüttelte ihn aber bald ab und wandte ihre Aufmerksamkeit einem geplanten Theaterbesuch am Abend zu.

Kapitel Sechzehn

INSPECTOR JAMESON WAR SEHR ÜBERRASCHT, als er von Angelas Abenteuer im Copernicus Club erfuhr, doch seine Verwunderung schlug bald in reges Interesse um, als sie ihm von ihrem Gespräch mit der Tanzhostess Geraldine erzählte.

„Sie hieß also Lita de Marquez", sagte er nachdenklich. „War sie Spanierin?"

„Nein", sagte Angela, „Geraldine war sicher, dass sie Engländerin war und dass sie eigentlich einen anderen Namen hatte."

„Es ist immerhin ein Anfang. Und nun ist außerdem ein Mann im Spiel. Das ist alles sehr interessant. Wir werden sofort in dieser Pension nachfragen und versuchen, etwas über ihn herauszufinden. Eigentlich sollte ich Ihnen eine Standpauke halten, weil Sie sich in Polizeiangelegenheiten eingemischt haben, aber natürlich tue ich das nicht. Ohne Sie hätten wir wohl kaum eine Möglichkeit gehabt, an diese Information zu kommen, da die Changs ihrem Personal eingeschärft haben, den Mund zu halten. Also danke ich Ihnen stattdessen."

„Ich nehme an, Mrs Chang ist derzeit im Gefängnis. Wie geht es ihr?"

„Sie ist sehr empört, wie ich höre. Ich glaube, sie hat nach und nach den Eindruck gewonnen, dass sie über dem Gesetz steht, aber Sie wissen ja, dass das Innenministerium in dieser Hinsicht heutzutage viel strenger ist. Ich fürchte, sie wird es in Zukunft nicht mehr so leicht haben mit ihrem Club. Jedenfalls danke ich Ihnen nochmals für Ihre Hilfe, Mrs Marchmont. Wir werden noch heute dieser Pension einen Besuch abstatten."

Angela zögerte.

„Ob Sie mich wohl wissen lassen könnten, was Sie herausfinden? Ich muss gestehen, dass ich schrecklich neugierig bin, wie die Sache weitergeht."

„Wenn möglich, werde ich das tun", versprach Jameson, „obwohl es davon abhängt, was wir herausfinden. Ich darf dem Fall nicht vorgreifen, wie Sie sicher verstehen."

„Ja, natürlich", sagte Angela, und damit musste sie sich zufriedengeben.

Glücklicherweise wurde sie nicht lange auf die Folter gespannt, denn Inspector Jameson teilte ihr schon bald mit, was die Ermittlungen der Polizei ergeben hatten. Gleich am nächsten Tag rief er sie an, doch viel war es nicht, was er zu berichten hatte. Der geheimnisvolle Lew hatte sich tatsächlich mehrere Tage in der Pension aufgehalten, war jedoch bereits vor ungefähr zwei Wochen abgereist, ohne der Pensionswirtin zu sagen, wohin. Tatsächlich hatte das Personal Schwierigkeiten gehabt, sich überhaupt an ihn zu erinnern. Da es sich um eine recht große Pension handelte, in der die Gäste in raschem Wechsel ein- und ausgingen, und Lew nicht zur Stammkundschaft gehörte, hatte man ihm nicht viel Aufmerksamkeit geschenkt.

„Haben Sie im Gästeverzeichnis nachgesehen?", fragte Angela.

„Ja, aber das hat nicht viel gebracht, denn seine Unterschrift war ganz und gar unleserlich. Sein Familienname könnte mit M beginnen oder auch mit N oder sogar H."

„Gehen Sie davon aus, dass er der Mann ist, den Sie suchen?"

„Nun, bis jetzt haben wir keinen anderen gefunden, der irgendwie mit ihr in Verbindung stand, natürlich abgesehen von den Leuten im Club. Dabei fällt mir ein, dass wir dort ein paar diskrete Nachforschungen anstellen müssen. Jetzt, wo Mrs Chang nicht da ist, sind die Angestellten vielleicht eher bereit zu reden. Was diesen jungen Ausländerburschen angeht, so werden wir wahrscheinlich in den Zeitungen annoncieren müssen. Wir werden eine Anzeige schalten, in der wir einen Mann namens Lew, der eine Lita de Marquez sucht, bitten, sich zu melden. Diese Geraldine meinte, Lita sei Engländerin, sagten Sie? Schade, dass wir nicht wissen, wie sie wirklich hieß."

„Vielleicht weiß es dieser Lew."

„Ja, aber um ihn danach zu fragen, müssten wir ihn erst einmal finden", seufzte der Inspector. „Der Fall geht im Moment leider eher schleppend voran."

„Ich bewundere Ihre Hartnäckigkeit", sagte Angela. „Man stellt sich immer vor, dass die Polizei unmittelbar nach einem Verbrechen den Verdächtigen am Wickel packt und ihn festnimmt, aber so läuft es gar nicht, oder? Es ist viel mühsamer, als uns die Kriminalromane glauben machen wollen."

„Ja", bestätigte Jameson, „die Ermittlungen können sich durchaus in die Länge ziehen, aber wenn man einen Fall wie diesen zu einem erfolgreichen Abschluss bringt, verspürt man eine große Zufriedenheit. Daher macht es mir nichts aus, streckenweise nur in kleinen Schritten voranzukommen."

„Nun, ich wünsche Ihnen viel Glück", sagte Angela

und beendete das Telefonat, da sie mit Marguerite Harrison zum Mittagessen verabredet war.

Sie hatte nicht damit gerechnet, so bald nach ihrem Besuch in Gipsy's Mile von ihr zu hören, aber das Rätsel klärte sich bald auf, als ihre Freundin hereinkam. Sie sprudelte nur so vor Begeisterung für ihre bevorstehende Skulpturenausstellung in Littlechurch. Sie sah aus, wie man sich eine Künstlerin vorstellte, in zahlreiche Stoffschichten aus sattem, silbern umrandetem Purpur und Indigo gehüllt. An ihren Ohrläppchen baumelten riesige silberne Ohrringe. Sie sei gekommen, sagte sie, um in den einschlägigen Kreisen in London für die Ausstellung zu werben.

„Littlechurch ist natürlich nicht gerade der Nabel der Kunstwelt, so sehr man sich das auch wünschen mag", erklärte sie, „und deshalb dachte ich, dass schriftliche Einladungen nicht ausreichen. Also bin ich hier, um sozusagen *in prima persona* ihr Interesse zu wecken. Du kommst doch auch zur Ausstellung, nicht wahr, meine Liebe? Du hast es versprochen, das hast du hoffentlich nicht vergessen."

Angela war klar, dass es kein Entrinnen gab, und versicherte ihr, dass sie die Ausstellung um keinen Preis verpassen wolle. Tatsächlich hatte sie nichts dagegen einzuwenden, solange sie sich von Cynthia und ihrem Notizbuch fernhalten konnte.

Marguerite hatte darauf bestanden, mit ihr in ein kleines Restaurant in der Charlotte Street zu gehen, das sie kannte, und so bat Angela William, sie beide mit dem Bentley hinzufahren - nicht ohne eine gewisse augenzwinkernde Neugier, was passieren würde. Aber William verhielt sich so respektvoll wie immer, als sei Marguerite ein Gast wie jeder andere. Angela war beeindruckt. Marguerite dagegen war überschwänglich herzlich und schmeichelnd wie es ihre Art war. Sie stiegen in den Wagen und fuhren in die Charlotte Street.

Im Restaurant begrüßte Marguerite den Kellner freundlich mit Namen und bestand auf einem besseren Tisch als dem, den er ihnen zugewiesen hatte.

„Ich lasse mich nicht in eine Ecke drängen", sagte sie zu Angela. „Das macht man viel zu oft mit uns Frauen - was lächerlich ist, denn meistens sind wir das einzig Ansehnliche weit und breit. Ich ziehe es vor, im Mittelpunkt zu stehen, du nicht auch?"

Dann entdeckte sie jemanden, den sie kannte, und rief ihn mit ihrer dröhnenden Stimme zu sich, sodass sich alle Gäste umdrehten und sie anstarrten. Der Mann - es stellte sich heraus, dass es sich um Luigi, den Besitzer, handelte - kam herüber und begrüßte sie wortreich. Sie küssten sich auf beide Wangen, und sie fragte nach seiner Frau. Er antwortete ausführlich und mit viel Gefühl.

„Die arme Cara", sagte Marguerite mit leiser Stimme, nachdem er gegangen war. „Sie gehörte zu unserer Clique, weißt du. Wunderbar begabt - eines der begabtesten Mädchen an der Kunstschule. Leider hat sie nicht aufgepasst, und als sie merkte, was los war, hatte der Mann natürlich längst Reißaus genommen. Aber Luigi war schon lange hinter ihr her und so musste sie ihn in aller Eile heiraten. Ihre Eltern waren entsetzt, dass sie einen Italiener zum Mann genommen hat, aber selbstverständlich hatten sie keine Ahnung, warum sie es getan hat. Jetzt haben sie fünf Kinder und sie hat keine Zeit mehr zum Malen."

„Weiß Luigi von dem ersten Kind?", fragte Angela überrascht.

„Ich bin mir nicht sicher, aber wahrscheinlich ist es besser, es nicht zu erwähnen. Ist es zu früh für Wein, was meinst du?"

Sie entschied sich schließlich gegen den Wein und wandte sich wieder der Speisekarte zu.

„Wie geht es Miles?“, fragte Angela.

„Er ist ein wenig unpässlich“, antwortete Marguerite. „Hm, sollen wir Austern nehmen? Um diese Jahreszeit müssten sie ganz frisch sein.“

„Das tut mir leid“, sagte Angela, wobei sie Miles meinte, nicht die Austern.

„Oh, er wird schon wieder. Ab und zu hat er solche Anfälle, weißt du. Dann ist er ein bisschen deprimiert und fühlt sich nicht wohl in seiner Haut, aber normalerweise erholt er sich schnell. Heute Morgen hat er mich ange-faucht, als ich ihn gefragt habe, ob er ein oder zwei Eier zum Frühstück wollte. Das ist so gar nicht seine Art, du kennst ihn ja. Ich habe dann beschlossen, ihn sich selbst zu überlassen, und bin früher losgefahren als geplant.“

„Könnte es sein, dass er diese Anfälle vor allem bekommt, wenn eine deiner Ausstellungen bevorsteht?“

Angela hatte es als Scherz gemeint, aber Marguerite riss die Augen auf und schien ihren Gedanken ganz ernst zu nehmen.

„Weißt du, meine Liebe, du könntest recht haben“, sagte sie. „Darauf bin ich gar nicht gekommen, aber da könnte etwas dran sein. Manchmal ist es sicher nicht einfach, mit mir auszukommen.“ Sie lachten fröhlich und Luigi, der gerade an ihren Tisch getreten war, lachte mit und nahm höchstpersönlich ihre Bestellung auf.

Als er gegangen war, wurde Marguerite ernster und sagte: „Ich frage mich, ob Miles‘ schlechte Laune etwas mit der Sorge um Gil zu tun hat. Sie haben in letzter Zeit oft die Köpfe zusammengesteckt. Ich habe das Gefühl, dass Gil sich Sorgen wegen der Hochzeit macht.“

„Wie kommst du darauf?“, fragte Angela.

„Ach, es ist nur etwas, was er gesagt hat, als wir ihn das

letzte Mal gesehen haben", erklärte Marguerite. „Er meinte, er habe manchmal das Gefühl, nicht gut genug für Lucy zu sein. Sie habe jemanden verdient, der nicht alles verpfuscht, was er anpackt. Er tauge nicht fürs Heiraten. Er hat es halb im Scherz gesagt, aber ich glaube, er hat es ernst gemeint. Miles hat ihn natürlich ausgelacht und meinte, er habe kalte Füße und solle sich keine Sorgen machen, es werde schon alles gutgehen. Später zogen sie sich zurück und redeten, und danach schien es ihm besser zu gehen, aber eigentlich überraschen mich seine Zweifel nicht. Lucy ist ein liebes Mädchen und sehr fleißig, aber ich frage mich, ob sie Gil mit ihrer Tüchtigkeit nicht manchmal verschreckt."

„Findest du die ganze Situation nicht ein wenig seltsam?", sagte Angela. „Dass Gil von seiner Mutter und Lucy zu dieser Ehe gedrängt wird, meine ich. Ob er Lucy heiraten würde, wenn er selbst entscheiden könnte?"

Marguerite überlegte.

„Ich weiß nicht, ob er sie heiraten würde, meine Liebe", antwortete sie schließlich. „Ehrlich gesagt, glaube ich kaum, dass er von sich aus überhaupt jemanden heiraten würde. Vermutlich würde er nie etwas tun, ohne dass ihn jemand drängt."

„Aber liebt er Lucy? Liebt sie ihn?"

Marguerite breitete ratlos die Arme aus.

„Wer weiß?", sagte sie. „Ist das wichtig?"

„Vielleicht spielt es für sie eine Rolle."

„Nun, ich glaube, Lucy hat ihn durchaus gern. Aber du hast ja selbst gesehen, dass sie ihn eher behandelt wie eine Mutter ihr Kind und nicht wie seine zukünftige Ehefrau."

„Und dabei lebt seine leibliche Mutter noch und weigert sich, die Zügel aus der Hand zu geben. Aber nach allem, was ich beobachtet habe, sind es nicht so sehr Lucy und Lady Alice, die Gil so unglücklich machen, sondern

Blakeney Park. Ohne das Anwesen würde er sich vielleicht nicht genötigt fühlen, jemanden zu heiraten, der so tüchtig mitanpackt wie Lucy.“

„Oh ja, das ist eine schrecklich große Verantwortung“, pflichtete Marguerite ihrer Freundin bei. „Ich möchte nicht in seiner Haut stecken.“

Nach dem Mittagessen verabschiedete sich Marguerite wortreich und leidenschaftlich von Luigi, und als sie endlich wieder im Bentley saßen, wollte sie in der Gower Street abgesetzt werden. Dort stieg sie in einer Wolke aus Schals, Tüchern und Parfümduft aus, nicht ohne Kusshände in alle Richtungen zu werfen, und Angela wies William an, sie nach Hause zu bringen.

In der Mount Street angekommen, hielt William ihr den Wagenschlag auf.

„Oh“, sagte Angela plötzlich, „ich glaube, Marguerite hat etwas vergessen.“ Sie wies auf ein Päckchen, das neben ihr auf dem Sitz lag. „Es scheint für Sie zu sein, William“, sagte sie peinlich berührt. Sie reichte es ihm und wollte sich schon diskret zurückziehen, als sie seinen Gesichtsausdruck sah. Er starrte mit einer Mischung aus Verwirrung und Unbehagen auf das Päckchen.

„Hat Mrs Harrison das liegen gelassen?“, fragte er.

„So sieht es aus“, bestätigte Angela. Ihre Neugier gewann schließlich die Oberhand. „Was ist drin?“

Mit einem kurzen Seitenblick auf sie öffnete er das Päckchen, das eine kleine Schatulle enthielt. Darin lag eine Uhr, die ziemlich teuer aussah.

Beide betrachteten sie schweigend, dann wurde William puterrot.

„Ich lasse mich nicht aushalten, verstanden?“, sagte er heftig. Ohne ein weiteres Wort stieg er in den Bentley, schlug die Tür zu und fuhr mit quietschenden Reifen davon, während Angela ihm erstaunt nachsah.

Kapitel Siebzehn

Inspector Jameson und Sergeant Willis saßen in dem Büro, das eigentlich Mrs Chang gehörte, während ihrer Abwesenheit jedoch von ihrem Sohn genutzt wurde. Johnny Chang musterte sie wie üblich mit höflicher und zugleich misstrauischer Miene.

„Unsere Ermittlungen", erklärte Jameson, „haben ergeben, dass die Tote tatsächlich hier als Tanzhostess beschäftigt war." Seine Worte waren bewusst vage gewählt, um die Tatsache zu verschleiern, dass das Personal ohne die Erlaubnis der Changs geplaudert hatte. „Wir gehen davon aus, dass sie unter dem Namen Lita de Marquez aufgetreten ist", fuhr er fort, ohne sein Gegenüber aus den Augen zu lassen.

Johnny Changs Augenbrauen schossen in die Höhe, seine Überraschung und Bestürzung schienen echt zu sein.

„Lita de Marquez! Sie hat hier gearbeitet, ja – aber sie hat gekündigt. Daher habe ich sie bei Ihrem letzten Besuch nicht erwähnt. Damals haben Sie gefragt, ob wir ein Mädchen vermissten, aber soweit ich wusste, war Lita wohlauf und hatte lediglich eine neue Arbeitsstelle gefunden.“

In Jamesons Augen war das pure Haarspalterei, er sagte jedoch nichts. Johnny Chang fuhr fort: „Dann ist sie also tot? Das ist schrecklich.“

„Bis jetzt haben wir die Leiche nicht offiziell identifiziert, aber wir gehen inzwischen davon aus, dass es sich bei der Toten um Lita de Marquez handelt.“

„Das tut mir sehr leid“, sagte der junge Mann, „aber ich verstehe nicht, wie ich Ihnen helfen kann.“

Das stimmte offenkundig nicht, aber Jameson verkniff sich einen Kommentar. Er sagte nur: „Wir brauchen zumindest jemanden für die formelle Identifizierung. Leider wurde ihr Gesicht bis zur Unkenntlichkeit entstellt, aber sie hatte unveränderliche Kennzeichen, an die sich der eine oder andere Mitarbeiter möglicherweise erinnert. Auf der Innenseite des linken Arms hatte sie zum Beispiel ein markantes Muttermal. Vielleicht ist es jemandem bei irgendeiner Gelegenheit aufgefallen.“

Johnny wedelte mit der Hand. „Ja, wahrscheinlich – wenn sie es überhaupt ist. Ich werde mit allen sprechen und sage Ihnen Bescheid, falls jemand bereit ist, sie zu identifizieren. Ihr Gesicht müssen sie dabei doch nicht sehen, oder?“

„Nein, das wird nicht nötig sein.“

„Also gut“, sagte Johnny. „War sonst noch etwas?“

„Wir müssen Ihr Personal befragen“, sagte Jameson.

„Aber warum?“, fragte Johnny.

Wills rutschte unbehaglich auf seinem Stuhl hin und her und Jameson seufzte insgeheim. Der junge Mann schien sich in höfliche, aber beharrliche Begriffsstutzigkeit zu flüchten.

„Weil wir glauben, dass sie von jemandem umgebracht wurde, den sie kannte“, erklärte er geduldig, „vielleicht sogar von jemandem, den sie im Copernicus Club kennengelernt hat."

„Für meine Leute lege ich die Hand ins Feuer", sagte Johnny Chang. „Ich habe nicht die Angewohnheit, Mörder zu beschäftigen."

„Wie können Sie sich da so sicher sein?" Jameson klang inzwischen ein wenig gereizt. „Ein Mörder posaunt schließlich nicht heraus, dass er ein Mörder ist."

„Natürlich nicht." Johnny schien sich nicht wohlzufühlen in seiner Haut. „Das weiß ich. Ich wollte damit nur sagen, dass ich nur Leute von untadeligem Ruf mit ausgezeichneten Referenzen anstelle."

Der Inspector ging nicht darauf ein, sondern fuhr fort: „Was ist mit Ihren Gästen? Gelegentlich kommt es sicher vor, dass eines Ihrer Mädchen einem Gast − nun, sagen wir: näherkommt. Bitte verstehen Sie mich nicht falsch, Mr Chang. Was Ihre Mädchen in ihrem Privatleben tun oder nicht tun, interessiert mich nicht. Das ist nicht der Grund für meinen Besuch."

Johnny Chang schüttelte jedoch bereits entschieden den Kopf.

„Auf gar keinen Fall", sagte er bestimmt. „Meine Mutter und ich lassen ein solches Verhalten nicht zu. Wenn ein Mädchen einem Mann tatsächlich − äh, nähergekommen sein sollte, dann würden wir es bitten, zu gehen, so ehrenhaft die Verbindung auch sein mag. Unser Club ist ein respektables Unternehmen, wir wollen uns nicht nachsagen lassen, dass hier etwas Ungesetzliches vor sich geht."

„Von den Schankgesetzen einmal abgesehen", konnte sich Jameson nicht verkneifen.

Johnny Chang lächelte sein zurückhaltendes Lächeln. „Mit unserer Schanklizenz gab es einige Missverständnisse", räumte er ein. „Das war von uns natürlich nicht beabsichtigt und leider zahlt meine Mutter gerade den Preis dafür. Sie werden jedoch feststellen, dass nun alles in bester Ordnung ist. Wenn Sie wollen, können Sie unsere Räumlichkeiten Abend für Abend durchsuchen, Inspector. Sie werden nichts finden."

„Das gehört nicht in meinen Zuständigkeitsbereich", wehrte der Inspector ab. „Mir geht es nur darum, herauszufinden, wer Lita de Marquez umgebracht hat, und zu diesem Zweck müssen wir mit Ihren Mitarbeitern sprechen."

„Selbstverständlich. Ich werde sie anweisen, Ihnen auf alle erdenkliche Weise behilflich zu sein. Ich glaube jedoch kaum, dass sie Wesentliches zu Ihren Ermittlungen beitragen können."

„Natürlich werden sie das nicht, wenn er sie sich vorgeknöpft und ihnen eingebläut hat, dass sie den Mund zu halten haben", bemerkte Willis angewidert, als sie den Club verließen.

„Vermutlich haben Sie recht. Die Changs haben nicht vor, uns unsere Arbeit zu erleichtern, so viel steht fest."

Der Sergeant hatte natürlich recht. Zwei Tage später saß Jameson in seinem Büro und ging die unterschiedlichen Berichte und seine Notizen zu den Befragungen im Copernicus Club durch. Wie sie geargwöhnt hatten, gaben sie nicht viel her. Geraldine war mit etwas Überredungskunst dazu bewegt worden, die Leiche zu identifizieren, und hatte mit rotgeweinten Augen bestätigt, dass es sich um ihre frühere Mitbewohnerin Lita de Marquez handelte. Was die Angestellten anging, so waren zwei Kellner wegen Diebstahls bei der Polizei aktenkundig, doch von keinem der beiden war eine Neigung zu Gewalttätigkeiten bekannt. Außerdem hatte Jameson anonyme Hinweise erhalten, dass ein berühmter amerikanischer Gangster im Club ein- und ausgehe, doch da der Mann seit Jahren auf der Flucht war, konnte der Inspector nur die Augen nach ihm offenhalten, ansonsten aber nichts unternehmen. Die anderen Gäste waren meist gut bekannt oder zumindest gut betucht und es wäre schwierig, ihnen etwas anzulasten.

Er wollte gerade nach seinem Sergeanten Willis rufen und ihn beauftragen, sich die Akten der bekannten Kriminellen noch einmal vorzunehmen, als er einen Anruf vom Pförtner erhielt, der ihm mitteilte, dass ein Reporter namens Pilkington-Soames ihn sprechen wolle.

„Wer zum Teufel ist das?", fragte er barsch. „Ich will mit keinem Reporter reden. Oh, er ist ein Freund von Mrs Marchmont? Dann schicken Sie ihn besser hoch."

Kurz darauf schlenderte Freddy Pilkington-Soames lässig in Jamesons Büro, stellte sich kurz vor und ließ sich unaufgefordert auf einen Stuhl sinken. Der Inspector musterte ihn mit höflichem Misstrauen.

„Was kann ich für Sie tun, Mr Pilkington-Soames?", fragte er. „Wie ich höre, sind Sie mit Mrs Marchmont befreundet. Schickt sie Sie?"

„Lieber Himmel, nein", antwortete Freddy. „Ich bin aus eigenem Antrieb hier, aber ich dachte, mein hübsches Gesicht würde allein nicht ausreichen, um an Ihren Wachhunden am Eingang vorbeizukommen, daher habe ich mich ihres Namens bedient." Er sah sich mit beiläufigem Interesse um. "Ich war noch nie bei Scotland Yard. Ganz schön aufregend, finden Sie nicht auch? Haben Sie hier auch ein Gefängnis oder sind es ausschließlich Büros? Ich musste vor ein paar Tagen bedauerlicherweise eine Nacht in einer Zelle in der Bow Street verbringen, nach einem unglücklichen Zusammenprall mit einem Angehörigen der Polizeitruppe, bei dem auch eine Wurst eine Rolle spielte. Ich will Sie nicht mit den Einzelheiten langweilen, aber glauben Sie mir: Die Zelle war schrecklich ungemütlich. Wie halten diese Kriminellen das nur aus?"

„Sie haben kaum eine Wahl", bemerkte Jameson höflich.

„Ich an ihrer Stelle würde mich beschweren", meinte Freddy. „Ich glaube, ich schreibe einen Brief ans Innenministerium und warne die zuständigen Stellen vor der Gefahr einer Gefängnisrevolte, wenn die Gefängnisse Seiner Majestät nicht bald wesentlich sauberer und komfortabler werden."

„Vermutlich wird der Minister Ihnen zutiefst dankbar sein, wenn Sie ihn diesbezüglich aufklären", sagte Jameson. „Entschuldigen Sie bitte, aber sind Sie deswegen hier? Um mir Ihre Ansichten zum britischen Justizsystem und seinen Verfahrensweisen mitzuteilen?"

„Aber nein", antwortete Freddy, „obwohl Sie wahrscheinlich darauf brennen, sie zu erfahren. Nein, ich bin hier, um meine Pflicht als aufrechter Bürger zu erfüllen."

„Was Sie nicht sagen."

„Ja. Sie scheinen zu zweifeln, Inspector", meinte Freddy. „Ich sehe förmlich, wie Sie denken: Wann kommt dieser Bursche endlich zur Sache?"

Das war genau das, was Jameson durch den Kopf gegangen war, doch er sagte nichts.

„Dann werde ich Sie nicht weiter auf die Folter spannen", versprach Freddy. „Wie ich von unserer gemeinsamen Freundin Mrs M. weiß, haben Sie ein gesteigertes Interesse an einem beliebten Etablissement, das gemeinhin als Copernicus Club bekannt ist. Stimmt das?"

„Kann sein", sagte Jameson vorsichtig. Er fragte sich, was dieser Bursche wusste.

„Oh, Sie brauchen sich nicht zu zieren, Inspector", sagte Freddy. „Ich kann Ihnen versichern, dass ich Angela in die Hand versprochen habe, die Geschichte aus der Presse herauszuhalten – jedenfalls für den Moment, obwohl ich natürlich hoffe, als Dank für meine Hilfe einen

Exklusivbericht für den Clarion schreiben zu dürfen, sobald Sie Ihr Okay geben. Also, damit wir uns richtig verstehen: Ich weiß, dass die Frau, deren Leiche Angelas Chauffeur beinahe überfahren hätte, höchstwahrscheinlich eine Tanzhostess namens Lita de Marquez war und dass sie im Copernicus Club gearbeitet hat, bevor sie vor ein paar Wochen verschwand. Ich weiß auch, dass die Mitarbeiter des Copernicus angewiesen wurden, der Polizei nichts zu sagen, angesichts des – nun, sagen wir: angesichts der etwas prekären Existenzgrundlage des Clubs und der nicht zu unterschätzenden Wahrscheinlichkeit, dass sie durch die Einmischung der Kriminalpolizei allesamt auf der Straße landen könnten."

„Sie scheinen erstaunlich gut unterrichtet zu sein", bemerkte der Inspector trocken. „Aber sagen Sie: Sind Sie hier, weil Sie weitere Einzelheiten erfahren wollen? In diesem Fall sind Ihre Bemühungen zwecklos. Oder sind Sie hier, um uns zu helfen?"

„Oh, um zu helfen", versicherte Freddy ihm.

„Würden Sie dann bitte zur Sache kommen?"

Freddy setzte sich aufrecht hin. Seine affektierte Lässigkeit war verschwunden und er schien recht zufrieden mit sich zu sein.

„Also gut", sagte er, „das werde ich. Ich habe mir erlaubt, eigene Nachforschungen anzustellen, und weiß nun alles über den Mann, mit dem Lita sich getroffen hat."

„Oh ja?" Der Inspector war plötzlich ganz Ohr. „Wer ist es? Kennen Sie seinen Namen?"

„Ja", antwortete Freddy, „und Sie kennen ihn auch. Es ist Johnny Chang."

Kapitel Achtzehn

ER LEHNTE SICH ZURÜCK, um die Wirkung seiner Worte zu beobachten. Jameson sah ihn einigermaßen überrascht an.

„Sind Sie sicher?", fragte er.

„Oh ja", erwiderte Freddy. „Ich kann Ihnen tatsächlich einen Zeugen liefern. Er hat früher im Club gearbeitet, wurde aber ein oder zwei Wochen vor Litas Verschwinden auf die Straße gesetzt. Ich weiß allerdings nicht, warum."

„Er hat vielleicht mit Mr Chang noch ein Hühnchen zu rupfen", meinte Jameson. „Wer ist dieser Zeuge und was genau hat er Ihnen erzählt."

„Er heißt Cyril und er sagt, dass wahrscheinlich alle wussten, was lief, selbst wenn sie so getan haben, als hätten sie keine Ahnung. Anscheinend ist es nicht ungewöhnlich, dass der junge Master Chang – äh, die Dienste genutzt hat, die in seinem Club angeboten werden, obwohl es ihm diesmal ernster zu sein schien als sonst."

„Wie genau sind Sie an diesen Mann geraten?"

„Ich habe Mittel und Wege, Watson", sagte Freddy geheimnisvoll. Als er Jamesons Gesichtsausdruck sah, fügte er eilig hinzu: „Ich war früher oft im Copernicus und verstand mich gut mit den meisten Kellnern. Als ich letztens mit Angela dort war, habe ich nach Cyril gefragt und erfahren, dass er nicht mehr im Club arbeitet. Also habe ich ihn ausfindig gemacht, weil ich dachte, dass er bereit ist zu reden, da er seinen Job ja sowieso schon verloren hatte. Und wie wir sehen, hatte ich recht."

„Ja, also …", sagte Jameson hüstelnd, „das hatten wir als Nächstes geplant, aber Sie sind uns wohl zuvorgekommen."

„Es liegt mir natürlich fern, der Polizei zu sagen, wie sie ihre Arbeit zu tun hat", meinte Freddy geschwollen, dann wurde er mit einem Schlag ernst. „Ich hoffe, das hilft Ihnen. Das ist eine hässliche Geschichte. Mord ist schlimm genug, aber der beklagenswerten Frau das Gesicht zu zerschmettern – da wird mir speiübel."

„Ja, das hinterlässt einen bitteren Nachgeschmack." Jameson stellte fest, dass er den jungen Mann mochte, trotz seiner affektierten Art. „Weiß Mrs Marchmont übrigens, dass Sie hier sind?"

„Nein, aber ich denke, ich werde es ihr früher oder später erzählen. Ich wollte, dass sie mich Ihnen vorstellt, aber letzten Endes war ich doch zu ungeduldig und habe beschlossen, sofort zu Ihnen zu kommen."

„Warum um alles in der Welt wollten Sie mir vorgestellt werden?", fragte Jameson überrascht.

„Hm, na ja." Freddy wirkte unbehaglich. „Ich sage es nur ungern, da Mutter mir den Job besorgt hat und ich insgeheim damit gerechnet habe, dass sie mich nach der ersten Woche rausschmeißen. Aber unerklärlicherweise mag ich meine Arbeit, und wenn ich Erfolg haben will, dann brauche ich ein oder zwei handzahme Polizisten als offizielle Quelle. Natürlich soll das auf Gegenseitigkeit beruhen", fuhr er hastig fort. „Ich möchte nicht, dass Sie denken, es ginge nur in eine Richtung."

„Nun, wir werden sehen." Inspector Jameson wollte sich nicht festlegen. „Es kommt schon mal vor, dass wir auf Reporter zurückgreifen, wenn es uns passt. Aber um noch einmal auf diesen Cyril zurückzukommen - was hat er Ihnen noch erzählt? Weiß er etwas über das Verschwinden von Lita?"

„Nein, wie gesagt, er hat vorher im Club aufgehört", antwortete Freddy, „aber er sagte, er habe sich gefragt, ob sie Johnnys nicht allmählich überdrüssig geworden sei. Er meinte, es sei nichts Bestimmtes vorgefallen, er habe nur den Eindruck gehabt, dass sich ihr Verhältnis ein wenig abgekühlt habe. Und wenn Sie jetzt denken, dass Cyril in Lita verliebt war - zumindest scheint er sich sehr für ihre persönlichen Angelegenheiten interessiert zu haben, aber das macht ihn zu einem nützlichen Zeugen, nicht wahr?"

„Immer vorausgesetzt, dass er die Wahrheit sagt und sein Urteilsvermögen nicht durch seine Gefühle getrübt wird", erwiderte der praktisch denkende Jameson. Er sah, wie Freddy das Gesicht verzog, und fuhr fort: „Leider erleben wir das oft in unserem Beruf. Nur sehr wenige Menschen sind in der Lage, eine Situation völlig objektiv zu beurteilen. Jeder hat seine eigene Meinung oder seine eigene Sichtweise. Das heißt nicht, dass alles, was dieser Bursche sagt, falsch ist, aber wir täten gut daran, es mit Vorsicht zu genießen und uns zur Absicherung von anderer Seite Bestätigung zu holen."

„Ich bin sicher, dass er die Wahrheit gesagt hat", entgegnete Freddy. „Ich bin recht gut im Erkennen von Lügnern."

„Das bestreite ich nicht, aber diese Art von Scharfblick reicht nicht, um einen Richter zu überzeugen. Der braucht mehr als die Beteuerung ‚Ich weiß, dass er die Wahrheit sagt'. Vielmehr muss man es zweifelsfrei belegen und das ist nicht immer einfach. Ich weiß gar nicht, wie viele Verbrecher freigesprochen worden sind, weil man ihnen ihre Schuld nicht nachweisen konnte."

„Gut, ich gebe Ihnen Cyrils Adresse, dann können Sie sich selbst überzeugen." Freddy kritzelte etwas auf einen Zettel, den er dem Inspector reichte. „Vielleicht finden Sie jemanden, der seine Geschichte bestätigt. Ich gehe nicht davon aus, dass er der Einzige ist, den die Changs vor die Tür gesetzt haben. Möglicherweise ist jemand, der aktuell für sie arbeitet, zu einer Aussage bereit."

„Na ja, wir hatten bisher kein Glück. Selbst Mrs Marchmont konnte aus einer der Tanzhostessen nichts herausbekommen, sie hat angegeben, nichts von irgendwelchen Männerbekanntschaften zu wissen. Diese Leute sind gut darin, den Mund zu halten."

„Und deshalb brauchen Sie mich, Inspector", warf Freddy ein. „Ich kann ihnen Informationen entlocken, die einem Polizisten verwehrt bleiben."

„Gut, dann wollen wir mal sehen, was Sie draufhaben", sagte Jameson. „Ich werde diesem Cyril einen Besuch abstatten. Wenn er bereit ist, auszupacken, und sich als zuverlässiger Zeuge erweist, könnte dies tatsächlich ein entscheidender Fortschritt in unserem Fall sein."

„Das will ich hoffen! Ich fände es schrecklich, wenn ich meine Zeit verschwendet hätte." Freddy erhob sich, das Gespräch war offenkundig vorbei. „Sie lassen mich wissen, was daraus wird, nicht wahr, Inspector? Ich würde die Geschichte gern als Erster in die Finger bekommen – sobald ich darüber schreiben darf."

„Ich werde sehen, was sich machen lässt", versprach Jameson, „und danke für den Tipp. Wenn Sie sonst noch etwas herausfinden, geben Sie mir bitte Bescheid."

Er verabschiedete sich von Freddy und rief Sergeant

Willis. Gemeinsam machten sie sich auf die Suche nach Cyril, dem entlassenen Kellner, in der Hoffnung, endlich einen Durchbruch erreicht zu haben. Zu Jameson gelinder Überraschung war der von Freddy ausfindig gemachte Zeuge durchaus brauchbar.

Cyril erwies sich als ein verschmitzter junger Mann, der gefeuert worden war, weil er herumgealbert hatte statt zu arbeiten und sich ein bisschen zu gut mit den Gästen verstand. Er gab unumwunden zu, dass es seine Schuld war, und beteuerte, keinen Groll gegen die Changs oder den Copernicus Club zu hegen. Inzwischen war er verlobt, hatte eine neue Stelle und arbeitete hart, um genug Geld für die Hochzeit zusammenzubekommen. Jameson hatte den Eindruck, dass er ehrlich und aufrichtig war.

Cyril berichtete, dass Johnny Chang oft mit dem einen oder anderen Mädchen aus dem Copernicus Club gesehen wurde, wobei er sich normalerweise die hübschesten aussuchte. Dahinter steckte nie etwas Ernstes – die Mädchen wurden großzügig beschenkt, Johnny konnte sich in der Stadt mit einer ansehnlichen Begleitung zeigen und alle waren zufrieden. Die Sache mit Lita war jedoch etwas länger gegangen als die anderen Techtelmechtel, und Cyril hatte überlegt, ob Johnny einen Narren an ihr gefressen hatte. Soweit er es beurteilen konnte, war es für Lita jedoch nie eine große Sache gewesen. Er hatte sogar den Eindruck, dass sie Johnnys überdrüssig geworden war. Einmal hatte er gehört, wie sie sich gestritten hatten. Nein, er wisse nicht, worum es bei dem Streit gegangen war: Er sei nicht der Typ, der anderer Leute Auseinandersetzungen belausche. Er habe allerdings gesehen, wie sie davongestürmt sei. Und er habe gehört, wie Johnny ihr nachrief, das werde sie bereuen.

An dieser Stelle machte sich Inspector Jameson eine Notiz.

„Er sagte, sie werde es bereuen?", wiederholte er. „Hat er das genauer ausgeführt? Sagte er beispielsweise, warum sie es bereuen werde?"

„Nein", antwortete Cyril. „Es hörte sich nicht an, als sei damit eine konkrete Drohung verbunden, eher etwas, was man in einem Streit so dahinsagt. Wahrscheinlich habe ich es selbst schon gesagt."

„Hat sonst noch jemand diesen Streit mitbekommen?", fragte Jameson.

„Oh ja, da waren noch andere Leute in der Nähe, ich weiß aber nicht mehr, wer."

Die beiden Polizisten bedankten sich bei ihm und kehrten nach Scotland Yard zurück.

„Wie es aussieht, bleibt uns nichts anderes übrig, als noch einmal zum Copernicus und seinem wenig hilfsbereiten Personal zu gehen." Jameson seufzte verärgert. „Sind Sie bereit, mit dem Kopf gegen die Wand zu rennen, Willis?"

„Warum nicht?", erwiderte der Sergeant. „Mein Kopf hat im Laufe der Jahre genug Schläge abbekommen. Sicher verträgt er noch ein paar mehr."

Sie wollten gerade aufbrechen, als das Telefon läutete. Jameson nahm den Hörer ab, hörte aufmerksam zu und machte die eine oder andere kurze Bemerkung, doch seine Miene wurde nach und nach immer lebhafter. Schließlich verabschiedete er sich von seinem Gesprächspartner.

„Sie haben einen Zeugen gefunden, der Lita am Mittwoch, dem 7. September, auf dem Bahnhof Charing Cross gesehen hat − und zwar in Begleitung eines jungen Chinesen, der wie ein gebildeter Engländer sprach", sagte er zu Willis gewandt.

„Was Sie nicht sagen! Wer ist dieser Zeuge?"

„Ein Handlungsreisender", erklärte Jameson. „Er gibt an, dass er hinter einer jungen Frau in einem blauen

Mantel und Hut in der Schlange an der Gepäckaufbewahrung gestanden hat. Er erinnert sich so genau daran, weil er an dem Tag Geburtstag hatte und er es eilig hatte, seinen Zug zu erwischen. Den hat er aber verpasst, weil die junge Frau vor ihm wegen ihres Koffers hin und her überlegte und in ihrer Tasche nach Kleingeld suchte. Dann tauchte der Chinese auf und sprach sie an, woraufhin sie ihn verwundert ansah und fragte, warum er gekommen sei. Der Zeuge sagt, sie habe ihn Jacky oder Johnny genannt, genau weiß er es nicht mehr. Dann begannen die beiden zu streiten, sodass unser Handlungsreisender die Geduld verlor und sie bat, sich woanders weiterzuzanken, da er sein Gepäck abgeben und seinen Zug erreichen wolle. Sie haben ihn böse angesehen, sind aber nach draußen gegangen. Er hielt die beiden für ein Liebespaar und dachte nicht weiter daran, bis er in der Zeitung von der Sache las."

„Konnte er sagen, worüber sie sich gestritten haben?"

Jameson schüttelte den Kopf.

„Offenbar nicht", sagte er. „Er dachte, es sei ein Streit zwischen zwei Leuten von der Sorte, mit der er normalerweise nichts zu tun hat. Ich glaube, so oder ähnlich hat er sich geäußert."

„Sie wurde also am Bahnhof Charing Cross am Nachmittag des 7. September lebend gesehen", meinte Willis.

„Und wurde zwei Tage später tot in einem Graben außerhalb von Littlechurch gefunden", ergänzte Jameson. „Ich frage mich, was genau in diesen zwei Tagen passiert ist."

„Wir sollten uns noch einmal mit dem jungen Master Chang unterhalten", schlug Sergeant Willis vor.

„Ja, das sollten wir", pflichtete ihm Jameson mit grimmiger Miene bei. „Lassen Sie uns nachsehen, ob er zu Hause ist."

Kapitel Neunzehn

Dass Johnny Chang verhaftet worden war, weil er im Verdacht stand, eine Tanzhostess des berühmt-berüchtigten Copernicus Clubs ermordet zu haben, machte in Windeseile die Runde und beherrschte in den nächsten Tagen die Schlagzeilen. Johnny hatte alle Schuld von sich gewiesen und sich nach Kräften gegen seine Verhaftung gewehrt. Es stand jedoch unumstößlich fest, dass er zur fraglichen Zeit mit Lita auf dem Bahnhof Charing Cross gesehen worden war. Außerdem hatte er kein Alibi für die beiden darauffolgenden Tage, was für die Polizei Grund genug war, ihn zur Befragung auf die Wache mitzunehmen. Und nachdem man bei einer Durchsuchung des Clubs mehrere Päckchen mit Arsen gefunden hatte, schien sein Schicksal besiegelt, auch wenn Johnny behauptete, das Gift sei angeschafft worden, um einer Rattenplage Herr zu werden. Das mochte stimmen oder auch nicht; auf jeden Fall reichte das Auffinden des Arsens, um ihn für den Moment im Gefängnis festzuhalten. Der Copernicus Club wurde bis auf Weiteres geschlossen, da niemand mehr da war, um ihn zu führen.

Angela ließ die Zeitung sinken und starrte gedankenverloren aus dem Fenster, ohne wirklich zu sehen, was auf der Straße vor sich ging. Sie dachte über den Fall nach. Er schien zu einem vorhersehbaren Ende gekommen zu sein. Lita de Marquez hatte ihren Liebhaber abgewiesen, was dieser nicht akzeptieren wollte, also hatte er sie ermordet. Es war die uralte Geschichte, aber deshalb nicht weniger mitleiderregend. Wie oft hatte sie sich im Laufe der Zeit wiederholt? Es war sicherlich die folgerichtigste Lösung, aber trotzdem hatte Angela kein gutes Gefühl bei der ganzen Sache. Einige Aspekte des Falles gaben ihr weiterhin Rätsel auf. Sie wollte gerne mit jemandem darüber sprechen, doch Inspector Jameson hatte gerade viel zu tun, war per Telefon nicht zu erreichen und hätte vermutlich sowieso nicht gerne darüber gesprochen, nachdem der Fall erledigt schien.

Zum Glück rettete Freddy Pilkington-Soames sie, als er zu ihr kam, um sich damit zu brüsten, dass er den Fall gelöst hatte, wie er behauptete.

„Haben Sie nicht über die Eröffnung irgendeines Bürgerzentrums oder dergleichen zu berichten?", fragte Angela, nachdem sie sich begrüßt hatten.

„Nein", antwortete Freddy leichthin, „eigentlich sollte ich mir eine weitere Rede des guten alten Rowbotham anhören, aber da ich schon mal einen seiner Auftritte miterlebt habe, weiß ich, dass er endlos vor sich hinrabbelt. Daher habe ich die ersten Sätze mitgeschrieben und bin dann gegangen. Wahrscheinlich schwadroniert er immer noch, wenn ich wiederkomme, sodass ich mir seine Schlussbemerkung notieren und höflich mit dem restlichen Publikum Beifall klatschen kann, ohne mir den gesamten Unfug anhören zu müssen."

„Aber was machen Sie, wenn er fertig ist, ehe Sie wiederkommen?"

„Dann greife ich einfach auf meine Notizen vom letzten Mal zurück", erklärte Freddy. „Oder ich denke mir selbst etwas aus. Und dann ist da natürlich noch St. John", fuhr er fort, als sei ihm plötzlich ein Gedanke gekommen. „Er war da und hing an den Lippen des alten Kerls. Wahrscheinlich kann er die Rede Wort für Wort zitieren. Ja, ich glaube, ich werde ihn fragen."

„Nehmen Sie Platz und erzählen Sie mir, was sich im Fall Lita de Marquez ergeben hat", sagte Angela und goss ihm von dem Kaffee ein, den Marthe eben hereingebracht hatte. „Wie ich höre, haben Sie sich das Vertrauen von Inspector Jameson erschlichen, indem Sie ihm einen nützlichen Zeugen präsentiert haben."

„Ja, das war ein geschickter Schachzug von mir, nicht wahr?" Freddy versuchte vergeblich, sich bescheiden zu geben. „Dank meiner Hilfe hat die Polizei von der Beziehung zwischen Lita und Johnny Chang erfahren. Ich denke, man wird mir dafür eine Medaille verleihen."

„Sie sind also überzeugt, dass Johnny Chang der Mörder ist?"

„Ja, natürlich. Wer hätte es sonst sein sollen?"

„Hm, das weiß ich nicht", antwortete Angela, „aber ich habe die Geschichte heute Morgen in den Zeitungen gelesen und da ist etwas, das mir nicht ganz zu passen scheint."

„Was denn?"

„Ich bin mir nicht sicher. Es ist nur -" Sie überlegte einen Moment, dann fuhr sie fort: „Die Mordmethode überzeugt mich nicht. Sie wurde mit Arsen umgebracht, heißt es bei der Polizei."

„Ja", warf Freddy ein, „und im Copernicus Club wurde eine beträchtliche Menge davon gefunden."

„Oh ja, ich bezweifle nicht, dass Johnny Chang ohne

Mühe an das Gift gekommen ist, aber das Ganze erscheint mir – ich weiß nicht – seltsam."

„Leider sind Ihre Ausführungen nicht sehr erhellend", meinte Freddy.

„Ja, Sie haben recht. Betrachten wir die Geschichte einmal aus Johnnys Perspektive. Nehmen wir an, dass Lita seiner überdrüssig ist und beschließt, dem Club den Rücken zu kehren und aus Gründen, die vermutlich nur sie kennt, nach Kent zu fahren. Am Bahnhof Charing Cross gibt sie ihren Koffer in die Gepäckaufbewahrung. Dann will sie zum Zug gehen, wird aber von Johnny aufgehalten, der ihr zum Bahnhof gefolgt ist –"

„Moment mal", unterbrach Freddy sie, „woher wissen wir, dass sie nicht zusammen zum Bahnhof gefahren sind?"

„Durch die Beobachtungen des Mannes, der hinter Lita in der Schlange stand. Er hat angegeben, dass sie überrascht war, Johnny zu sehen, und ihn gefragt hat, warum er gekommen sei. Das hört sich nicht an, als hätten sie vorgehabt, gemeinsam zu verreisen, oder?"

„Nein", räumte Freddy ein, „aber gehen wir einmal davon aus, dass sie sich nach dem Streit in der Gepäckaufbewahrung versöhnt und beschlossen haben, zusammen nach Kent zu fahren. Das kann doch sein, meinen Sie nicht?"

„Ja, ja, das kann sein, aber in dem Fall stellt sich die Frage, warum er ein Päckchen Arsen bei sich gehabt haben soll. Und warum ist in Kent niemandem eine englische Frau in Begleitung eines chinesischen Mannes aufgefallen? Ein solches Paar sieht man nicht alle Tage, schon gar nicht in einer ländlichen Gegend wie Kent. Außerdem", fuhr sie fort, „und das ist viel wichtiger: Woher hatte er das Auto?"

„Welches Auto?"

„Das Auto, in dem er die Leiche abtransportiert hat",

antwortete Angela. „Lita wurde an einer gottverlassenen Stelle im Marschland gefunden. Johnny hätte sie kaum eigenhändig dorthin schleppen können."

„Vielleicht sind sie zu Fuß dorthin gegangen und dann hat er sie umgebracht", schlug Freddy vor, nur um sich gleich darauf zu korrigieren. „Nein, wenn er vorhatte, ihr Arsen zu verabreichen, funktioniert das nicht."

„Genau. Das Gift muss man ihr also in einem Privathaus oder in einem Hotel zugeführt haben. Und der Täter brauchte ein Auto, oder einen Last- oder Lieferwagen oder etwas Vergleichbares."

„Ja, verstehe", sagte Freddy nachdenklich. „Die Sache ist ziemlich kompliziert."

„Das kann man wohl sagen", bestätigte Angela. „Ich sehe es so: Der Verdacht gegen Johnny Chang kann sich nur bestätigen, wenn die Polizei überzeugende Antworten auf einige Fragen findet. Erstens, warum hatte Johnny Chang Arsen dabei? Zweitens, wo hat er Lita das Gift verabreicht und wie hat er das gemacht? Und drittens, mit welchem Auto hat er die Leiche transportiert und woher hatte er den Wagen? Vergessen Sie nicht, dass Lita sich nach dem Verzehr des Arsens heftig übergeben hat. Jemand muss das später saubergemacht haben."

Freddy zog angewidert die Nase kraus.

„Vermutlich kümmert sich die Polizei in Kent um diese Details", meinte er. „Die Beamten werden schon wissen, wonach sie suchen müssen."

„Warum ist sie nach Kent gefahren?", fragte Angela plötzlich. „Das wissen wir immer noch nicht, aber ich habe das Gefühl, dass es ein wichtiger Punkt ist. Außerdem hat die Polizei den Mann namens Lew noch nicht ausfindig gemacht, der nach Litas Verschwinden nach ihr gefragt hat."

„Möglicherweise hat er nichts mit dem Fall zu tun."

„Das kann natürlich sein. Er hat allerdings gesagt, dass er sie unbedingt finden müsse."

„Wahrscheinlich kam er von einer Versicherung und wollte ausstehende Monatsbeiträge eintreiben", sagte Freddy. „Nachdem die Geschichte in der Zeitung erschienen ist, wird er sich hoffentlich melden, wenn er etwas mit dem Fall zu tun hat."

„Wenn er der Mörder ist, dürfte das recht unwahrscheinlich sein."

„Ich finde, Sie verkomplizieren die ganze Angelegenheit", beklagte sich Freddy. „Ich weiß, dass Sie ein Faible für Rätsel und Geheimnisse haben, aber ich glaube, dass dieser Fall recht einfach gestrickt ist. In ein paar Tagen trägt die Polizei alle Beweise zusammen, die Johnny Chang für den Mord an Lita de Marquez an den Galgen bringen."

„Um seinetwillen hoffe ich, dass Sie recht haben", bemerkte Angela. „Es wäre schrecklich, wenn er ohne schlüssige Beweise gehenkt würde."

Freddy wurde mit einem Schlag ganz ernst. „Ja, die Geschworenen werden ihm seine Verbindung zu einem weißen Mädchen sicher mächtig übelnehmen. Manche Leute sind in dieser Hinsicht seltsam."

Kurze Zeit später verabschiedete er sich, weil er sich ausrechnete, dass Mr Rowbotham bald mit seiner Rede fertig sein würde, und er seinen Freund St. John abpassen wollte, um zu erfahren, worüber er gesprochen hatte.

„Das nächste Mal, wenn ich einen überragenden Erfolg vorzuweisen habe, melde ich mich wieder", versprach er. „Schlau wie ich bin, wird das wahrscheinlich morgen sein", fügte er hinzu und ging davon.

Angela stellte sich wie zuvor ans Fenster und starrte hinaus. Verkomplizierte sie die Angelegenheit, wie Freddy meinte? Auf den ersten Blick erschien der Fall tatsächlich einfach gestrickt zu sein, aber es blieb abzuwarten, ob die Geschworenen Johnny Chang auch ohne konkrete Beweise für schuldig befinden würden.

Um sich abzulenken, beschloss Angela, zu der Remise zu gehen, in der der Bentley untergebracht war. William lebte in einem kleinen Zimmer über der Garage und Angela wusste, dass Alvie Berteau gerade bei ihm übernachtete, während er und seine Band sich nach einem neuen Engagement umsahen. Angela wollte sich mit dem Musiker unterhalten, wusste aber, dass er wahrscheinlich nicht sonderlich auskunftsfreudig wäre, wenn sie ihn in die Mount Street bat. Daher entschied sie, ihn in der Remise aufzusuchen, unter dem Vorwand, William irgendeine triviale Frage wegen des Autos stellen zu wollen.

Wie erwartet steckte William mit dem Kopf unter der geöffneten Kühlerhaube des Wagens, während Alvie auf einer Packkiste saß und seine Trompete polierte. Zunächst klärte Angela die Frage wegen des Bentleys, dann sagte sie: „Haben Sie schon Aussicht auf ein Engagement, Alvie?"

Der junge Mann schüttelte den Kopf. „Nein, Ma'am. Für mich selbst könnte ich leicht etwas finden, aber ich suche etwas für das ganze Orchester und das ist kurzfristig nicht so einfach."

„Das kann ich mir vorstellen. Wie bedauerlich! Es tut mir leid, dass sich die Dinge so entwickelt haben", sagte Angela. „Ich hatte keine Ahnung, dass meine Fragen nach Lita zu einem solchen Ergebnis führen würden. Es war nicht meine Absicht, Sie alle in die Arbeitslosigkeit zu manövrieren."

„Egal, Ma'am", erwiderte Alvie großzügig. „Was Sie getan haben, war richtig. Dass sie ermordet wird und ihr keine Gerechtigkeit widerfährt, das ist nicht fair. Es tut mir nur leid, dass ich nicht früher etwas gesagt habe. Das war falsch."

„Dann glauben Sie also, dass Johnny Chang schuldig ist?", fragte Angela neugierig.

„Ich weiß nicht. Die Polizei scheint davon auszugehen."

„Aber was ist Ihr Eindruck?"

Alvie schien überrascht, dass jemand wie Mrs Marchmont wissen wollte, wie er zu einer Sache stand. Nach einer kurzen Pause sagte er: „Hm, ich hätte nicht gedacht, dass er der Typ dafür ist."

„Warum nicht?"

„Er hat nicht diesen Hass in sich", antwortete Alvie. „Wer immer Lita ermordet hat, war voller Hass, meinen Sie nicht auch? Ich kann mir nicht vorstellen, wer sie so sehr gehasst hat, aber ich bin sicher, dass es niemand aus dem Club war. Soweit ich es beurteilen kann, war sie allgemein recht beliebt."

„Das ist sehr interessant", meinte Angela nachdenklich. So habe ich das noch nicht gesehen, aber Sie könnten recht haben. Hinter diesem Mord steckt abgrundtiefer Hass. Was mag sie getan haben, um solche Gefühle auszulösen?"

Kapitel Zwanzig

KURZE ZEIT nach der Verhaftung von Johnny Chang erhielt Inspector Jameson einen Anruf von der Polizei in Suffolk. Der geheimnisvolle Lew war gefunden – er hatte sich gemeldet, nachdem die Identität der Toten in den Zeitungen verbreitet worden war, und behauptete, er sei ihr Bruder. Als Jameson das erfuhr, hob er die Augenbrauen, doch natürlich machte er sich gleich mit Willis auf den Weg nach Felixstowe, um mit dem Mann zu sprechen, der sich nicht freinehmen konnte, um nach London zu kommen.

Sie fuhren zu einem bescheidenen Cottage in einer schäbigen Straße nicht weit vom Hafen. Ein etwa dreißigjähriger Mann in Hemdsärmeln öffnete ihnen. Er war offenbar gerade von der Arbeit gekommen. Als Erstes fielen Jameson seine dunkle Haut und das schwarze Haar auf. Kein Wunder, dass Geraldine ihn für einen Ausländer gehalten hatte. Sein Englisch war jedoch reinstes Suffolk, was einen seltsamen Kontrast zu seinem Äußeren bildete.

„Sie sind Lewis Markham?", fragte Inspector Jameson.

„Ja", bestätigte der Mann und trat einen Schritt

beiseite, um die Polizisten einzulassen. Er führte sie in ein winziges, aber gemütliches und blitzsauberes Wohnzimmer.

„Ich glaube, Sie können uns etwas über Lita de Marquez sagen."

„Sie war meine Schwester", antwortete Lew Markham. „Genauer gesagt meine Zwillingsschwester. Und sie hieß eigentlich nicht Lita, sondern Lily. Lily Markham war ihr Mädchenname." Er zögerte einen Moment, bevor er fragte: „Ist sie wirklich tot? Sind Sie sicher, dass sie es ist?"

„Leider sind wir uns ziemlich sicher", antwortete Jameson ernst. „Sie wurde anhand eines Muttermals identifiziert."

„An ihrem linken Arm? Sie hatte eins in der Form eines Halbmondes."

Wenn Inspector Jameson noch irgendwelche Zweifel gehegt hatte, dass es sich bei Lita de Marquez und Lily Markham um ein und dieselbe Person handelte, so waren sie in diesem Moment zerstreut. Er nickte.

„Es tut mir sehr leid, Mr Markham."

Markham senkte den Kopf. „Ich habe in der Zeitung gelesen, dass Sie den Täter verhaftet haben", sagte er nach kurzem Schweigen. „Wann ist die Gerichtsverhandlung? Ich möchte dabei sein."

„Der Termin steht noch nicht fest", erklärte Jameson. „Wir stehen ganz am Anfang und müssen noch ein paar Dinge abklären."

„Warum hat er sie umgebracht?" Der junge Mann ballte wütend die Fäuste. „Was hat sie ihm angetan?"

„Wie gesagt, wir kennen noch nicht die ganze Geschichte", meinte der Inspector. „Wir haben genug Beweise, um Chang festzunehmen, aber wir wissen nicht alle Details. Erzählen Sie uns etwas über Ihre Schwester.

Das könnte uns helfen, uns ein Bild von ihren letzten Tagen zu machen."

Lew Markham wich seinem Blick aus. „Ich kann nicht behaupten, dass sie ein untadeliges Leben geführt hätte. Aber wenn Sie ihre Geschichte kennen – nun, dann wird es Sie kaum überraschen."

Er saß auf einem abgewetzten Sofa, die Hände zwischen den Knien, die Augen gesenkt, und erzählte ihnen von Lita – oder Lily.

Ihr Vater war gestorben, als sie noch sehr klein waren, und ihre Mutter hatte bald darauf erneut geheiratet. Ihr zweiter Ehemann war ein Trunkenbold, der die Kinder hasste und sie oft verprügelte. Als kleiner Junge schämte sich Lew, weil er seine Mutter und seine Schwester nicht vor den Gewaltausbrüchen schützen konnte. Doch er wurde älter und kräftiger und war eines Tages so weit, dass er zurückschlagen konnte. Da war es jedoch zu spät, um den angerichteten Schaden wiedergutzumachen. Mit fünfzehn lief Lily von zu Hause weg, ging nach London und schwor, nicht zurückzukehren, so lange der Stiefvater bei der Familie lebte. Sie hatte immer schon gerne gesungen und getanzt und bekam bald die eine oder andere Chor-Rolle in diversen Revuen.

Lew besuchte sie, wann immer er konnte, doch es dauerte nicht lange, da machte er sich Sorgen wegen der Leute, mit denen sie sich einließ. Sie war sehr hübsch und er hatte den Eindruck, dass sie mit einigen Männern, die sie tagtäglich im und ums Theater herumlungern sah, ein wenig zu freizügig umging. Das gefiel ihm nicht und er versuchte, Lily vor den Gefahren zu warnen, denen sie sich aussetzte, aber seine Schwester sagte, es sei alles halb so wild und ob sie sich nicht ein bisschen amüsieren dürfe, nachdem sie jahrelang unter ihrem gewalttätigen Stiefvater gelitten habe? Lew fuhr mit einem unguten Gefühl zurück nach Hause, nicht ohne sie noch einmal eindringlich gewarnt zu haben, vorsichtig zu sein.

Alle waren erleichtert, als sich ihr Stiefvater irgendwann zu Tode trank. Danach lebten nur noch Lew und seine Mutter in dem kleinen Cottage. Lew zog in den Krieg, er und Lily hielten jedoch den Kontakt, wenn auch in unregelmäßigen Abständen. Der Krieg ging zu Ende, er kehrte nach Felixstowe zurück und hatte Glück, dass er seine Arbeit im Hafen wiederaufnehmen konnte. Er war ein tüchtiger Mann und war zum Glück unverletzt geblieben, und so hatte sein ehemaliger Chef ihn bereitwillig eingestellt. Viele Männer aus der Gegend waren gestorben oder schwer verwundet zurückgekehrt.

Kurz nach Kriegsende war Lily unangemeldet in dem kleinen Cottage aufgetaucht und für Lew sah es aus, als hätten sich seine schlimmsten Befürchtungen bewahrheitet, weil sie einen Säugling mitbrachte. Über den Vater des Kindes sagte sie nichts – nur, dass sie rechtmäßig verheiratet waren und dass er tot war. Sie wussten nicht, ob Lily die Wahrheit sagte. Natürlich wurde getratscht und die Leute in der Nachbarschaft behaupteten, es habe gar keine Eheschließung gegeben, aber was konnten Lew und seine Mutter schon ausrichten? Lily gehörte zu ihnen und sie liebten sie. Sie würden sie nie verstoßen, weder mit noch ohne Kind.

Ein paar Jahre lebten sie einträchtig zusammen in ihrem Cottage. Er arbeitete im Hafen und seine Mutter verdiente als Wäscherin etwas dazu. Dann, vor etwa drei Jahren, verschwand Lily erneut. Sie erhielten bald einen Brief von ihr. Es tue ihr leid, dass sie davongelaufen sei und das Kind zurückgelassen habe, aber sie sehne sich so sehr nach ihrer Freiheit und wolle wieder am Theater als Tänzerin arbeiten. Sobald sie eine Wohnung und eine

Stelle gefunden habe, werde sie nach ihrem Sohn schicken, doch in der Zwischenzeit belasse sie ihn in ihrer Obhut.

Lew bezweifelte, dass sie jemals nach ihm schicken würde. Er wusste, dass sie den Jungen liebte, aber nicht in der Lage war, sich angemessen um ihn zu kümmern. Tatsächlich hatte die Mutter den größten Teil der Erziehung ihres Enkels übernommen. Sie lebten also ihr Leben weiter und hörten ab und zu von Lily. Im Theater konnte sie keine Arbeit finden, ihr Traum von einer Karriere als Schauspielerin hatte sich zerschlagen und als Chorusgirl war sie inzwischen ein wenig zu alt. Die Konkurrenz war groß, die anderen Mädchen waren zehn Jahre jünger als sie. Sie schrieb ihm, dass sie eine Stelle als Tanzhostess in einem Nachtclub angenommen habe, sagte aber nicht, in welchem. Wieder machte sich Lew Sorgen um sie. Mit der Welt der Nachtclubs kannte er sich nicht aus und hatte keine Ahnung, wie die Arbeit einer Tanzhostess aussah, aber sie würde sicher alle möglichen Männerbekanntschaften machen, die nicht vom Feinsten waren.

Dann hatte sich vor zwei Monaten mit einem Schlag alles geändert. Ihre Mutter war plötzlich gestorben. Nun gab es niemanden mehr, der sich um den Jungen kümmern konnte. Er selbst arbeitete vierzehn Stunden am Tag, für ihn allein war die Verantwortung zu groß. Er hatte an Lily geschrieben und sie gebeten, nach Hause zu kommen und ihre Pflichten als Mutter zu übernehmen, doch er hatte keine Antwort erhalten. Mit dem zweiten Brief ging es genauso. Sein Vorarbeiter erteilte ihm die Erlaubnis, sich eine Weile von der Arbeit freizunehmen, um seine Schwester zu suchen. Den Jungen brachte er bei einer Nachbarin unter.

Ein paar Wochen lang zog er erfolglos von einem Nachtclub zum anderen und fragte, ob jemand von Lita de Marquez gehört habe. Er wusste, dass das der Name war, unter dem sie auftrat. Er war kurz davor, aufzugeben und nach Hause zu fahren, als ihm jemand sagte, er solle es im Copernicus Club versuchen. Dort erfuhr er von einem Kellner, dass Lita tatsächlich dort arbeitete. Lew war sehr erleichtert, weil er meinte, seine Suche sei vorüber. Er ging zu ihrer Wohnung und dachte, die letzte große Hürde würde darin bestehen, sie zur Rückkehr nach Felixstowe zu überreden, wo sie sich um ihren Sohn kümmern sollte, doch dann musste er feststellen, dass sie erneut verschwunden war. Vermutlich hatte sie irgendwie Wind davon bekommen, dass er ihr auf der Spur war. Ihm blieb also nichts anderes übrig, als voller Sorge nach Hause zu fahren.

Er erinnerte sich, dass er zur selben Zeit in der Zeitung von der Leiche im Graben gelesen hatte, doch er hatte die Berichte nicht mit Lily in Verbindung gebracht, da seine Schwester dunkle Haare hatte, die Tote aber blonde. Erst als er aus der Presse erfuhr, dass Johnny Chang wegen des Mordes an Lita de Marquez verhaftet worden war, wurde ihm die schreckliche Wahrheit bewusst. Er war fast von Sinnen vor Trauer, als er zur Polizei ging.

Inspector Jameson empfand tiefes Mitgefühl mit dem jungen Mann, der innerhalb weniger Wochen seine Mutter und seine Schwester verloren hatte und sich nun allein um seinen verwaisten Neffen kümmern musste. Er wollte eine weitere Frage stellen, als die Tür aufging und ein acht- oder neunjähriger Junge eintrat. Er kam gerade aus der Schule und obwohl er älter war als auf dem Foto in Litas Koffer, handelte es sich zweifelsohne um ein und dasselbe Kind.

Der Junge starrte die beiden Polizisten an, sagte aber nichts.

„Geh nach oben, Bertie", wies ihn sein Onkel an. „Ich muss mit diesen Herren etwas besprechen."

Bertie warf ihnen noch einen Blick zu, dann gehorchte er, ohne ein Wort zu sagen.

„Haben Sie ihm schon vom Tod seiner Mutter erzählt?", fragte Jameson.

Ein tiefer Schmerz zuckte über das Gesicht des jungen Mannes.

„Nein", sagte er. „Wie könnte ich, wo er doch gerade seine Großmutter verloren hat? Und was soll ich ihm sagen? Dass seine Mutter sich mit Männern eingelassen hat, um die sie besser einen großen Bogen gemacht hätte, und dass einer von ihnen sie umgebracht hat? Das kann ich nicht." Er sah sie eindringlich an. „Sie knüpfen ihn auf, nicht wahr?", fragte er. „Sie lassen ihn nicht davonkommen, nach dem, was er Lily angetan hat?"

„Wenn er es war, dann wird er seine gerechte Strafe bekommen", sagte Jameson.

„Wir müssten nur noch mehr gegen ihn in der Hand haben", wandte er sich an Willis, als sie sich von Lew verabschiedet hatten und sich auf den Rückweg nach London machten. „Ich bin nicht wild darauf, Johnny Chang ohne schlüssige Beweise vor typisch englischen Geschworenen zu sehen, mit ihren Vorurteilen gegen chinesische Männer, die sie allesamt für Mädchenhändler halten. Wer weiß, welche lächerlichen Ideen ihnen in den Sinn kommen?"

„Was macht das schon, wenn er es war?", erwiderte Sergeant Willis. „Wir wollen ja nicht, dass er ungeschoren davonkommt, wenn er wirklich der Mörder ist."

„Sie und ich haben in der Vergangenheit genug Fehler gemacht und wissen, dass Beweise das A und O sind", meinte Jameson. „Wenn wir uns ziemlich sicher sind, dass er es war, ist das eine Sache, aber man kann einen Mann nicht auf Verdacht hängen."

„Mir scheint, Ihnen kommen Zweifel an seiner Schuld, Sir“, bemerkte Willis.

„Keineswegs“, widersprach Jameson. „Die Sachlage ist eindeutig, aber zufrieden zurücklehnen kann ich mich erst, wenn die Burschen unten in Kent uns melden, dass sie das Hotel ausfindig gemacht haben, in dem die beiden übernachtet haben, und wissen, wo sie ein Auto gemietet haben.“

„Und wenn sie das nicht tun?“, wollte Willis wissen.

„Dann müssen sie noch gründlicher suchen.“

Kapitel Einundzwanzig

So sehr sich die Polizei in Kent jedoch anstrengte – sie konnten keinen Hinweis darauf finden, dass Johnny Chang sich überhaupt in der Umgebung der Romney Marsh aufgehalten hatte. Nach eingehenden Befragungen hatte Johnny endlich eingeräumt, so etwas wie eine Affäre mit Lita gehabt zu haben, dass sie sie beendet hatte und dass er ihr zum Bahnhof Charing Cross gefolgt war, in der Hoffnung, sie zum Bleiben bewegen zu können. Darüber hinaus, so wiederholte er beharrlich, wusste er von nichts. Sie habe sich nicht umstimmen lassen. Von ihrer Seite sei es nie etwas Ernsthaftes gewesen und sie werde London jetzt den Rücken kehren, weil sie erfolgversprechendere Aussichten habe. Es tue ihr leid, dass sie ihn sitzen lasse, aber so sei es nun einmal und er solle es nehmen wie ein Mann. Er habe begriffen, dass ihre Entscheidung feststand, und sei schließlich wütend davongestürmt. Das bedauere er: Er hätte sich lieber im Guten von ihr getrennt, aber wie hätte er ahnen sollen, dass jemand sie ermorden würde?

Und das war alles, was sie dazu aus ihm herausbekommen hatten. Er stritt rundweg ab, jemals in Littlechurch, Hastings oder der Romney Marsh gewesen zu sein, und wies die Vermutung, dass er eines Mordes fähig sein solle, empört zurück. Was die Tatsache anging, dass er kein Alibi hatte, so behauptete er, dass er nach seiner Rückkehr von Charing Cross krank gewesen sei, möglicherweise habe er etwas Verdorbenes gegessen. Er habe zwei Tage lang im Bett gelegen und, nein, niemand habe ihn gesehen. Normalerweise hätte sich seine Mutter um ihn gekümmert, doch die war zu Besuch bei seiner Schwester und ihrem frisch angetrauten Ehemann gewesen.

Eines Morgens, ein paar Tage nach ihrer Reise nach Felixstowe, blickte Sergeant Willis von einem Stapel Berichte auf, die gerade aus Kent hereingekommen waren, und schüttelte den Kopf.

„Nichts", seufzte er.

„Was ist mit der Dame, die angegeben hat, sie habe eine junge Frau in einem blauen Mantel und Hut in Hastings in ein Auto steigen sehen?", fragte Jameson. „Gibt es dazu neue Erkenntnisse?"

„Nein, außer dieser Person scheint niemand den Vorgang beobachtet zu haben. Außerdem kann sie den Wagen nicht näher beschreiben, sie sagt nur, er sei groß gewesen. Keine wirklich brauchbare Angabe."

„Nun, dann müssen wir eben weitersuchen", sagte Jameson.

Er war nicht der Einzige, der mit dem Lauf der Dinge nicht zufrieden war. Seit Johnny Changs Verhaftung hatte Mrs Marchmont eifrig die Zeitungen gelesen, doch nun hatte sich die größte Aufregung gelegt und es gab kaum Neues zu berichten. Lily Markhams Geschichte war nach allen Regeln der Kunst ausgeschlachtet worden, und die Zeitungen – allen voran der Clarion - berichteten gefühlvoll über ihre Herkunft aus einfachen Verhältnissen, über ihre armen, aber ehrlichen Eltern, ihren angeblich toten Ehemann (man vermutete, dass er im Krieg auf tragische Weise ums Leben gekommen sei) und ihr verwaistes Kind. Für den Mann, der als ihr mutmaßlicher Mörder verhaftet worden war, gab es dagegen wenig Verständnis. Junge Frauen wurden eindringlich gewarnt, sich vor Ausländern zu hüten, die sie mit süßen Worten umgarnten, während sie Schändliches planten. Angela fand das alles sehr beunruhigend. Sie hoffte, dass Freddy nicht hinter der Berichterstattung steckte. Sie hatte ihn schon eine Weile nicht mehr gesehen und vermutete, dass sein jüngster Artikel über die Razzia im Copernicus Club (bei dem er Angelas Rat beherzigt und der ihm großes Lob eingebracht hatte), seine Nacht im Polizeigewahrsam und sein Geniestreich, die Ordnungshüter auf die Spur von Johnny Chang zu bringen, ihm den Respekt von Mr Bickerstaffe eingebracht hatten. Wahrscheinlich konnte er sich vor Aufträgen kaum retten.

So vergingen die Wochen. Mit großen Schritten rückte die Vernissage von Marguerites Skulpturenausstellung in Littlechurch näher und es wurde Zeit, nach Gipsy's Mile zurückzukehren. Für die Ausstellung war im Vorfeld viel Werbung gemacht worden, was zweifellos Freddy zu verdanken war, und man munkelte, einige der bedeutendsten jungen Künstler der Gegenwart hätten zugesagt, sich an der Ausstellung zu beteiligen.

Und so fand sich Angela an einem trüben Oktobertag auf dem Rücksitz des Bentleys wieder, der geschwind Richtung Kent fuhr. Da William ganz gegen seine Art in Gedanken vertieft zu sein schien, legten sie die Reise ausnahmsweise schweigend zurück. Ohne es abgesprochen zu haben, hatten sie kein weiteres Wort über die Sache mit der Uhr verloren, obwohl es Angela in den Fingern juckte, zu erfahren, was er damit gemacht hatte. Marguerite, die es gewohnt war, alle ihre Schützlinge mit großzügigen Geschenken zu bedenken, hätte wissen müssen, dass die Dinge bei William anders lagen, nicht nur aufgrund seines Charakters, sondern auch wegen seiner Position als Angelas Chauffeur. Ihm die Uhr zu schenken, war eine törichte Geste von Marguerite gewesen, doch Angela hatte sich fest vorgenommen, sich nicht einzumischen. William war ein erwachsener Mann und konnte gut allein auf sich aufpassen.

Sie erreichten Gipsy's Mile ohne Zwischenfälle – diesmal herrschte kein Nebel, in dem sie sich hätten verfahren können. Wie üblich wurden sie überschwänglich von Marguerite in Empfang genommen. Miles kam ebenfalls in die Eingangshalle, um sie zu begrüßen, und Angela war erschrocken, als sie ihn sah. Sein Gesicht war schmal, er wirkte angespannt und auf seiner Stirn hatten sich tiefe Falten eingegraben. Offenbar hatte er den „Anfall", von dem Marguerite erzählt hatte, noch nicht überwunden, obwohl er ihr mit seiner üblichen lakonischen, aber freundlichen Art entgegenkam.

Cynthia und Freddy saßen bereits im Wohnzimmer, steckten die Köpfe zusammen und lachten über irgendetwas.

„Angela, meine Liebe!", rief Cynthia. „Na, Sie habe ich ja lange nicht gesehen. Haben Sie sich versteckt?"

Angela lag es auf der Zunge, zu erwidern: „Ja, aber nur vor Ihnen", doch natürlich verkniff sie sich das. „Hallo, Cynthia", sagte sie stattdessen, „wo ist Herbert?"

„Ach, das kommt so ungelegen", antwortete sie verärgert. „Sie werden es nicht glauben, aber im letzten Moment hat er behauptet, in der Bank sei etwas vorgefallen und er könne nicht mitkommen. Seltsam! So etwas habe ich noch nie von ihm gehört."

Freddy tauchte plötzlich neben Angela auf.

„Glauben Sie ihr kein Wort", murmelte er. „Wenn Sie mich fragen, ist das mit der Bank nur eine Ausrede. Ich vermute, dass er den Gedanken nicht ertragen konnte, sich mit der Frau des Pfarrers angeregt über vierzig Gebilde aus Bronze und Marmor zu unterhalten, die entfernt an etwas erinnern, bei dessen Anblick Ihre unverheiratete Tante in Ohnmacht fallen würde."

Da Angela Marguerites Arbeiten kannte, wusste sie, wie zutreffend Freddys Beschreibung war. Die meisten Stücke waren ziemlich modern und gewagt und sie hatte sich schon gefragt, wie sie bei den Bewohnern von Littlechurch ankommen würden. Wie sich jedoch herausstellen sollte, hatte Marguerite so viele Freunde aus London eingeladen, dass in der Galerie kaum Platz für die Leute aus der Umgebung war.

Während sich die anderen über die Ausstellung unterhielten, nutzte Angela die Gelegenheit, sich bei Miles nach seinem Befinden zu erkundigen.

„Marguerite sagte, dass es dir nicht gut ging", bemerkte sie. „Ich hoffe, du bist wieder ganz gesund."

„Marguerite hat dummes Zeug erzählt", erwiderte er ungeduldig. „Mit mir ist alles in Ordnung – wenn man von einer leichten Erkältung absieht." Als er sah, wie überrascht Angela angesichts seiner Schroffheit war, fügte er ein wenig verlegen hinzu: „Dieses Getue geht mir auf die Nerven", erklärte er, „und Marguerite musste unbedingt allen erzählen, ich stünde an der Schwelle des Todes. Sie übertreibt manchmal ein bisschen."

Angela entschuldigte sich und sagte, jedenfalls sei sie froh, dass er nicht krank sei. Dann wandten sie sich anderen Themen zu.

Derweil schwärmte Marguerite in den höchsten Tönen von einem jungen Künstler, der zur Ausstellung kommen würde und jeden Moment in Gipsy's Mile erwartet wurde.

Da er in glorreicher Armut lebte, konnte er sich für die Dauer der Veranstaltung keine andere Unterkunft leisten.

„Meine Lieben, ich glaube, ihr werdet unglaublich beeindruckt sein von Vassilys Arbeiten", versprach sie. „Ich finde, er hat mit seiner Kunst tatsächlich den Geist der Gegenwart eingefangen. Vor allem seine Serie ‚Eternity of the Damned' hat mich fast zu Tränen gerührt. So schlau und so gewitzt, wie er die Entwicklung der modernen Gesellschaft persifliert. Aber ich will nicht zu viel verraten. Ihr werdet staunen, wenn ihr das seht!"

Vassily erwies sich als ein untersetzter junger Mann mit eindringlichem Blick und zusammengezogenen Augenbrauen, die ihm etwas Bedrohliches gaben. Er schüttelte den Anwesenden feierlich die Hand und beteuerte, er fühle sich geehrt, sie kennenzulernen.

„Ich bin sehr froh über Einladung", sagte er mit tiefer Stimme zu Marguerite, die fürsorglich um ihn herumflatterte, „obwohl ist sehr schmerzlich, auch nur einen Moment Arbeit zu unterbrechen. Ich unterbreche kreativen Prozess nicht gerne, aber für Sie mache ich Ausnahme, Mrs Harrison."

„Oh, bitte nennen Sie mich Marguerite", sagte die Gastgeberin. „Heutzutage geht es ja viel weniger förmlich zu als früher. Wenn ich Ihnen dann Ihr Zimmer zeigen darf -"

Mit wallenden Gewändern führte sie ihn aus dem Raum. Die Tür zum Wohnzimmer stand offen und William durchquerte gerade die Eingangshalle, als Marguerite mit Vassily auf die Treppe zusteuerte. Angela, die in diesem Moment zufällig zur Tür sah, verfolgte belustigt die Szene, die sich nun abspielte. Die beiden Männer blieben stehen und musterten sich eine Sekunde lang, dann tat Vassily sein Gegenüber William offenbar als unwichtig ab, denn ein verächtlicher Ausdruck trat in seine Augen.

Nach einem raschen Blick zu Marguerite, die Vassilys Arm umklammert hielt, kaum merklich den Kopf schüttelte und sich dann abwandte, wirkte Williams Miene wie versteinert und er trat respektvoll zurück, um die beiden vorbeizulassen. Angela fiel auf, dass sich seine Ohrenspitzen rosa verfärbt hatten, und verspürte einen Anflug von Mitleid mit ihm.

Nach der boshaften Genugtuung in seinem Gesicht zu schließen, hatte Freddy die kleine Szene ebenfalls beobachtet.

„Sehen Sie?", murmelte er, als er sich neben Angela auf das große Sofa setzte. „Was habe ich gesagt? Sie flattert hierhin und dorthin, wie ein Schmetterling, und kein Mann kann sie festhalten. Außer dem guten alten Miles natürlich", ergänzte er und blickte zu Marguerites Mann hinüber, der Cynthia einen Drink einschenkte und über irgendetwas lachte, was sie gesagt hatte. Er hatte anscheinend nicht mitbekommen, was sich gerade in der Eingangshalle abgespielt hatte.

Angela schüttelte den Kopf, ging aber nicht auf seine Bemerkung ein. Stattdessen sagte sie: „Also, Freddy, ich nehme an, Ihr erster Monat als Reporter war ein durchschlagender Erfolg."

„Oh ja", antwortete er. „Seit dem Abend im Copernicus Club und meinem herzzerreißenden Artikel über das unnötig brutale Vorgehen der Polizei und den beklagenswerten Zustand der Gefängnisse bin ich zur rechten Hand des alten Bickerstaffe avanciert. Er liebt mich wie seinen eigenen Sohn! Ich hätte den richtigen Riecher für aufregende Neuigkeiten, behauptet er." Er senkte die Stimme zu einem vertraulichen Raunen. „Ihnen kann ich es ja sagen: Einige der alten Hasen sehen mich mittlerweile schräg an, aber" (hier folgte ein süffisantes Schulterzucken) „ich kann schließlich nichts dafür, dass ich halbwegs talentiert bin.

Durch puren Zufall ist mir diese Gabe in die Wiege gelegt worden. Und sollen weniger begabte Männer mehr Möglichkeiten erhalten als ich, nur weil sie schon länger dabei sind? Nein, es geht um das große Ganze. Wenn die Zukunft des Clarion von jungen Emporkömmlingen wie mir abhängt, dann sage ich: Es lebe der junge Emporkömmling, und nieder mit der alten Garde!"

Er lehnte sich mit selbstgefälligem Grinsen zurück und zündete sich eine Zigarette an.

„Ganz recht", sagte Angela amüsiert. „Sie haben also den ‚richtigen Riecher für aufregende Neuigkeiten'? Das muss sehr nützlich sein.

„Gewiss", versicherte Freddy ihr. „Sie würden staunen, wenn Sie wüssten, was alles passiert, wenn ich zufällig irgendwo auftauche. Ich habe mir inzwischen angewöhnt, das Haus nie ohne meinen Notizblock zu verlassen, weil man nicht vorhersehen kann, wann sich etwas Berichtenswertes ereignet."

„Tatsächlich?"

„Ja." Er blies einen Rauchkringel in die Luft. „Und es würde mich gar nicht wundern, wenn bei Marguerites Ausstellung etwas passieren würde."

„Was meinen Sie damit?"

„Ich weiß es nicht", antwortete er nachdenklich. „Aber da braut sich etwas zusammen. Ich spüre es in den Knochen."

Kapitel Zweiundzwanzig

MARGUERITES SKULPTURENAUSSTELLUNG SOLLTE im Gemeindesaal in Littlechurch gezeigt werden. Einige Einheimische hatten sich beschwert, dass der Saal zwei Wochen lang blockiert sein würde, aber Marguerite hatte dem Gemeinderat eine so großzügige Summe für die Anmietung der Räumlichkeiten gezahlt, dass ihre Proteste ohne Wirkung blieben. Von ein paar Ausnahmen abgesehen war man sich einig: Littlechurch konnte sich glücklich schätzen, eine so renommierte Künstlerin vorweisen zu können. Ein paar Visionäre sagten sogar voraus, dass sich Littlechurch infolge der Ausstellung bald zu einem Kunst- und Kulturzentrum entwickeln werde, das es mit London und Paris aufnehmen könne, und Mr Culshaw, der örtliche Kunstlehrer, erhielt zu seiner Überraschung plötzlich Dutzende von Anfragen nach Privatunterricht im Malen und Zeichnen.

Falls Marguerite sich Sorgen gemacht hatte, dass ihre Ausstellung nur auf ein geringes Interesse stoßen würde, so erwiesen sich ihre Befürchtungen sehr schnell als unbegründet. Sie war mit ihren Hausgästen schon früh in den

Saal gekommen, um sich zu vergewissern, dass alles ordnungsgemäß aufgebaut war, und hatte gerade erklärt, sie sei äußerst zufrieden mit den Arrangements, als Freddy hereinkam.

„Ich frage mich, wie viele Leute dieser Saal wohl fassen wird. Wie es aussieht, steht ganz Littlechurch draußen und wartet auf die glanzvolle Eröffnung der Ausstellung."

„Aber natürlich", ertönte Vassilys tiefe Stimme. „Sie haben von großem Talent von Marguerite gehört und wollen ihre Werke sehen."

Marguerite stieß ein glockenhelles Lachen aus.

„Ach, kommen Sie, Vassily", sagte sie. „Auf meine armseligen Arbeiten werden sie vielleicht auch den einen oder anderen Blick werfen, aber es ist Ihr Genie, das sie zum Bleiben bewegen wird. Es würde mich nicht wundern, wenn diese Ausstellung der Beginn einer glorreichen Karriere für Sie wäre."

Vassily sah so selbstzufrieden aus, wie es ihm bei der besonderen Ausprägung seiner Gesichtszüge möglich war, und trat zu einer seiner Skulpturen, um sie um den Bruchteil eines Zolls zu verschieben. Soweit Angela sehen konnte, bestand seine Serie „Eternity of the Damned" aus einer Reihe halb ausgeformter menschlicher Gestalten, die grob aus braunem Granit gehauen waren. Man konnte ihnen einen gewissen Reiz nicht absprechen, obwohl Angela sich nicht ausdenken mochte, was die braven Bürger von Littlechurch dazu sagen würden. Was nun aber Marguerites Kunstwerke anging, so konnte sie Freddy nur beipflichten: Bei empfindsamen Gemütern würden sie durchaus Befremden hervorrufen.

„Meinen Sie, man wird sie wegen Verletzung von Sitte und Anstand verhaften?", überlegte Freddy, als sie vor einem besonders ausdrucksstarken Stück standen.

„Nein, das glaube ich nicht. Eigentlich finde ich ihre

Werke vielleicht ein bisschen gewagt, aber nicht unanständig. Wann geht es endlich los?"

Freddy schien Angela nicht gehört zu haben, er starrte gedankenverloren vor sich hin.

„Lassen wir den Spaß beginnen!", rief Marguerite schließlich. „Freddy, Schätzchen, bist du so lieb und öffnest die Türen?"

Eine Stunde später war die Vernissage in vollem Gange und Angela amüsierte sich prächtig. Sie hatte die Frau des Pfarrers kennengelernt, eine Mrs Henderson, die sich als vernünftige Frau erwies, nicht mehr ganz jung, aber auch noch nicht alt. Mit einem Glas Wein in der Hand starrte sie auf Marguerites Werke. „Diese Skulpturen sind schrecklich raffiniert, obwohl ich nicht behaupten kann, dass ich weiß, was sie darstellen", sagte sie und fuhr mit gedämpfter Stimme fort: „Wahrscheinlich hat mein Mann keine Ahnung, was sich hier mit seiner Billigung abspielt, also sage ich ihm besser nichts, meinen Sie nicht auch?" Sie lachten herzlich und Mrs Henderson legte mit Verschwörermiene einen Finger auf die Lippen.

Anscheinend war die Ausstellung ein voller Erfolg. Angela sah sich um. Marguerite hatte sie mit einigen Leuten bekannt gemacht, die zu den führenden Köpfen der modernen Londoner Kunstszene gehörten, doch sie erkannte auch ein paar Ortsansässige wie Sergeant Spillett und Police Constable Bass. Beide waren in Uniform und sollten vermutlich dafür sorgen, dass die Menschenmenge nicht außer Kontrolle geriet. Sie runzelte die Stirn, als sie Freddy entdeckte, der gerade einem zwielichtig aussehenden alten Mann etwas ins Ohr flüsterte. Was führte er im Schilde?

„Hallo, Mrs Marchmont – Angela", hörte sie in dem Moment jemanden sagen. Lucy Syms stand neben ihr.

„Hallo, Lucy, wie schön, Sie wiederzusehen", sagte Angela. „Wo ist Gil?"

„Da drüben." Lucy wies in Richtung Tür. Dort sah Angela, wie Marguerite Gilbert Blakeney und seine Mutter überschwänglich begrüßte. Gil wirkte wie üblich ein wenig begriffsstutzig, während Lady Alice sich von ihrer freundlichsten Seite zeigte.

„Lucy, meine Liebe, sehen Sie sich diese Skulpturen an und sagen Sie mir, was Sie davon halten." Cynthia war plötzlich aufgetaucht und legte der jungen Frau eine Hand auf den Arm. „Ich versuche, für den Clarion einen kleinen Artikel über die Ausstellung zu schreiben - die Gesellschaftskolumne, Sie wissen schon - schrecklich lästig, aber notwendig - und würde furchtbar gerne hören, was Sie von den Werken halten."

Sie zog Lucy mit sich, sodass Angela einen Moment allein dastand, bis Gil und seine Mutter sich zu ihr gesellten. Bald kam auch Mrs Henderson dazu, die sich höflich anhörte, was Lady Alice an der letzten Predigt des Pfarrers auszusetzen hatte. Irgendwann wandten die Blakeneys ihre Aufmerksamkeit jemand anderem zu und Angela unterhielt sich weiter mit der Frau des Pfarrers. Mrs Henderson war eine aufmerksame Zuhörerin und zu ihrer eigenen Überraschung erzählte Angela ihr, wie sie ein paar Wochen zuvor Litas Leiche entdeckt hatte.

Mrs Henderson schüttelte betrübt den Kopf.

„Eine traurige Geschichte", sagte sie. „Ich habe gehört, dass der Mörder gefasst wurde. Hat er ein Geständnis abgelegt?"

„Nein, er hat die Tat nicht gestanden, soweit ich weiß. Im Übrigen glaube ich nicht, dass er es war", sagte sie plötzlich und stellte erstaunt fest, dass ihr eine Last von den Schultern fiel, nachdem sie die Worte endlich laut ausgesprochen hatte und der nagende Zweifel, der sie über

Wochen begleitet hatte, nicht mehr im Verborgenen schlummerte. Sie war nicht überzeugt, dass Johnny Chang der Mörder von Lita de Marquez war.

Mrs Henderson zog die Stirn kraus. „Oh? Warum nicht?"

Angela dachte an das, was Alvie Berteau gesagt hatte, und an den Abend im Copernicus Club, als sie kurz mit dem wachsamen, ruhigen Johnny Chang gesprochen hatte.

„Er hat sie nicht genug gehasst", erklärte sie. „Wer immer sie umgebracht hat, muss sie gehasst haben."

„Wegen ihres entstellten Gesichts?"

„Nicht nur deswegen", antwortete Angela. „Das zeugt natürlich von furchtbarer Brutalität, das gebe ich zu, aber letztendlich ist es nur eine folgerichtige Handlung, wenn man verhindern will, dass die Polizei die Tote identifiziert. Ich meine jedoch die Tat an sich. Es ist kaum nachvollziehbar: Jemand hat sie hierhergebracht und sie absichtlich vergiftet, um sie beiseitezuschaffen. Das erscheint mir viel Aufwand um eine junge Frau, die in einem Nachtclub gearbeitet und unseres Wissens niemandem irgendwelchen Ärger bereitet hat, meinen Sie nicht auch?"

„Irgendjemandem muss sie Ärger bereitet haben", stellte Mrs Henderson fest. „Dass man einem Mädchen vor Wut den Kopf einschlägt, das kann ich mir noch vorstellen, aber Gift? Jemanden zu vergiften ist keine spontane Tat."

„Genau", sagte Angela eifrig. Die Pfarrersfrau fand die Worte, die sie selbst die ganze Zeit gesucht hatte. Als sie sich umsah, fiel ihr Blick auf Lady Alice, die immer noch in der Nähe stand, sie aufmerksam musterte und sich nun abrupt abwandte.

„Ich frage mich, wie man sie hierhergelockt hat", sagte Mrs Henderson. Sie wollte noch etwas hinzufügen, als am anderen Ende des Raumes plötzlich ein Tumult entstand.

Sie sahen erstaunt, wie P.C. Bass mit hochrotem Kopf einen Mantel über eine von Marguerites Skulpturen warf, während die Umstehenden mehr oder weniger amüsiert zusahen.

Marguerite drängte sich durch die Menge.

„Was in aller Welt machen Sie da?", fuhr sie den jungen Wachtmeister an. „Bitte, seien Sie vorsichtig", warnte sie, als sie sah, wie Bass sich anschickte, ein weiteres Werk mit einer Jacke zu verhüllen. Sie wandte sich an Sergeant Spillett, der in diesem Moment hinzutrat. „Was ist hier los?", fragte sie.

Im Gemeindesaal war es still geworden. Sergeant Spillett, der ebenfalls eine leicht rötliche Gesichtsfarbe aufwies, erklärte: „Wir haben soeben eine formelle Beschwerde in Bezug auf diese Skulpturen von jemandem erhalten, der sie für obszön und für einen Affront gegen den öffentlichen Anstand hält. Als Ordnungsbehörde sind wir verpflichtet, solchen Beschwerden nachzugehen, daher muss ich Ihnen mitteilen, dass diese Ausstellung ab sofort geschlossen ist."

„Was?" Marguerite legte Spillett beschwörend die Hand auf den Arm. „Aber, Sergeant, das kann doch nicht Ihr Ernst sein?"

„Ich fürchte doch", erwiderte der Wachtmeister. „Ich muss Sie auffordern, den Saal zu verlassen. Mr Henderson, wenn Sie mir freundlicherweise die Schlüssel geben, werde ich dafür sorgen, dass die Tür abgeschlossen wird. P.C. Bass und ich kommen morgen wieder, um diese Ausstellungsstücke genauer zu untersuchen -"

„Das glaube ich ihm gerne", murmelte Freddy an Angelas Seite.

„- und um festzustellen, ob Anklage erhoben werden soll."

„Anklage?" Marguerite war entsetzt. „Wegen meiner Skulpturen! Was soll mit ihnen passieren? Sie sind nicht anstößig - es sind doch nur abstrakte Darstellungen bestimmter Aspekte des menschlichen Körpers in seiner ganzen natürlichen Pracht und Schönheit. Was ist daran anstößig?"

„Das mag sein", sagte Spillett mit sichtlichem Unbehagen, „aber es ist nicht an mir, das in letzter Instanz zu entscheiden. Ein Richter wird darüber befinden, ob sie vernichtet werden müssen." Kaum hatte er die Worte ausgesprochen, als Vassily einen markerschütternden Wutschrei ausstieß.

„Sie wollen unsere Arbeit zerstören? Seid ihr verrückt? Kunst zerstören, das ist großes Verbrechen. Kunst unterliegt nicht Konventionen von Gesellschaft, sie steht allein und spricht für sich selbst. Ihr seid schlimmer als Bolschewiken!"

„Na, na, seien Sie vorsichtig, was Sie sagen", ermahnte ihn der Sergeant, der sich offensichtlich nicht ganz sicher war, was Bolschewiken waren, aber das Wort erschien ihm irgendwie ungehörig. Er trat vor, um seinen Mantel über eine weitere Skulptur zu werfen, doch Marguerite klammerte sich laut jammernd an seinen Arm.

„Bitte, lassen Sie das, Ma'am", sagte Spillett. Er schüttelte sie ab, vielleicht ein wenig ruppiger als beabsichtigt. Daraufhin stieß Vassily erneut ein Brüllen aus, packte den Sergeanten und rang ihn zu Boden. Unter lautem Geschrei versuchten die Umstehenden, aus der Gefahrenzone zu fliehen, während P.C. Bass mit den Armen wedelte, ohne irgendetwas zu bewirken, und Sergeant Spillett sich zusammenrollte, um sich vor den Schlägen des jungen Bildhauers zu schützen.

„He, lass das", rief Freddy empört. Er stürzte nach vorne, packte Vassily an der Jacke und versuchte, ihn von dem Polizisten wegzuzerren. Vassily wehrte sich einige Augenblicke lang, dann richtete er sich urplötzlich auf, sodass Freddy nach hinten kippte und gegen einen hohen Sockel stieß, auf dem das letzte und prächtigste Werk aus Vassilys Serie „Eternity of the Damned" ausgestellt war, ein sich schmerzlich windender, etwa fünfundvierzig Zentimeter hoher Akt.

Ein erschrockenes Japsen ging durch den Raum, gefolgt von angespanntem Schweigen, als alle wie gebannt auf den Sockel schauten. Er schwankte dreimal hin und her und dann, als er zur Ruhe zu kommen schien, streckte Freddy die Hände aus, um ihn festzuhalten und erwischte dabei die Skulptur mit dem Arm. Sie wackelte bedenklich und kippte schließlich vornüber. Es schien eine halbe Ewigkeit zu dauern, bis sie auf dem Boden aufschlug, doch dann landete sie mit einem dumpfen Aufprall, und die Menge stieß ein lautes „Oh!" aus, als sich der Kopf vom Körper löste und über den Boden schlidderte. Niemand sprach. Freddy warf einen ängstlichen Blick auf Vassily, dessen Gesichtsausdruck dem der Skulptur, die gerade so unsanft enthauptet worden war, verblüffend ähnlich war.

„Oh je, das tut mir schrecklich leid", sagte er schwach.

Vassily war kreidebleich geworden. Er raufte sich die Haare, dann drehte er sich langsam, ganz langsam zu Freddy um. Das Gebrüll begann tief in seinem Bauch, nahm aber schnell an Fahrt auf und entlud sich schließlich durch seinen weit aufgerissenen Mund. Freddy zuckte zusammen und wollte weglaufen, doch Vassily war zu schnell für ihn. Er brachte ihn mit einem erstaunlich behänden Sprung zu Fall und ließ mit seinen mächtigen Fäusten einen Schlag nach dem andern auf seinen Kopf niederprasseln.

In diesem Moment brach Chaos aus. Leute schrien durcheinander und rannten zur Tür, Gläser wurden umgestoßen und unter den Füßen knirschend zertreten, und der Pfarrer stand händeringend in einer Ecke. Miles und Gil brachten die schockierte Lady Alice in Sicherheit, während Marguerite ohnmächtig in die Arme von William sank, der gerade hereingekommen war, um sich zu erkundigen, ob es Zeit für die Heimfahrt sei. Er hielt sie erstaunt fest, und da ihm niemand sagte, was er mit ihr anstellen sollte, trug er sie nach draußen.

Währenddessen hatte P.C. Bass dem Sergeanten auf die Beine geholfen. Spillett sah sich verwirrt um. Er hatte das Gefühl, für Ordnung sorgen zu müssen, wusste aber nicht, wo er anfangen sollte. Da die meisten Leute den Saal inzwischen verlassen hatten, blieb ihm nicht viel anderes übrig, als sich ein paar kräftige Farmer zu schnappen, die ihm und Bass halfen, Vassily zu überwältigen. Der junge Künstler wurde schließlich weggezerrt, wobei er sich heftig wehrte und laut in mehreren Sprachen fluchte. Freddy blieb stöhnend am Boden liegen. Angela drängte sich durch das Durcheinander und sah zu ihm hinunter.

„Leben Sie noch?", fragte sie.

Er blinzelte zu ihr hoch. „Ich bin mir nicht ganz sicher", antwortete er schwach.

Sie streckte ihm eine Hand hin und half ihm auf die Beine. Er wankte ein wenig, dann betastete er vorsichtig seinen Kiefer, um zu sehen, ob er gebrochen war. Offenbar war das Ergebnis der Untersuchung zufriedenstellend. Er bückte sich steif und begann, sich den Staub abzuklopfen.

„Keine Knochenbrüche, soweit ich das beurteilen kann", bemerkte er.

„Es wäre Ihnen recht geschehen, wenn Sie welche davongetragen hätten", sagte Angela streng.

Freddy sah sie beleidigt an.

„Es war ein Unfall!", beteuerte er. „Das haben Sie doch gesehen. Ich habe versucht, den armen alten Spillett vor diesem Idioten Vassily zu retten. Es war nicht meine

Schuld, dass ich das Gleichgewicht verloren und die verflixte Skulptur umgestoßen habe."

„Sie wissen ganz genau, dass ich das nicht gemeint habe", sagte Angela. „Ich habe Sie vorhin beobachtet. Sie sollten sich schämen, Freddy! Wie konnten Sie das tun?"

Freddy öffnete den Mund, um zu antworten, als in der Nähe Unruhe aufkam. Ein paar Leute, darunter Miles, Gil und Lucy, kümmerten sich um Lady Alice, die sich die Hand aufs Herz gepresst hatte. Sie führten sie zu einem Stuhl und gaben ihr etwas Wasser zu trinken.

„Jemand muss sofort einen Arzt holen", befahl Lucy, während sie die Handgelenke der alten Dame rieb.

„Oh je", sagte der Pfarrer. „Dr. Burns war vorhin hier. Vielleicht ist er noch draußen. Ich gehe nachsehen." Er eilte davon.

Gil stand mit aschfahler Miene dabei.

„Können wir irgendwie helfen?", fragte Angela besorgt. „Lady Alice, Ihnen ist sicher kalt. Ich bringe Ihnen Ihren Mantel."

„Danke, aber mir geht es gut", wehrte Lady Alice ab, obwohl sie alles andere als gesund aussah.

„Ich hole deinen Mantel." Gil schien erleichtert, etwas tun zu können. Er kehrte mit dem Mantel zurück und legte ihn seiner Mutter zärtlich über die Schultern.

Der Arzt trat ein, warf einen raschen Blick auf Lady Alice und ordnete sofortige Bettruhe an. So wurde die alte Dame behutsam hinausbegleitet und in dem stattlichen altertümlichen Wolseley der Blakeneys nach Hause gefahren, während der Arzt in seinem eigenen Wagen folgte. Miles, Freddy und Angela blieben im Gemeindesaal zurück und begutachteten den Schaden, den die Stampede angerichtet hatte.

„Das war ein bisschen aufregender, als ich erwartet hatte", sagte Miles schließlich.

„Ich hoffe, Lady Alice wird wieder gesund", meinte Freddy. Er sah besorgt aus. „Ist es ihr Herz? Ich hoffe, der – äh - Zwischenfall ist nicht verantwortlich dafür."

„Keine Ahnung", sagte Miles. „Komm, wir sollten besser nach Hause gehen. Morgen wird die Hölle los sein, wenn ich mich nicht sehr irre."

Mit diesen Worten verließ er den Saal. Angela sah zu Freddy hinüber, der immer noch tief betroffen war.

„Ich hoffe, sie wird wieder gesund", wiederholte er.

Kapitel Dreiundzwanzig

AM NÄCHSTEN TAG beim Frühstück erhielten sie die Nachricht aus Blakeney Park, dass Lady Alice schwer erkrankt sei und mit niemandem sprechen könne. Marguerite wünschte gute Besserung und bot ihre Hilfe an, obwohl sie anscheinend nicht viel tun konnten: Der Leibarzt der alten Dame war aus der Stadt herbeigerufen worden, und sie erhielt die beste Pflege und Fürsorge, die für Geld zu haben war. Sie konnten nur hoffen, dass sie irgendwie die innere Stärke finden würde, um durchzukommen.

Marguerite hatte kaum Zeit, sich um die Notlage bei den Blakeneys zu kümmern, da sie mit dem katastrophalen Ende ihrer großen Ausstellungseröffnung und der möglichen Zerstörung ihrer Werke zu tun hatte - ganz zu schweigen von den Auswirkungen, die das ganze Fiasko auf ihren Ruf als Künstlerin haben würde. Hinzu kam die unerfreuliche, aber nicht zu leugnende Tatsache, dass ihr übellauniger Schützling Vassily nun die Gastfreundschaft der örtlichen Ordnungshüter genoss. Die Polizei in Littlechurch hatte offenbar einiges gegen seinen unbegründeten

Angriff auf einen ihrer Männer einzuwenden - vielleicht war sie weniger an diese Art von Übermut gewöhnt als die Kollegen in London - und zog ernsthaft in Erwägung, ihn wegen Körperverletzung anzuklagen. Vor Montag ließ sich in dieser Angelegenheit nichts unternehmen, aber in der Zwischenzeit musste der Gemeindesaal aufgeräumt werden, und so machte sich Marguerite gleich nach dem Frühstück bereit, mit der Arbeit zu beginnen.

„Übrigens, meine Liebe", meinte sie beiläufig zu Angela, „würde es dir sehr viel ausmachen, wenn ich mir William ausleihe? Ein kräftiger junger Mann wie er wäre genau der Richtige, um beim Aufräumen zu helfen."

„Nur zu", sagte Angela und lächelte in sich hinein. Sie warf Freddy einen raschen Blick zu, doch er schien in Gedanken vertieft zu sein und hatte das kurze Gespräch nicht gehört. Bald darauf stand er auf und schlich aus dem Zimmer. Angela fand, es sei an der Zeit, mit ihm zu reden. Also folgte sie ihm in den Salon und schloss die Tür hinter sich.

Er schaute misstrauisch auf. „Ach, Sie sind es", sagte er. „Sind Sie gekommen, um sich an meinem Unglück zu weiden?"

„Warum in aller Welt sollte ich das tun?", fragte Angela. „Sie haben sich selbst in diesen Schlamassel gebracht und jetzt machen Sie sich Sorgen, dass jemand deswegen sterben könnte. Wie könnte ich mich daran weiden?"

„Dieser Idiot Vassily", schnaubte Freddy verärgert. „Er ist schuld daran, dass alles außer Kontrolle geraten ist. Hätte er sich zurückgehalten, dann wären alle wie brave Kinder nach draußen gegangen, und niemand hätte einen Herzinfarkt bekommen."

„Aber warum haben Sie die ganze Sache angezettelt?", fragte Angela.

„Weil ich eine Geschichte wollte", erwiderte Freddy, als sei es das Selbstverständlichste der Welt. „Das erwartet man von mir. Nach den Artikeln über die Ereignisse im Copernicus Club und darüber, wie ich die Polizei auf die Spur von Johnny Chang geführt habe, war ich in den Augen des alten Bickerstaffe der Goldjunge - ja, ich konnte nichts falsch machen. Ich kam mir vor, als könnte ich über Wasser gehen. Jedes Mal, wenn ich loszog, um über ein Thema zu berichten, passierte etwas Aufregendes und ich war als Erster dran. Aber in den letzten Wochen ist es ruhiger geworden, und ich habe nicht einmal den Hauch eines Skandals zu packen bekommen, und dann werde ich losgeschickt, um über eine Skulpturenausstellung zu schreiben. In Littlechurch! Dass hier irgendetwas Interessantes passiert, ist äußerst unwahrscheinlich, also dachte ich, ich peppe die Sache ein bisschen auf. Aber eine Massenschlägerei hatte ich dabei nicht im Sinn. Ich wollte nur, dass die Polizei die Ausstellung schließt und alle gesittet ihrer Wege gehen. Dann hätte ich eine nette kleine Geschichte bekommen, hätte weiterhin bei Bickerstaffe einen Stein im Brett und für Marguerite wäre es eine erstklassige Publicity gewesen – Sie wissen ja, wie sehr der Mann von der Straße Verstöße gegen den öffentlichen Anstand liebt."

„Sie haben diese zwielichtige Person also überredet, eine offizielle Beschwerde bei der Polizei einzureichen", sagte Angela.

„Ja. Wie ich höre, ist der alte Kerl in dieser Gegend als Unruhestifter bekannt, der sich gerne etwas dazuverdient, um seine zehn Pints am Tag zu finanzieren. Also habe ich ihm ein paar Münzen zugesteckt, unter der Bedingung, dass er sich an die Vereinbarung hält. Es lief alles bestens, aber dann hat Vassily den Kopf verloren und einen Aufstand angezettelt, und jetzt werden Sie es allen erzählen, und wenn die alte Dame stirbt, wird man mir wohl vorwerfen, für ihr Herzversagen verantwortlich zu sein", schloss er trotzig.

„Freddy, haben Sie denn überhaupt keine Moral?" Angela schüttelte entrüstet den Kopf.

„Natürlich habe ich die", erwiderte er empört. „Okay, ich scheue mich nicht, die eine oder andere Abkürzung zu nehmen, aber es gibt eine Grenze, die ich nie überschreiten würde."

„Ach, tatsächlich?", meinte Angela trocken. „Gehe ich recht in der Annahme, dass die Schlägerei im Copernicus Club auch auf Ihre Kappe geht?"

„Oh, nein, damit hatte ich nichts zu tun", beteuerte Freddy. „Wenn Sie Gertie so lange kennen würden wie ich, wüssten Sie, dass man bei ihr mit solchen Ereignissen rechnen muss."

„Und Johnny Chang?" Angela beschlich ein ungutes Gefühl. „Ich hoffe, Sie haben den Kellner nicht bestochen, damit er Geschichten über ihn erfindet."

„Natürlich nicht!" Freddy war ehrlich empört. „Wie können Sie so etwas glauben? Hören Sie", fuhr er fort, „ich hatte wirklich einen guten Start in diesem Job. Aber ich hatte das Gefühl, unaufhörlich gute Leistungen erbringen zu müssen, um mich meines Rufes als würdig zu erweisen. Ehrlich, Angela, ich schwöre bei meiner Ehre, dass ich gestern Abend zum ersten Mal versucht habe, die Dinge ein bisschen aufzumischen."

„Es sollte besser auch das letzte Mal gewesen sein", sagte Angela streng. „Der armen Marguerite ihre Ausstellung zu ruinieren!"

„Oh, sie wird darüber hinwegkommen", meinte Freddy leichthin. „Sie ist nicht der Typ, der sich lange grämt.

Und das mit der Skulptur von Vassily tut mir leid, aber – nun ja, es geschieht ihm recht, weil er so ein hitzköpfiger Idiot ist. Ich hoffe allerdings, dass es Lady Alice bald wieder besser geht. Ich gestehe ehrlich, dass ich mich elend fühle. Sie werden es doch niemandem erzählen, Angela?", fragte er plötzlich. „Ich habe meine Lektion gelernt und verspreche, dass ich von nun an ganz brav bin."

„Na gut", sagte Angela zögernd. Sie sah, dass sein schlechtes Gewissen echt war. „Aber ich werde Sie im Auge behalten, und wenn mir noch mehr Unfug dieser Art zu Ohren kommt, ist Marguerite die Erste, die alles erfährt."

„Ich danke Ihnen. Jetzt haben Sie schon zwei Dinge, mit denen Sie mich erpressen können", bemerkte Freddy fröhlich. Seine gute Laune war schlagartig wiederhergestellt. „Sagen Sie - womit darf ich Sie erpressen?"

„Machen Sie sich keine Hoffnungen. Ich führe ein Leben von untadeliger Tugendhaftigkeit", gab Angela zurück. „Jedenfalls im Vergleich zu Ihnen", fügte sie hinzu.

Freddy schnitt eine Grimasse und ging hinaus, Angela folgte ihm langsam. Sie war sich nicht sicher, ob sie mit ihrem Versprechen, zu schweigen, die richtige Entscheidung getroffen hatte. Später bekam sie mit, wie Freddy sich bemühte, Marguerite zu trösten, und ihr anbot, über die Ausstellung zu schreiben, ohne eine mögliche Anklage wegen Obszönität oder die anschließende Schlägerei zu erwähnen. Natürlich war der Versuch zwecklos, die turbulenten Ereignisse vor der Öffentlichkeit geheim zu halten, denn seine Mutter würde sich in ihren Gesellschaftsnachrichten genüsslich darüber auslassen. Dennoch war Angela angesichts von Freddys Geste überzeugt, dass seine Reue aufrichtig war - zumindest für den Augenblick.

Am Montag fuhr Angela zurück nach London und am Dienstag aß sie mit Inspector Jameson zu Abend, der freimütig einräumte, dass der Fall gegen Johnny Chang auf tönernen Füßen stand, da man ihm nicht nachweisen konnte, jemals in Kent gewesen zu sein. Außerdem konnte es einer der Kellner im Copernicus Club zwar nicht beschwören, war sich aber fast sicher, dass er Johnny an einem der fraglichen Tage gesehen hatte, als er von der Wohnung seiner Mutter die Treppe hinunter in seine eigene ging.

„Das gefällt mir überhaupt nicht", meinte der Inspector, „und ehrlich gesagt würde ich lieber einen Mörder freilassen, als den falschen Mann zu hängen."

„Sie glauben also, dass Sie den falschen Mann erwischt haben?", fragte Angela, die sich im Vorfeld überlegt hatte, wie sie das Thema ansprechen sollte.

Der Inspector seufzte.

„Die ganze Sache ist voller Rätsel", sagte er. „Durch seine Affäre mit Lita ist er mit Abstand der wahrscheinlichste Verdächtige, aber es gibt so vieles, was wir noch nicht wissen. War er zum Beispiel der einzige Mann, mit dem Lita näher befreundet war? Bisher war niemand bereit, uns weitere Namen zu nennen, aber sie muss bei ihrer Arbeit im Club mit vielen Männern in Kontakt gekommen sein. Und dann haben wir kaum Informationen über ihre letzten Stunden. Wenn wir nur wüssten, warum sie nach Kent gefahren ist und was sie dort gemacht hat. Um jedoch Ihre Frage zu beantworten - obwohl die Logik auf Johnny Chang als Täter hindeutet, bin ich selbst nicht überzeugt, dass er der Mörder ist. Ich verlasse mich nie allein auf meine Intuition, aber in der Vergangenheit hat sie sich oft als richtig erwiesen."

„Es ist bedauerlich, dass ihre Handtasche nicht gefunden wurde", sagte Angela nachdenklich. „Der Inhalt hätte aufschlussreich sein können. Was mag wohl damit passiert sein? Sie muss eine Handtasche dabeigehabt haben, denn in ihren Manteltaschen war weder Geld noch sonst etwas. Aber ja", fuhr sie fort, „leider stimme ich mit Ihnen überein, Inspector. Ich glaube auch nicht, dass Johnny Chang es getan hat."

„Es wird verdammt schwierig sein, den wahren Mörder zu finden“, meinte Jameson mürrisch.

„Was ist mit ihrem Bruder? Konnte er Ihnen nicht weiterhelfen? Ich nehme an, sie hat ihm nie von ihren Männerbekanntschaften erzählt.“

„Nein“, sagte Jameson. „Ich glaube, er wollte so wenig wie möglich vom Leben seiner Schwester wissen, und von sich aus hat sie ihm sicher nichts preisgegeben.“

„Was passiert jetzt mit ihrem Sohn?“

„Bertie? Ich weiß es nicht. Seine Großmutter und seine Mutter sind tot, und sein Onkel hat kaum Zeit, sich um ihn zu kümmern. Wenn er bei ihm bleibt, wird er wohl lernen müssen, auf eigenen Füßen zu stehen – mit seinen acht oder neun Jahren ist er sicher umsichtig genug. Aber für einen so jungen Burschen ist es nicht einfach, ohne Mutter aufzuwachsen.“

„Sie tun mir beide leid, Lew und der Junge“, sagte Angela seufzend.

Für den Rest der Mahlzeit unterhielten sie sich über andere Themen. Nach dem Essen begleitete der Inspector Angela zu der Stelle, wo William mit dem Bentley wartete.

„Mrs Marchmont!“, ertönte plötzlich eine Stimme. Eine junge Frau in einem gigantischen Pelzmantel kam auf sie zugelaufen.

„Aber das ist ja Gertie!“, rief Angela, als sie das Mädchen erkannte.

Gertie McAloon blieb ein wenig atemlos vor ihr stehen. Im Vergleich zu ihrer letzten Begegnung sah sie sehr sittsam aus, was angesichts ihrer Begleiter nicht weiter verwunderlich war. Ein adrett gekleideter und recht steif wirkender Mann und eine schmallippig wirkende Frau standen in einiger Entfernung und betrachteten die kleine Gruppe voller Argwohn.

„Oh, machen Sie sich nichts aus den beiden“, sagte

Gertie, als sie Angelas Blick folgte. „Das sind nur Mutter und Vater. Sie haben mich heute Abend rausgelassen, damit ich ihnen zeigen kann, dass ich mich zu benehmen weiß. Bis jetzt läuft alles prima – ich habe keine einzige Zigarette geraucht und auch nicht geflucht. Wenn ich Glück habe, darf ich an Weihnachten ohne sie los. Hören Sie, Angela, ich wollte mich noch einmal bedanken, dass Sie Walter und mich aus dem Gefängnis geholt haben."

„Oh, keine Ursache." Angela hätte fast laut losgelacht, als sie Inspector Jamesons erstaunten Blick bemerkte.

„Angela hat uns rausgehauen", erklärte Gertie dem Inspector ganz ungeniert. „Wir hatten beide kein Geld, und wenn Angela uns nicht gerettet hätte, säßen wir jetzt wahrscheinlich immer noch im Gefängnis."

„Tatsächlich, Miss?", meinte Jameson.

„Darf ich vorstellen: Dies ist Lady Gertrude McAloon", sagte Angela. „Gertie, das ist Inspector Jameson von Scotland Yard. Ich würde an Ihrer Stelle vorsichtig sein, was Sie sagen."

„Ach, Unsinn", entgegnete Gertie munter. „Wir haben doch alles bezahlt und sind quitt. Sie haben nichts gegen mich in der Hand, Inspector."

Dem Inspector ging endlich ein Licht auf. „Ah, Sie müssen die junge Dame sein, die letztens im Copernicus Club in Schwierigkeiten geraten ist."

„Stimmt. Es war alles ganz lustig, bis auf die Nacht im Gefängnis. Das war ziemlich langweilig, aber ich wäre glimpflich davongekommen, wenn der Richter mich nicht nach meinem vollen Namen gefragt hätte. Und das, wo all diese Reporter im Zuschauerraum saßen! Ich hatte gehofft, dass Vater nichts davon mitbekommt. Dass mein Name ziemlich albern ist, wusste ich immer schon, aber wenn man ihn vor Gericht hersagen muss, klingt er noch dämlicher. Lucrèce – ich bitte Sie! Angeblich war sie eine

Geliebte von Napoleon dem Dritten, obwohl ich nicht weiß, warum sie mir diesen Namen antun mussten."

„Kommst du, Gertie, Liebes? Wir sind spät dran", rief die Frau.

„Ja, Mutter", antwortete Gertie über ihre Schulter. „Nochmals danke, Angela. Ich werde es Ihnen nicht vergessen."

Sie bedachte Angela und Jameson mit einem schalkhaften Grinsen, in dem nicht eine Spur von schlechtem Gewissen zu erkennen war, und lief davon.

„Eine muntere junge Dame", bemerkte der Inspector. „Ein Albtraum für jeden Erziehungsberechtigten."

Angela antwortete nicht. Sie sah Gertie mit fragender Miene nach.

„Was ist los?", wollte Jameson wissen.

Als sie sich ihm zuwandte, war Jameson von ihrem seltsamen Gesichtsausdruck überrascht. Dann schüttelte sie sich leicht und lächelte.

„Ach, nichts", sagte sie. „Ich hatte nur eine ganz außergewöhnliche und beunruhigende Idee, das ist alles."

„Und was war Ihre Idee?"

Sie antwortete nicht direkt, sondern meinte nur: „Ich habe an etwas gedacht, was Sie vorhin gesagt haben. Ich frage mich ..." Sie zögerte.

„Hat es mit dem Mord zu tun?", fragte Jameson.

Sie schien einen Entschluss gefasst zu haben.

„Hören Sie, Inspector", sagte sie. „Ich möchte Ihre Zeit nicht unnötig verschwenden, daher würde ich gern auf eigene Faust ein wenig recherchieren. Darf ich Sie morgen anrufen, wenn ich etwas herausfinde?"

„Sie werden sich doch nicht in Gefahr bringen, hoffe ich?" Der Inspector war sichtlich beunruhigt.

„Oh, nein, es ist nicht gefährlich", versicherte sie ihm.

„Ich meine mich zu erinnern, dass Sie das schon

einmal gesagt haben, als es um die Todesfälle in Under-
wood House ging. Damals hätten Sie fast Ihr Leben gelassen, erinnern Sie sich nicht?"

„Das hatte ich ganz vergessen." Angela lachte schuldbewusst. „Aber nein - dieses Mal mache ich nur einen
kleinen Ausflug zum Strand."

„Und Sie rufen mich morgen an?"

„Falls ich etwas zu berichten habe", antwortete sie. „Ich
bin mir fast sicher, dass ich mich irre, aber es kann nicht
schaden, sich zu vergewissern."

Kapitel Vierundzwanzig

FRÜH AM MORGEN des nächsten Tages erhielt Angela einen Anruf von Cynthia Pilkington-Soames, die immer noch ganz unter dem Eindruck der Ereignisse in Littlechurch stand und sich erkundigen wollte, ob Angela ihr weitere Einzelheiten verraten könne, bevor sie ihre Klatschspalte für diese Woche im Clarion abgab. Angela überlegte, was Cynthia wohl sagen würde, wenn sie wüsste, dass ihr eigener Sohn hinter dem Fiasko steckte, aber sie sagte nichts.

„Vassily hat dreißig Tage bekommen", berichtete Cynthia atemlos. „Marguerite ist hingegangen und hat ein gutes Wort für ihn eingelegt. Sie wandte ein, man müsse das künstlerische Temperament berücksichtigen, aber der Richter wollte nichts davon hören. Er erwiderte lediglich, wenn das moderne künstlerische Temperament sich so äußere, dann würde eine gewisse Zeit im Gefängnis es vielleicht ein wenig dämpfen. Außerdem führte er an, dass es dem Maler John Constable durchaus gelungen sei, sein künstlerisches Temperament auf die Leinwand zu beschränken, ohne auf andere Menschen loszugehen.

Darum sehe er keinen Grund, warum man Vassily nicht die gleichen Maßstäbe anlegen könne."

„Oh je", seufzte Angela. „Wie hat Marguerite es aufgenommen?"

„Sie war natürlich aufgebracht, aber sie hofft, dass die Haft Vassily inspiriert und ihn zu weiteren Höhen der Kreativität treiben wird. Zumindest hat sie ihm das zugerufen, als man ihn abgeführt hat. Ich bin mir aber nicht sicher, ob er das ähnlich sieht."

„Die arme Marguerite. Natürlich wollte sie mit ihrer Ausstellung Aufmerksamkeit erregen, aber ich glaube, das hatte sie sich anders vorgestellt."

„Oh, aber ich habe die andere Neuigkeit ganz vergessen", fuhr Cynthia aufgeregt fort. „Wussten Sie, dass Gil Blakeney weggelaufen ist?"

„Was?", rief Angela überrascht. „Sind Sie sicher?"

„Oh, ja. Seit Sonntag ist er nicht mehr gesehen worden. Lucy ist ganz verrückt vor Sorge."

Angela spürte, wie sich ihr Herz zusammenkrampfte.

„Aber ist er wirklich weggelaufen? Oder ist er nur geschäftlich verreist und hat vergessen, Bescheid zu sagen?", fragte sie.

„Oh, ganz sicher", beteuerte Cynthia. „Er hat eine Nachricht hinterlassen, dass er weg müsse und dass es ihm leidtue, alle im Stich zu lassen, vor allem, weil seine Mutter so krank sei. Aber er habe schon seit einiger Zeit das Gefühl, dass er nicht gut genug für Lucy sei und dass er ihr nur Kummer machen würde. Er sagte, er werde für eine Weile weggehen, um einen klaren Kopf zu bekommen, und dass sie nicht versuchen sollten, ihn aufzuspüren."

„Ah, verstehe. Und haben Herbert oder Miles keine Ahnung, wo er sein könnte?", fragte Angela.

„Wenn ja, dann geben sie es nicht zu", erwiderte Cynthia verärgert. „Die beiden halten zusammen wie Pech und Schwefel, und wenn sie etwas für sich behalten wollen, hat es keinen Zweck, nachzubohren. Glauben Sie mir, ich hab's versucht!"

Angela hörte schweigend zu, während sie angestrengt nachdachte. Sie beendete das Gespräch mit Cynthia so schnell wie möglich und bestellte William ein, der auch prompt erschien.

„Wir fahren heute Morgen zum Allgemeinen Registerbüro in Somerset House", sagte Angela, „obwohl ich das Gefühl habe, dass wir möglicherweise zu spät kommen."

„Zu spät, Ma'am?", wiederholte William.

„Ja, wenn ich mit meiner Vermutung richtig liege, dann haben wir unsere Chance verpasst." Als sie Williams verständnislosen Blick sah, meinte sie nur: „Ich erkläre Ihnen alles unterwegs, und in Somerset House können Sie mir beim Nachschlagen helfen."

Kurz darauf saß Angela erneut auf dem Rücksitz des Bentleys und kämpfte mit widerstreitenden Gefühlen. Einerseits war es erfreulich, dass sie Recht behalten hatte und Inspector Jameson bei seinen Ermittlungen weiterhelfen konnte. Andererseits würde das, was sie herausgefunden hatte, einigen, wenn nicht gar vielen Menschen Schmerzen und Leid bereiten.

„Eine sehr unangenehme Situation, William", bemerkte sie. „Ich wünschte fast, ich hätte mich herausgehalten."

„Nein", widersprach William mit Nachdruck. „Es war richtig, dass Sie es getan haben, Ma'am. Niemand verdient es, so zu sterben, wie sie gestorben ist - weggeworfen wie Abfall, als sei sie nichts wert. Das hat sie nicht verdient. Was wir heute Morgen herausgefunden haben, deutet darauf hin, dass sie nur ein besseres Leben für sich und ihren Sohn wollte. Hatte sie kein Recht darauf? Und dann umgebracht zu werden, nur weil sie lästig war - das ist nicht fair."

„Sie haben recht", sagte Angela. „Ich sollte mich nicht von gesellschaftlichen Konventionen beeinflussen lassen, aber - nun ja, manchmal kann man nicht anders. Ich rufe Inspector Jameson an, sobald wir zurück sind."

Sie stand zu ihrem Wort. Am anderen Ende der Leitung hörte Jameson ihr erstaunt zu und stieß schließlich einen langen Pfiff aus.

„Großer Gott!", rief er aus. „Das ändert ja alles! Aber entschuldigen Sie die Nachfrage - sind Sie sich ganz sicher?"

„Oh ja", sagte Angela. „Daran besteht kein Zweifel. Lily Markham hat Gilbert Blakeney im April 1918 auf dem Standesamt von Westminster geheiratet."

„Dann ist der Junge vermutlich sein Sohn."

„Seiner Geburtsurkunde zufolge ist er das. Sein Name lautet ebenfalls Gilbert Blakeney."

„Bertie! Natürlich", sagte der Inspector. „Wieso ist mir das nicht gleich aufgefallen?"

„Wie hätte es Ihnen auffallen sollen?", sagte Angela. „Gil gehörte nie zum Kreis der Verdächtigen, soweit ich weiß. Ich dagegen bin ihm mehrmals begegnet, da er ein Freund von Freunden von mir ist, und so war es für mich einfacher, die Verbindung herzustellen - zumindest als ich wusste, dass der kleine Junge Bertie hieß. Es kam mir immer seltsam vor, dass Litas Leiche in Kent gefunden wurde, obwohl sie dort anscheinend niemanden kannte und nichts darauf hindeutet, dass sie in Begleitung von Johnny Chang gereist ist. Aber jetzt wissen wir, was sie nach Kent geführt haben könnte. Wahrscheinlich wollte sie Gil sehen - das kann doch unmöglich ein Zufall sein."

„Und dieser Blakeney ist also mit einer anderen jungen Dame verlobt?"

„Ja, mit Lucy Syms. Alle Beteiligten sind der Meinung, dass es sich um eine äußerst wünschenswerte Verbindung handelt."

„Damit hat Blakeney natürlich ein Motiv, seine Frau aus dem Weg zu räumen und so zu tun, als hätte es die unglückselige erste Ehe nie gegeben."

„Ja, ich fürchte, so sieht es aus", sagte Angela nur.

„Warum haben sie sich wohl so bald nach der Hochzeit getrennt?", überlegte Jameson.

„Ich weiß es nicht", antwortete Angela. „Aus irgendeinem Grund muss sie vor Kurzem beschlossen haben, den Kontakt mit ihm zu suchen."

„Dann meinte sie das mit ‚vielversprechenden Chancen'", mutmaßte Jameson. „Sie muss nach Kent aufgebrochen sein, um ihre rechtmäßige Stellung als Frau von Gilbert Blakeney einzunehmen – vielleicht wollte sie ihn auch erpressen. Das werden wir wahrscheinlich nie erfahren. Und dann hat er sie umgebracht."

„Ja, das klingt leider sehr schlüssig", pflichtete Angela ihm bei.

„Ich werde sofort die Polizei von Kent anrufen und einen Haftbefehl für Gilbert Blakeney ausstellen lassen", sagte der Inspector. „Wir dürfen keine Zeit verlieren."

„Ah", sagte Angela. „Da war noch etwas, was ich Ihnen berichten wollte. Anscheinend ist er verschwunden."

„Was?"

Sie erzählte ihm von dem Anruf von Cynthia Pilkington-Soames.

„Es hatte natürlich keinen Sinn, Gils Verschwinden zu melden, bevor ich nicht sicher war, dass es etwas mit dem Fall zu tun haben könnte", erklärte sie hastig, „also bin ich so schnell wie möglich nach Somerset House gefahren, um mir die Dokumente anzusehen, und - nun, leider musste ich feststellen, dass ich recht hatte."

„Machen Sie sich keine Vorwürfe", sagte er. „Es ist nicht Ihre Schuld und außerdem haben Sie vielleicht einen Unschuldigen vor dem Galgen bewahrt. Das ist das Wichtigste."

Das stimmte zwar, doch für Angela war es ein schwacher Trost angesichts des Schlages, der die Blakeneys, Lucy und sogar Miles und Herbert schon bald treffen würde.

„Ich bin Ihnen sehr dankbar für Ihre Mühe", fuhr Jameson fort. „Ich muss jetzt Schluss machen, aber ich werde Sie wissen lassen, wie sich die Dinge entwickeln. Wenn Sie erfahren sollten, wohin Gilbert Blakeney verschwunden sein könnte – nein, vielleicht ist es nicht fair, Sie zu bitten, uns Bescheid zu sagen. Immerhin ist er ein Freund von Ihnen."

„Unfug!", widersprach Angela mit Nachdruck. „Wenn ich der Polizei sage, dass jemand aus meinem Bekanntenkreis ein Mörder sein könnte, dann werde ich selbstverständlich melden, wo er sich aufhält, falls ich es zufällig herausfinde."

„Danke", sagte Jameson aufrichtig. Er verabschiedete sich und überließ Angela ihren trübsinnigen Gedanken. Sie ging zum Fenster und schaute hinaus. Es war ein grauer, düsterer Tag mit tiefhängenden Wolken. Das Wetter passte perfekt zu ihrer Stimmung. Zweifellos sah es für Gilbert Blakeney nicht gut aus, aber sie war erst vor wenigen Wochen zum Mittagessen in seinem Haus gewesen, hatte seine Gastfreundschaft genossen - und nun revanchierte sie sich, indem sie die Polizei auf seine Spur setzte. Wie würde Lucy es aufnehmen? Würde sie ihre Gefühle wie üblich hinter einer Fassade aus Vernunft und Tüchtigkeit verbergen und die besten Verteidiger des Landes beauftragen, sich für ihn einzusetzen? Oder wäre die Tatsache, dass er verheiratet war und seine Ehe vermutlich vor ihr geheim gehalten hatte, mehr als sie ertragen konnte? Würde sie sich abwenden und ihn seinem Schicksal überlassen? Angela wusste es nicht. Und was war mit Lady Alice? Cynthia zufolge ging es ihr weiterhin sehr schlecht, über lange Stunden war sie kaum bei Bewusstsein. Würde man ihr sagen, was ihrem einzigen Sohn bevorstand, oder würde man ihr gnädigerweise diesen Schmerz ersparen?

Mit einem tiefen Seufzer wandte sich Angela vom Fenster ab. Sie hatte keine Lust, den Rest des Nachmittags zu Hause in der wenig erfreulichen Gesellschaft ihrer eigenen Gedanken zu verbringen. Vielleicht würde ihr eine Runde an der frischen Luft guttun. Also ging sie hinaus und machte sich auf den Weg in den Park, um ihre düstere Stimmung und ihre Schuldgefühle durch einen Spaziergang zu vertreiben. Es war kühl, daher legte sie zunächst ein ordentliches Tempo vor, um sich warmzuhalten, dann verlangsamten sich ihre Schritte allmählich und sie beobachtete das Treiben ringsum. Die übliche Ansammlung von Kindern, Kindermädchen, Bediensteten an ihrem freien Tag, flirtenden Liebespaaren und Laufburschen, die die Abkürzung durch den Park nahmen, tummelte sich auf den Wegen und Angela genoss es, zuzusehen. Bald erreichte sie die Serpentine − und sah zu ihrer Überraschung einen massigen, schnauzbärtigen Mann mit Glatze am Rand des Sees stehen und gedankenverloren ins Wasser starren.

Sie zögerte kurz, dann ging sie auf ihn zu.

„Hallo, Herbert", begrüßte sie ihn, „was machen Sie denn hier?"

Herbert Pilkington-Soames zuckte zusammen, als er ihre Stimme hörte, entspannte sich aber ein wenig, als er sie erkannte.

„Hallo, Angela", sagte er in seiner üblichen jovialen Art. „Haben Sie sich von dem Tumult in Littlechurch erholt? Wie ich höre, gab es ein ziemliches Durcheinander."

„Ja", antwortete Angela, doch sie hatte nicht vor, näher auf die chaotische Ausstellungseröffnung einzugehen. Stattdessen sagte sie: „Herbert, wissen Sie, dass Gil verschwunden ist?"

Sein Lächeln verblasste. Einen Moment lang sah er überrascht aus, dann trat ein Ausdruck in seine Augen, den sie nicht deuten konnte.

„Er ist verschwunden? Was meinen Sie damit?"

„Genau das, was ich gesagt habe. Am Sonntag hat er sich davongestohlen, er hat eine Nachricht hinterlassen."

„Oh, und was stand darin?", fragte er vorsichtig.

„Dass er nicht gut genug für Lucy sei, dass er Zeit zum Nachdenken brauche und dass man ihn nicht suchen solle."

Herbert atmete hörbar aus.

„Mehr nicht?", fragte er.

„Sie klingen überrascht. Was hatten Sie denn sonst erwartet?" Angela beobachtete ihn aufmerksam.

„Ach, nichts", sagte er. „Ich meinte nur - ich dachte - es ist nur ein Schock, das ist alles."

„Haben Sie vielleicht mit einem Geständnis gerechnet?"

Wieder huschte der überraschte Ausdruck über sein Gesicht, dann wandte er sich ab.

„Ein Geständnis? Was sollte Gil denn gestehen?"

„Einen Mord."

Er war kreidebleich, doch er sagte nichts und sah sie nur fragend an.

„Was wissen Sie, Herbert?", fragte Angela.

Kapitel Fünfundzwanzig

„BITTE, glauben Sie mir: Ich bin ganz und gar nicht glücklich über die ganze Sache", sagte Herbert schließlich. „Es ist eine schreckliche Angelegenheit. Ganz schrecklich. Aber - nun ja - Gil hat mir einmal das Leben gerettet, und man darf einen Menschen nicht im Stich lassen, wenn er einem einen solchen Dienst erwiesen hat. Sie wissen also alles, ja? Ich nehme an, Sie haben es der Polizei erzählt."

„Das musste ich tun, Herbert. Das sehen Sie doch sicher ein."

„Oh, ja, ja", beteuerte er. „Es ist nicht Ihre Schuld. Sie wussten, was Ihre Pflicht war. Ich wünschte nur, ich wüsste, was meine Pflicht ist."

Angela musterte ihn mitfühlend.

„Ich nehme an, die Polizei wird jetzt das ganze Land nach ihm durchkämmen", fuhr er fort.

„Ich denke schon", sagte Angela.

„Und dann werden sie ihn schnappen und ihn aufhängen wie einen Hund. Ein schönes Ende für ihn."

„Hören Sie auf!", rief Angela. Eine Welle des Entsetzens ergriff sie. Was hatte sie getan?

Er sah ihr Gesicht und beeilte sich, sich zu entschuldigen.

„Tut mir leid, meine Liebe. Nehmen Sie es mir bitte nicht übel. Gil muss sich dem stellen, was er getan hat, und außerdem wäre es nicht richtig gewesen, diesen Chinesen an seiner Stelle am Galgen baumeln zu lassen. Ganz schön vertrackt das Ganze, was?"

Angela riss sich zusammen.

„Wie wär's, wenn Sie mir die Geschichte von Anfang an erzählen", schlug sie vor. „Vielleicht gibt es mildernde Umstände, die den Richter nicht gar so streng urteilen lassen."

„Ich hoffe es", sagte er bloß. „Nun gut, was wollen Sie wissen?"

„War Ihnen bekannt, dass er bereits verheiratet war, bevor er sich mit Lucy verlobt hat?"

„Nein!", sagte er mit Nachdruck. „Ich schwöre, davon hatte ich keine Ahnung."

„Aber Sie hatten Lita kennengelernt?"

Er nickte. „Wenn sie das Mädchen ist, von dem ich glaube, dass sie es ist, dann ja."

Nach und nach erfuhr Angela die ganze Geschichte. Im Frühjahr 1918 war es ihm, Miles und Gil gelungen, ein paar Tage Fronturlaub zu ergattern, und sie hatten beschlossen, sie in London zu verbringen. Herbert war damals der Einzige von den dreien, der bereits verheiratet war, aber Cynthia und Freddy waren bei ihren Eltern in Nordengland, da ihr Vater schwer erkrankt war. In der Zeit, die ihnen zur Verfügung stand, konnte er sie also nicht sehen, weshalb er mit seinen Freunden in London blieb. In Belgien hatten sie schlimme Sachen erlebt, und so waren sie entschlossen, die kurze Verschnaufpause zu feiern. Sie verbrachten ein paar wilde Tage und taten Dinge, von denen Angela - hier hüstelte er verlegen - nicht unbedingt Näheres wissen musste. Unter anderem sahen sie sich eine Tanzshow im Theater an und warteten danach am Bühneneingang. So kam es, dass sich Gil mit einem Mädchen anfreundete, das zur Tanztruppe gehörte und sich Lita nannte. Irgendwann hatte Gil sich abgeseilt und war mit Lita verschwunden. Sie hatten ihn erst bei Dienstbeginn wiedergesehen. Er hatte das Mädchen nie mehr erwähnt, und sie nahmen an, dass die Sache erledigt war.

„Aber das war sie nicht", fragte Angela.

„Nein", sagte Herbert.

„Wann haben Sie von der Eheschließung erfahren?"

„Vor ein paar Wochen, als wir alle unten in Gipsy's Mile waren", erklärte Herbert mit grimmiger Miene. „Es war Miles, der es mir erzählt hat."

„Miles? Woher wusste er davon?"

„Weil er Gil geholfen hat, die Leiche zu entsorgen."

Angela starrte ihn wie vom Donner gerührt an.

„Was?" Sie traute ihren Ohren kaum.

„Aber ich dachte, das wüssten Sie", sagte Herbert. „Ich hatte angenommen, Miles hätte Ihnen alles erzählt."

„Nein, hat er nicht." Angela hatte das Gefühl, als sei aus einem unangenehmen Traum plötzlich ein schrecklicher Albtraum geworden. „Das wusste ich nicht."

„Wie haben Sie dann von der Ehe von Gil und Lita erfahren?"

„Ich habe eine Kopie der Heiratsurkunde gesehen", erklärte Angela.

Herbert nickte, fragte aber nicht, wie sie an die Kopie der Heiratsurkunde gekommen war.

„Und da war Ihnen sofort klar, dass er es getan haben muss. Ja, natürlich."

„Erzählen Sie mir, was passiert ist", bat Angela, obwohl sie nicht sicher war, ob sie es hören wollte. Die arme

Marguerite! Es war viel schlimmer, als sie es sich vorgestellt hatte.

„Ich weiß nicht genau, was passiert ist", sagte Herbert. „Als ich in Gipsy's Mile ankam, war schon alles vorbei, aber Miles hat mir am nächsten Tag anvertraut, dass Gil in üble Schwierigkeiten geraten war und dass er ihm irgendwie helfen musste und sich deswegen schrecklich fühlte."

Herbert zufolge hatte Gil Miles am Donnerstagnachmittag – einen Tag vor der Ankunft der Hausgäste in Gipsy's Mile – angerufen. Er hatte ganz durcheinander geklungen, Herbert verstand nur, dass etwas Schreckliches passiert sei und er nicht wisse, was er tun solle. Für Miles hörte es sich an, als habe Gil einen nervösen Anfall, wie er ihn vor Jahren schon einmal hatte. Also eilte er seinem Freund zu Hilfe, weil er dachte, dass Gil sich nur ein bisschen am Riemen reißen müsse. In seinen kühnsten Träumen hätte er sich nicht ausgemalt, was ihn erwartete, als er in Blakeney Park ankam und feststellte, dass Gil mit einer Leiche dastand und sich nicht erklären konnte, woher sie stammte, sie aber schnellstens loswerden musste.

Natürlich wollte Miles wissen, wer die junge Frau war. Gil gestand ihm, dass es Lita sei, die junge Frau, die er damals in London kennengelernt und die er dummerweise geheiratet hatte, ohne seinen Freunden etwas davon zu erzählen. Sie hatten beide sofort eingesehen, dass diese Ehe ein Fehler war, und waren getrennte Wege gegangen. Gil hatte sie mehr oder weniger vergessen, oder zumindest war es ihm gelungen, sie aus seiner Erinnerung zu verdrängen (hier schüttelte Angela erstaunt den Kopf), aber nun tauchte sie Jahre später aus heiterem Himmel wieder auf. Er war zwar mit Lucy verlobt, doch die Tatsache, dass er bereits verheiratet war, ließ sich nun nicht mehr vertuschen. Und jetzt war Lita tot, und es war alles seine Schuld, obwohl er nicht genau sagen konnte, wie es passiert war, und was sollte er jetzt bloß tun? Miles war natürlich schockiert und konnte kaum einen klaren Gedanken fassen. Das Einzige, was ihm einfiel, war, dass sie die Leiche so schnell wie möglich loswerden mussten, und das taten sie dann auch.

„Wessen Idee war es, ihr Gesicht zu entstellen?", fragte Angela.

„Ich weiß es nicht." Herberts Gesicht nahm einen leichten Grünschimmer an. „Ich habe nicht gefragt, weil ich es gar nicht wissen wollte. Die ganze Sache geht mir seit Wochen nicht aus dem Kopf. Ich wünschte, Miles hätte es mir nicht erzählt."

„Sind Sie deshalb nicht zu der Vernissage nach Littlechurch gekommen?"

„Ja", gestand er. „Ich dachte, ich kriege das nicht hin, mich die ganze Zeit zu verstellen. Am ersten Wochenende in Gipsy's Mile klappte es noch ganz gut, aber das lag wohl daran, dass ich es noch nicht richtig begriffen hatte."

Sie schwiegen, tief in Gedanken versunken. Angela war es schon schwergefallen, Gil bei der Polizei anzuzeigen, doch jetzt, wo sie wusste, dass Miles in den Mord verwickelt war, schnürte es ihr fast das Herz ab. Sie wünschte sich, sie wäre weitergegangen, als sie Herbert an der Serpentine stehen sah, und hätte ihn nicht angesprochen. Aber was sie wusste, konnte sie nicht aus ihrer Erinnerung löschen, und nun musste sie entscheiden, was zu tun war. Miles war der Ehemann ihrer Freundin; konnte sie ihn an die Polizei verraten?

Sie blickte auf und stellte fest, dass Herbert sie mitfühlend ansah.

„Ich weiß, meine Liebe, es ist schwer", sagte er. „Jetzt wissen Sie, wie ich mich in den letzten Wochen gefühlt habe."

„Beinahe wünschte ich, ich hätte nicht gefragt", sagte Angela.

„Die Polizei weiß also nichts von Miles?"

„Nein - zumindest nicht von mir", bestätigte Angela.

„Sie wird es aber bald herausfinden."

Angela antwortete nicht. Ihr war allzu deutlich klar, dass die Polizei es nur herausfinden würde, wenn sie es meldete. Gil wäre vermutlich der Letzte, der seinen Freund verraten würde.

„Was werden Sie jetzt tun?", fragte Herbert.

„Ich weiß es nicht."

„Ihr Freund von Scotland Yard wird das mit Miles wissen wollen.

„Ja, ich nehme an, das wird er."

„Nun, ich bin Ihnen nicht böse, wenn Sie es ihm sagen", meinte Herbert. „Ich bin selbst ganz durcheinander."

„Herbert, wissen Sie, wo Gil ist?"

„Ich wusste nicht einmal, dass er verschwunden ist", entgegnete er. „Ich hoffe, er macht keine Dummheiten. Er kann nicht bei klarem Verstand gewesen sein, als er sie umgebracht hat. Gil ist nicht so. Er ist ein guter Kerl, Angela", fuhr er entschlossen fort, „und ich werde das Gefühl nicht los, dass mehr dahinterstecken muss, als es auf den ersten Blick den Anschein hat. Ich kann und will nicht glauben, dass er eine Frau kaltblütig ermordet hat. Wir haben viel zusammen durchgemacht, wir drei, und waren in Situationen, in denen sich zeigt, was in einem Mann steckt. Und ich weiß, dass er kein Mörder ist."

Angela wusste nicht, was sie darauf erwidern sollte. Sicher sagte Herbert die Wahrheit, aber auch die besten Männer hatten ihre schwachen Momente, und wer wusste schon, was zwischen Gil und Lita vorgefallen war? Angela konnte sich leicht vorstellen, dass der Druck, eine passende

Ehefrau zu finden, nach und nach unerträglich geworden war und sich schließlich in Gewalt entlud, als seine längst vergessene und völlig ungeeignete Frau auftauchte.

„Ich muss gehen", sagte Angela.

„Ja, gehen Sie und rufen Sie Ihren handzahmen Inspector an." Herberts Lächeln fiel traurig aus. „Versuchen Sie, kein schlechtes Gewissen deswegen zu haben."

Kaum war Angela zu Hause, griff sie sich den Telefonhörer. Sie war wild entschlossen, diese unangenehme Geschichte so schnell wie möglich hinter sich zu bringen. Zu ihrer unendlichen Erleichterung teilte man ihr jedoch mit, dass der Inspector außer Haus sei und vermutlich eine ganze Weile unterwegs sein werde. Ob Mrs Marchmont eine Nachricht hinterlassen wolle? Angela verneinte und hatte das Gefühl, als hätte man ihr einen Aufschub gewährt. Sie versprach, später noch einmal anzurufen.

Sie legte den Hörer auf und starrte in den Spiegel, der über dem Tisch mit dem Telefon hing. Sie hob die Hände und versuchte, die Falten zu glätten, die sich über Nacht auf ihrer Stirn gebildet zu haben schienen, aber sobald sie die Hände wegnahm, kehrten die Falten zurück. Sie seufzte. Es nützte nichts: Was geschehen war, war geschehen, und sie alle würden mit den Konsequenzen leben müssen, wie auch immer sie aussehen mochten.

Kapitel Sechsundzwanzig

ANGELA SCHLIEF in dieser Nacht schlecht. Kaum dass sie am Morgen aufgestanden war, kreisten ihre Gedanken erneut um das, was sie am Tag zuvor erfahren hatte. Sie wusste, dass sie Scotland Yard anrufen musste, beschloss aber, das Gespräch auf später zu verschieben. Zu ihrem Glück erhielt sie kurz nach dem Frühstück unerwarteten Besuch von Freunden, die für ein paar Tage in London waren, und so konnte sie ihre Sorgen für eine Weile vergessen. Die Gäste blieben zum Mittagessen, und als sie sich verabschiedet hatten, beschloss sie, das Unvermeidliche nicht weiter aufzuschieben. Sie wollte gerade den Hörer abnehmen, als das Telefon schrill klingelte und sie zusammenzuckte. Sie nahm den Hörer ab. Es war ein Ferngespräch.

„Angela, bist du das?", meldete sich Marguerite am anderen Ende der Leitung, und ohne eine Antwort abzuwarten, fuhr sie fort: „Oh, Angela, Miles ist verhaftet worden!"

„Was?" Angela verschlug es fast die Sprache.

„Ja. Oh, ich weiß kaum, wo mir der Kopf steht, Liebes.

Wir haben hier einen Schock nach dem anderen erlebt. Gestern Nachmittag kam plötzlich die Polizei und sagte, sie hätten einen Haftbefehl gegen Gil wegen des Mordes an dieser Frau - du weißt schon, die du am Graben gefunden hast. Ich konnte es nicht fassen! Ausgerechnet Gil! Es hat sich herausgestellt, dass er dieses Mädchen vor Jahren heimlich geheiratet hat und dachte, sie sei tot oder so, aber dann tauchte sie plötzlich auf und drohte, die Hochzeit platzen zu lassen - natürlich hätte es gar keine Hochzeit gegeben, oder? Man kann ja nicht einfach jemanden heiraten, wenn man schon mit jemand anderem verheiratet ist. Offenbar bekam es Gil mit der Angst und hat sie in Panik umgebracht. Und dann wusste er nicht, was er als Nächstes tun sollte, also rief er Miles an, der ihm half, die Leiche zu entsorgen, und der hat es der Polizei gestanden, der dumme alte Narr. Hast du jemals etwas so Lächerliches gehört? Was hat er sich bloß dabei gedacht? Und jetzt ist er verhaftet worden, und sie werden ihn wegen Beihilfe anklagen, und ich weiß genau, dass er für zwanzig Jahre ins Gefängnis kommt, und was soll ich dann tun?", schluchzte sie.

Angela war schockiert und erleichtert zugleich. Nachdem Miles aus eigenem Antrieb berichtet hatte, was geschehen war, musste sie sich keine Vorwürfe machen, dass er verhaftet worden war.

„Aber warum ist er zur Polizei gegangen?", fragte sie.

„Herbert wusste Bescheid und hat ihn dazu überredet", schniefte Marguerite. „Er hat gestern angerufen und gesagt, er habe gehört, die Polizei sei hinter Gil her und dass es nicht gut aussehe, also solle er besser alles erzählen."

Der gute alte Herbert – er hatte ihr einige schlaflose Nächte erspart. „Und wo ist Miles jetzt?"

„Auf dem Polizeirevier. Die Leute von Scotland Yard

sind dort und befragen ihn. Er muss sich schrecklich fühlen, der arme Kerl. Ich glaube nicht, dass er es ohne einen guten Grund getan hätte."

Marguerite würde auch mit dem schlimmsten Verbrecher noch Mitleid haben und ein gutes Haar an ihm finden! Die Tatsache, dass ihr Mann geholfen hatte, einen Mord zu vertuschen, spielte keine Rolle; für sie zählte nur, dass ihm nun sein mutmaßlich schlechtes Gewissen zu schaffen machte.

„Was wirst du jetzt tun?", fragte Angela.

„Deshalb rufe ich dich an", sagte Marguerite. „Ich kann den Gedanken nicht ertragen, ganz allein zu Hause zu sein. Freddy ist natürlich hier, und er ist mitfühlend und rücksichtsvoll genug, aber er ist eigentlich im Auftrag des Clarion angereist. Kommst du für ein paar Tage zu uns? Bitte sag ja, Liebes. Cynthia könnte ich jetzt nicht um mich haben, aber deine Anwesenheit hat immer etwas Tröstliches."

„Natürlich komme ich."

Angela verabschiedete sich und wies Marthe an, einige Sachen zu packen, da sie für ein paar Tage verreisen werde. Dann bestellte sie William ein und sagte ihm, er solle den Bentley bereit machen, da sie erneut nach Kent fahren würden.

Er sah ihre ernste Miene und fragte: „Ist etwas passiert, Ma'am?"

„Es sind mehrere Dinge geschehen", antwortete Angela. „Gilbert Blakeney wird wegen des Mordes an Lita de Marquez von der Polizei gesucht, und Mr Harrison wurde verhaftet, weil er im Verdacht steht, bei der Beseitigung der Leiche geholfen zu haben. Die gute Nachricht ist, dass Johnny Chang in Sicherheit ist und dass dein Freund Alvie wahrscheinlich bald seinen Job zurückbekommt."

William nahm diese Information schweigend zur

Kenntnis und machte sich dann auf den Weg, um den Bentley zu holen.

Die Fahrt nach Kent dauerte nicht lange, sie kamen gut voran. Marguerite hielt schon nach ihnen Ausschau und rannte nach draußen, sobald sie das Auto vorfahren sah.

„Meine Liebe!", rief sie und warf sich Angela an den Hals. „Ich bin so froh, dass du hier bist. Ich könnte das Alleinsein nicht einen Moment länger ertragen!"

Wie üblich hatte sie ein wenig übertrieben, denn im Wohnzimmer saß Freddy mit finsterer Miene am Fenster und starrte in den Garten hinaus. Zu Angelas Überraschung war auch Lucy gekommen.

„Oh, Lucy!", begrüßte Angela sie.

„Hallo, Angela", sagte die junge Frau. „Ich denke, Sie haben gehört, dass wir ein paar Schwierigkeiten haben?"

Ihre Selbstbeherrschung war perfekt wie eh und je.

„Hat – hat die Polizei eine Ahnung, wo Gil sein könnte?", fragte Angela. Dass sie diejenige gewesen war, die sie überhaupt auf die Spur gebracht hatte, war ihr dabei mit unangenehmer Deutlichkeit bewusst.

„Nein", sagte Lucy. „Er ist am Sonntagnachmittag plötzlich verschwunden und wurde seitdem nicht mehr gesehen. Natürlich war ich zuerst sehr besorgt, weil Lady Alice so krank ist. Einen ungünstigeren Zeitpunkt für eine Nervenkrise kann man sich kaum vorstellen, aber dann kam gestern die Polizei und hat mir die ganze Geschichte erzählt. Das kam ziemlich überraschend."

Angesichts dieser gewaltigen Untertreibung sah Angela sie verblüfft an und Lucy errötete leicht.

„Sie müssen mich für furchtbar gefühllos halten", meinte sie, „aber das bin ich nicht, wirklich nicht. Es hat mich ebenso hart getroffen wie alle anderen, das kann ich Ihnen versichern. Es ist nur - nun, ich war so lange auf mich allein gestellt und bin es gewohnt, für mich selbst zu sorgen und mich nicht unterkriegen zu lassen. Man kommt im Leben nicht voran, wenn man sich jede kleine Widrigkeit zu sehr zu Herzen nimmt."

„Dann wussten Sie also nichts von der Heirat?", fragte Angela. Eine Frau, die die Ereignisse der letzten Tage als „kleine Widrigkeiten" bezeichnete, machte sie neugierig. „Hat Gil nicht erwähnt, dass er schon einmal verheiratet und vielleicht verwitwet war?"

„Nein", antwortete sie. „Ich wusste nichts von der Existenz dieser Frau oder ihres Sohnes. Es war ein Schock!"

„Weiß Lady Alice davon?"

„Nein", antwortete Lucy. „Sie ist sehr schwach, und man hat uns gesagt, dass sie sich nicht aufregen darf. Allerdings ist es nicht einfach, immer wieder neue Ausreden zu erfinden, warum ihr eigener Sohn nicht nach ihr sieht."

„Ja, das kann ich mir vorstellen. Glauben Sie, dass sie sich wieder erholt?"

„Das ist schwer zu sagen. Sie kennen ja die Ärzte - sie legen sich nicht gerne fest, aber ich habe das Gefühl, dass sie nicht mehr lange zu leben hat."

Angela sah, dass Freddy sich zu ihnen umgedreht hatte. Vermutlich hatte er zugehört, denn er war plötzlich leichenblass.

„Ich hoffe sehr, dass Sie sich irren", sagte er.

„Ich weiß nicht, wie es euch geht, aber ich brauche dringend einen Drink", verkündete Marguerite. „Freddy, Schätzchen, würdest du …?"

Freddy erhob sich mühsam und schenkte ihnen allen ein, auch Lucy. Marguerite trank ihr Glas in zwei Schlucken leer.

„Ah, so ist es schon besser", sagte sie. „Nun, meine Lieben, in dieser Woche sind zwei aus unserer Runde im Gefängnis gelandet. Mal sehen, ob wir es bis Sonntag auf drei bringen.“ Beim Anblick von Lucy bekam sie sofort ein schlechtes Gewissen. „Es tut mir leid, Liebes“, sagte sie zerknirscht, „so habe ich es nicht gemeint. Mein Humor hat sich mal wieder Bahn gebrochen. Wie soll man das sonst durchstehen?“

„Ich – ich wünschte, ich wüsste, wo Gil ist“, jammerte Lucy plötzlich. „Er muss schreckliche Angst haben, und er kann unmöglich bei klarem Verstand sein. Wir müssen ihn finden! Ich mache mir solche Sorgen, dass er etwas Dummes anstellt – dass er sich vielleicht etwas antut.“

Angela blitzte der Gedanke durch den Kopf, dass es vielleicht für alle Beteiligten besser wäre, wenn er diesen Ausweg wählte, aber sie sagte nichts. Lucy war kein dummes Mädchen und würde das früher oder später sicher selbst erkennen.

„Aber meinst du, du könntest ihn überreden, nach Blakeney Park zurückzukehren, wenn du wüsstest, wo er ist?“, fragte Freddy. „Er scheint ziemlich gründlich verschwunden zu sein und es sieht nicht so aus, als hätte er die Absicht, wiederzukommen.“

„Ich weiß, dass ich ihn überreden könnte“, meinte Lucy. „Denn ich bin mir sicher, dass er es nicht getan hat.“

Freddy sah sie mitleidig an. „Aber alle Beweise sprechen gegen ihn“, sagte er. „Das musst du doch verstehen.“

„Vielleicht“, wandte Lucy ein. „Aber ich kenne Gil. Er ist kein Mörder. Oh, ich weiß, auch er hat seine schwachen Momente und er ist nicht gerade ein Intellektueller, aber er ist ein guter Mensch. Er hat deinem Vater vor all den Jahren das Leben gerettet, Freddy. Wie kann jemand wie er eine Frau kaltblütig umbringen? Er hat es nicht getan, das sage ich dir, und ich werde einen Weg finden, es zu beweisen.“

Es waren die leidenschaftlichsten Worte, die Angela in der kurzen Zeit ihrer Bekanntschaft von ihr gehört hatte.

Lucy war offenbar fest entschlossen, Gil seine Sünden zu vergeben und sich darauf zu konzentrieren, ihm so gut es ging zu helfen.

„Gil kann sich glücklich schätzen, dass er Sie hat", sagte sie spontan.

Lucy reckte entschlossen das Kinn in die Höhe.

„Manche Leute würden mich sicher für dumm halten", sagte sie. „Welche Frau findet heraus, dass ihr Zukünftiger bereits verheiratet ist, und lässt ihn nicht fallen wie eine heiße Kartoffel? Aber ich bin sicher, dass man ihm nichts Schlimmeres vorwerfen kann, als dass er eine Riesendummheit begangen hat. Die Welt will in ihm einen Mörder sehen, das weiß ich, aber -" Sie brach ab und schaute zu Boden, als schämte sie sich für ihre Heftigkeit.

Marguerite ging zu ihr und umarmte sie. „Verliere nicht den Mut", ermahnte sie die junge Frau. „Ich bin mir sicher, dass sich am Ende alles zum Guten wendet. Wir haben ja Angela auf unserer Seite! Wenn jemand die Wahrheit herausfinden kann, dann ist sie es."

„Oh", sagte Angela bestürzt und dachte an den Schaden, den sie ihren Freunden durch ihre Neugierde bereits zugefügt hatte. „Ich kann nichts tun, es liegt jetzt alles in den Händen der Polizei. Aber Inspector Jameson und Sergeant Willis sind sehr fähige Männer, und ich glaube bestimmt, dass sie gewissenhaft und gründlich sind und der Sache auf den Grund gehen werden."

„Ja", sagte Lucy mit einem kleinen Seufzer. Sie fügte nicht hinzu, „aber was ist, wenn sie etwas herausfinden, was ich nicht hören will?", doch Angela ahnte, dass ihr das durch den Kopf ging.

Kurz darauf erhob sich Lucy und sagte, sie müsse zurück nach Blakeney Park, wo sie seit der Erkrankung von Lady Alice wohnte.

„Aber morgen komme ich wieder", versprach sie. „In

der Zwischenzeit überlegen Sie bitte, wie wir Gil finden können.“

„Das werden wir“, versicherte Marguerite.

Lucy verabschiedete sich, während die anderen einem Abend voller trübsinniger Gedanken entgegenblickten.

Kapitel Siebenundzwanzig

LUCY ERSCHIEN am nächsten Morgen in aller Frühe - so früh, dass Marguerite sofort dachte, es sei etwas passiert.

„Was ist los?", rief sie, als Lucy eintrat. „Haben sie Gil gefunden?"

„Nein", sagte Lucy. „Ich bin gekommen, um eine Nachricht von Lady Alice zu überbringen. Sie möchte mit Angela sprechen."

„Mit mir?" Angela war erstaunt. „Weshalb denn?"

„Ich weiß es nicht, aber sie hat sehr eindringlich nach Ihnen gefragt."

„Natürlich spreche ich mit ihr, wenn es ihr Wunsch ist", sagte Angela. „Soll ich sofort aufbrechen?"

„Ja, wenn es Ihnen nicht zu viele Umstände macht", meinte Lucy. „Jetzt ist sie noch wach, aber wenn Sie bis zum Nachmittag warten, schläft sie vielleicht schon wieder."

Angela machte sich so schnell wie möglich auf den Weg, und wurde kurze Zeit später in die düstere Eingangshalle des alten Hauses eingelassen. Ein Dienstmädchen in gestärkter Uniform teilte ihr mit, Lady Alice erwarte sie, und führte sie die große Treppe hinauf zu einer Tür am Ende eines Ganges.

Angela trat ein. Die Vorhänge waren teilweise zugezogen, doch selbst in dem schwachen Licht konnte sie erkennen, dass sie sich in einem großen Schlafgemach mit holzgetäfelten Wänden und einer kunstvoll geschnitzten Decke befand. In der Mitte des Raumes stand ein altmodisches Himmelbett, und an der Wand hinter dem Bett hingen prächtige Wandteppiche. Das Ganze wirkte sehr opulent und imposant, aber es fehlte eine persönliche Note und machte keinen behaglichen Eindruck.

Sie trat näher an das Bett heran. Lady Alice Blakeney trug ein Nachthemd mit Rüschen, ihr Haar breitete sich wie ein Fächer auf dem Kissenberg aus, der sie im Rücken stützte. Angela betrachtete ihr Gesicht. Ihre Haut war so glatt wie immer, doch sie schien eine graue Schattierung angenommen zu haben. Ihre Mundwinkel hingen herunter, und sie starrte scheinbar blicklos vor sich hin.

„Lady Alice?", sagte Angela leise, weil sie Angst hatte, sie zu stören.

Die alte Frau hob ruckartig den Kopf und sah sie an.

„Mrs Marchmont." Ihre Stimme war schwach, hatte jedoch den herrischen Unterton noch nicht ganz verloren. „Ah, ja, ich wollte Sie sehen, nicht wahr? Lucy hat Ihnen sicher Bescheid gesagt."

„Ja, das hat sie. Ich hoffe, es geht Ihnen besser."

Lady Alice winkte ab. „Nein, eigentlich nicht", antwortete sie. „Ich bin sehr müde. Es sei mein Herz, hat man mir gesagt. Zweifellos nutzt es sich ab, wie der restliche Körper. Man kann nicht ewig weitermachen, so sehr man sich das auch wünschen mag. Ich glaube nicht, dass mir noch viel Zeit bleibt." Angela wusste nicht, was sie darauf sagen sollte. Nach einer Weile fuhr Lady Alice fort: „Vermutlich waren Sie überrascht zu hören, dass ich Sie zu sprechen wünschte."

„Ja, das war ich."

Lady Alice seufzte.

„Lucy und ich kommen nicht miteinander aus", begann sie, „aber das wissen Sie ja sicher."

„Ich habe etwas in der Art gehört", gab Angela zögernd zu.

„Hätte ich eine andere Frau gefunden, die ebenso geeignet ist wie sie, hätte ich die Heirat nie vorgeschlagen, aber - nun, Tatsache ist, dass sie perfekt zu ihm und zu diesem Anwesen passt. Die meisten Frauen wären nicht in der Lage, sich über solche persönlichen Erwägungen zu stellen, Mrs Marchmont, aber ich bin nicht wie die meisten Frauen. Lucy wird eine ausgezeichnete Ehefrau für Gilbert sein, und ich werde alles in meiner Macht Stehende tun, damit die Hochzeit stattfindet - selbst wenn das bedeutet, dass ich mich von Blakeney Park verabschieden muss."

„Das wird sicher nicht nötig sein", wandte Angela ein. „Und außerdem bezweifle ich, dass Gil Sie gehen lassen würde, nicht, wenn Sie so krank sind. Sie dürfen nicht vergessen, dass er selbst entscheiden kann."

„Sie haben keine Ahnung", sagte Lady Alice schroff. „Gilbert ist mein einziges Kind, und auf seinen Schultern ruht die Zukunft von Blakeney Park. Ich liebe ihn von ganzem Herzen, aber leider ist er etwas schwach im Kopf, wie Sie sicher selbst bemerkt haben. Es ist ihm nicht möglich, die Verwaltung des Anwesens allein zu bewältigen. Deshalb habe ich Lucy für ihn ausgewählt."

„Hatte Lucy nicht auch ein Wörtchen mitzureden?"

„Lucy hat einen klaren Blick, was ihr Wohlergehen anbelangt", sagte Lady Alice verächtlich. „Ihre Familie ist seit Jahrhunderten eng mit den Blakeneys verbunden, und ich bin sicher, dass sie schon ein Auge auf meinen Sohn geworfen hat, als sie noch ein kleines Mädchen war."

„Ich verstehe", sagte Angela. Das war alles sehr interessant, aber hatte Lady Alice sie nach Blakeney Park kommen lassen, um ihr zu erläutern, wie sie über ihre zukünftige Schwiegertochter dachte?

Lady Alice schien den gleichen Gedanken zu verfolgen, denn sie sagte: „Aber natürlich interessieren Sie sich nicht für die kleinen Scharmützel innerhalb unserer Familie, obwohl genau das der Grund ist, weshalb ich sie hergebeten habe."

„Aha?"

Die alte Frau drehte ihr Gesicht mühsam zu ihr.

„Wo ist mein Sohn?", fragte sie plötzlich.

Angela zögerte. Auf Anweisung ihres Arztes hatte man Lady Alice nichts vom Verschwinden ihres Sohnes erzählt, weil man befürchten musste, dass ihr Herz die Nachricht nicht verkraften würde.

„Nun, ich -", begann sie.

„Oh, Sie brauchen mir nichts vorzumachen, Mrs Marchmont", unterbrach Lady Alice sie. „Ich bin nicht dumm. Gilbert hat mich seit meinem Zusammenbruch am Sonntag nicht mehr besucht. Man sagte mir, er halte sich fern, um mich nicht zu stören, und doch war Lucy mehrmals hier. Er ist irgendwohin verschwunden, und ich möchte wissen, wohin."

„Ich glaube, Sie sollten Lucy fragen", sagte Angela. „Ich weiß nicht, ob es mir zusteht, darüber zu sprechen."

„Ich habe bereits mit Lucy gesprochen und gehört, was sie zu sagen hat", erwiderte Lady Alice, „aber ich möchte wissen, ob sie die Wahrheit gesagt hat. Wie ich höre, hält man bei der Polizei große Stücke auf Sie, Mrs Marchmont, also können Sie mir vielleicht meine Frage beantworten: Wird mein Sohn wegen Mordes gesucht?"

Eine plötzliche Unruhe erfasste sie und sie begann, schwer zu atmen.

„Oh!", rief Angela erschrocken und sah sich hektisch nach der Klingel um.

„Meine Medizin", flüsterte die alte Dame und deutete zitternd auf ein Fläschchen, das auf einem Tischchen neben dem Bett stand. „Zwei Tropfen."

Angela verabreichte ihr die Medizin, und nach ein paar Minuten ging der Atem der Patientin wieder leichter.

„Vielleicht sollte ich besser gehen", sagte Angela. „Möchten Sie, dass ich Ihr Dienstmädchen rufe?"

„Wären Sie so freundlich, mir ein Glas Wasser einzuschenken?", bat Lady Alice. Angela füllte ein Glas aus einem Wasserkrug, der in der Nähe stand, und reichte es ihr. Die alte Dame trank einen Schluck und gab es zurück. „Danke. Mir geht es jetzt besser, aber ich darf mich nicht aufregen."

„Dann ist dies vielleicht nicht der beste Zeitpunkt für ein solches Gespräch", wandte Angela ein.

„Ich muss es wissen, Mrs Marchmont. Wo ist Gilbert? Ich bin seine Mutter und habe ein Recht darauf, es zu erfahren. Ist er auf der Flucht?"

Angela sah, dass sie nicht lockerlassen würde. Sie nickte langsam.

„So sieht es aus", antwortete sie. „Er ist seit Sonntag nicht mehr gesehen worden. Verzeihen Sie, aber was genau hat Lucy Ihnen erzählt?"

„Sie hat mir erzählt, die tote Frau, die Sie neulich gefunden haben, sei eine Tänzerin gewesen, die meinen Sohn vor vielen Jahren geheiratet hat, und dass er sie getötet hat, um sich nicht der Bigamie schuldig zu machen. Weiß man das gewiss?"

„Er war tatsächlich mit Lita verheiratet", erklärte Angela, „und die Tatsache, dass ihre Leiche in der Nähe seines Hauses gefunden wurde, scheint darauf hinzudeuten, dass er für ihren Tod verantwortlich ist. Dazu würde die Polizei sicher gerne mehr erfahren. Da Gil jedoch nicht hier ist, um ihre Fragen zu beantworten, betrachtet sie sein Verschwinden als ein Eingeständnis seiner Schuld. Er wird gesucht, damit man ihn befragen kann."

„Wie ich gehört habe, hat Miles Harrison gestanden, Gilbert bei der Beseitigung der Leiche geholfen zu haben", sagte Lady Alice. „Hat er gesehen, wie Gilbert sie getötet hat?"

„Nein", entgegnete Angela. „Gil hat ihn angerufen, als sie schon tot war, und hat ihn gebeten, ihm zu helfen."

„Dann gibt es keine Beweise, dass mein Sohn den Mord begangen hat. Sagen Sie mir, Mrs Marchmont - halten Sie ihn für schuldig?"

„Er verhält sich auf jeden Fall so, als sei er schuldig. Immerhin hat er ihre Leiche versteckt und ist davongelaufen", sagte Angela vorsichtig. „Und selbst wenn er nicht schuldig ist, glaube ich kaum, dass die Polizei nach einem anderen Verdächtigen suchen wird. Sie hat genügend Beweise, um ihn vor Gericht zu stellen, vorausgesetzt, sie findet ihn."

„Sie haben meine Frage nicht beantwortet", gab Lady Alice zurück. „Ich will wissen, was Sie denken."

Nach kurzem Zögern meinte Angela: „Die Sache mit dem Gift gefällt mir nicht. Sie scheint mir nicht zu den Fakten zu passen, die wir bis jetzt kennen. Und was das Motiv angeht, so ist er nicht der Einzige −" Sie wollte fortfahren, überlegte es sich dann aber anders.

Lady Alice nickte. „Nun gut", sagte sie, „jetzt muss ich entscheiden, was ich tun kann, um ihn zur Rückkehr zu bewegen."

„Ich glaube nicht, dass Sie im Moment etwas tun sollten", sagte Angela.

„Seien Sie nicht albern", wies die alte Dame sie zurecht. „Mein Sohn ist unschuldig, und ich muss es beweisen. Sie sind eine vernünftige Frau, Mrs Marchmont", fuhr sie fort, „und, wie es scheint, kann man Ihnen vertrauen. Kann ich mich darauf verlassen, dass Sie mich benachrichtigen, wenn Gilbert gefunden wird? Auf Lucy kann ich nicht zählen. Sie hat bereits mehrere Tage lang versucht, mir die Nachricht von seinem Verschwinden zu verschweigen."

„Sie hat es Ihnen nicht aus Bosheit verheimlicht, sondern weil der Arzt ihr dazu geraten hat", erklärte Angela. „Ich glaube, Sie tun Lucy unrecht, Lady Alice. Vielleicht mögen Sie sie nicht, aber ich glaube nicht, dass sie absichtlich ein Komplott gegen Sie schmiedet. Sie mag Gil sehr gern und fände es schrecklich, wenn ihm etwas zustieße - das hat sie mir selbst gesagt. Also wird sie kaum versuchen, Ihnen zu schaden, denn das würde auch ihm schaden."

„Ich fürchte, Sie wissen nicht, wovon Sie reden", sagte Lady Alice. „Wir verstehen uns sehr gut, sie und ich", setzte sie geheimnisvollerweise hinzu.

Angela erkannte, dass sie sie nicht würde umstimmen können, und beschloss, keine weitere Mühe auf Lucys Verteidigung zu verschwenden. „Nun gut, ich werde dafür sorgen, dass Sie informiert werden, wenn Ihr Sohn gefunden wird", versprach sie.

„Ich danke Ihnen", sagte Lady Alice. „Und wenn Sie nun die Güte hätten, nach meinem Dienstmädchen zu läuten? Ich wünsche Ihnen einen schönen Tag."

Auf dem Weg zur Eingangshalle dachte Angela über das nach, was Lady Alice zu ihr gesagt hatte. Hatte sie so wenig Vertrauen zu Lucy, dass sie ihr unterstellte, sie würde ihr Lügen über Gil erzählen? Die Beziehung zwischen den beiden Frauen war unergründlich.

„Nun, William, wie es aussieht, ist die Katze aus dem Sack und Lady Alice weiß Bescheid", bemerkte sie, als sie über die schmalen Wege zurück nach Gipsy's Mile fuhren. „Sie muss irgendwie erfahren haben, was passiert ist, und hat Lucy danach gefragt. Seltsam, dass Lucy nichts gesagt hat, als sie mir heute Morgen die Nachricht überbracht hat. Es ist bedauerlich, dass sie das Geheimnis nicht für sich behalten konnte."

„Nach allem, was ich gehört habe, kommen die beiden Damen nicht gerade gut miteinander aus", sagte William, „und jetzt, wo Lady Alice so krank ist, dachte Miss Syms vielleicht, dass sie ein wenig nachhelfen könnte, indem sie ihr von Mr Blakeney erzählt."

„Sie meinen, Lucy wollte dafür sorgen, dass Lady Alice einen weiteren Herzinfarkt bekommt? Das kann ich mir nicht vorstellen", sagte Angela mit einem ungläubigen Lachen.

William legte den Kopf schief und setzte eine geheimnisvolle Miene auf, als wolle er sagen: „Es sind schon merkwürdigere Dinge passiert." Angela musste einräumen, dass es – abgesehen von Gils Problemen - das Leben der künftigen Eheleute sicher leichter machen würde, wenn Lady Alice von der Bildfläche verschwände. Aber dann dachte sie an Lucys offenes, vernünftiges Gesicht und verwarf den Gedanken.

„Ich glaube, Sie werden allmählich zum Zyniker, William."

„Vielleicht haben Sie recht, Ma'am", antwortete er. „Aber wer könnte es mir verübeln? Überall hört man von Leuten, die sich gegenseitig hassen."

Angela blickte ihn neugierig an. Da war es wieder,

dieses Wort: „Hass". Alvie Berteau hatte gesagt, dass der Mörder Lita gehasst haben musste, und jetzt benutzte William dieses Wort im Zusammenhang mit Lucy und Lady Alice. Ging es in diesem Fall wirklich immer wieder um Hass?

Kapitel Achtundzwanzig

BEI IHRER RÜCKKEHR nach Gipsy's Mile stellte Angela fest, dass Lucy sich soeben verabschiedet hatte - was sie mit einer gewissen Erleichterung zur Kenntnis nahm - und dass Marguerite in der Zwischenzeit nach Littlechurch gefahren war, um die Kaution für Miles zu hinterlegen, den man mit der Auflage, die Gegend nicht zu verlassen, auf freien Fuß gesetzt hatte. Er lehnte in seinem üblichen Sessel und sah noch bleicher und abgespannter aus als sonst, während Marguerite ihn bemutterte. Trotzdem brachte er ein Lächeln zustande, als Angela hereinkam, und begrüßte sie in seiner typischen Art.

„Wahrscheinlich hast du schon gehört, wie idiotisch ich mich aufgeführt habe", sagte er.

„Ja, mir ist da etwas zu Ohren gekommen", antwortete Angela lächelnd.

„Natürlich ist es nichts im Vergleich zu dem Ärger, den Gil sich eingebrockt hat, aber es ist schlimm genug", fuhr er fort. „Die Polizei spricht von zehn Jahren."

„Oh, nicht doch, Liebling", rief Marguerite verzweifelt. „So darfst du nicht denken. Du hast es mit den besten Absichten getan, um einem Freund zu helfen."

„Es war ein großer Fehler, aber der arme Gil war in einem derart erbärmlichen Zustand, dass ich den Kopf verloren habe, glaube ich."

„Aber was genau ist passiert?", fragte Angela. „Ich meine, ich weiß, was du getan hast, aber wie hat Gil die Tatsache erklärt, dass er eine Leiche loswerden muss."

„Nun, der arme Kerl hat kaum einen zusammenhängenden Satz hervorgebracht", sagte Miles. „Alles, was ich aus ihm herausbekommen habe, war, dass es sich um ein Mädchen handelte, das er vor Jahren geheiratet hatte, und dass sie plötzlich aufgetaucht war und ihm einen furchtbaren Schock versetzt hatte, und nun überkam ihn die Angst, dass seine Mutter und Lucy es herausfinden und die Hochzeit absagen würden, wo doch alles so gut zwischen ihnen geregelt war."

„Aber wo war die Leiche, als du nach Blakeney Park kamst?"

„Im Kofferraum des Wolseley. Er hatte sie dort versteckt, während er überlegte, was er tun sollte. Ich habe ihr Gesicht gesehen und erinnerte mich sofort an sie – ein Gesicht wie ihres vergisst man nicht. Es war das Mädchen, mit dem er sich vor all den Jahren in London eingelassen hatte. Ich weiß nicht, was mich mehr schockiert hat: die Tatsache, dass er verheiratet war, oder die Tatsache, dass er sie offenbar umgebracht hatte, aber ich muss verrückt gewesen sein, sonst hätte ich ihm nicht geholfen."

„Hast du ihr Gesicht entstellt?", fragte Angela.

Miles wurde noch eine Spur bleicher und schüttelte den Kopf. „Nein, aber ich glaube, es war indirekt meine Schuld. Ich habe gesagt, wir müssten dafür sorgen, dass man sie nicht identifizieren kann, wenn sie gefunden wird.

Ich meinte damit, dass wir alles entfernen sollten, was sich leicht zurückverfolgen lässt, aber Gil nahm das etwas wörtlicher und beschloss - nun, du weißt, was er getan hat. Ich fürchte, er hat mit einem Golfschläger auf sie eingeschlagen. Danach war ihm furchtbar schlecht."

„Das war am Donnerstag, nicht wahr? Das heißt, an dem Tag, bevor wir alle angereist sind?"

„Ja. Er rief mich am Nachmittag an, und ich ging hin und fand ihn zitternd auf dem Boden neben dem Auto. Es ging ihm wirklich sehr schlecht. Ich schaffte es schließlich, ihn zu beruhigen. Dann hat er mir erzählt, was passiert war, machte den Kofferraum auf und zeigte mir die Leiche."

„Aber er konnte dir nicht sagen, wie er sie getötet hat?"

„Nein. Er schien es nicht zu wissen", sagte Miles.

„Wie seltsam", murmelte Angela.

„Er sagte nur immer wieder, dass der Teufel los wäre, wenn seine Mutter und Lucy es herausfänden. Die Polizei schien nur eine untergeordnete Rolle zu spielen. Jedenfalls haben wir, nachdem wir übereingekommen waren, dass wir Lita loswerden mussten, bis zum Einbruch der Dunkelheit gewartet und sie dann weggebracht."

„War es deine Idee, sie im Unterholz zu verstecken?"

„Ja", sagte er. „Es war ein so schönes Versteck. Ich dachte, niemand würde sie dort je finden."

„Aber wir haben sie gefunden - und zwar gleich am nächsten Tag." Angela hatte wieder einmal das Gefühl, als sei sie dafür verantwortlich, dass nun Chaos herrschte, wo vorher alles in bester Ordnung war.

Nun meldete sich Freddy zu Wort. „Du hattest einfach Pech, dass der Liebling von Scotland Yard zufällig vorbeikam, Miles."

„Freddy", ermahnte Angela ihn vorwurfsvoll. Er besaß immerhin genug Anstand, ein wenig beschämt auszusehen.

„Tut mir leid", sagte er. „Es ist eine schlimme Sache und ich muss Ihnen gestehen, dass mir die Arbeit als Reporter nicht mehr so gut gefällt wie früher. Geschichten über die Hochzeiten von dummen Aristokraten zu schreiben, die man nie zuvor gesehen hat und auch nie wieder sehen wird, das ist schön und gut - aber das hier - nun, das fühlt sich einfach nicht richtig an. Der alte Bickerstaffe hat mich hierhergeschickt, weil ich den Fall von Anfang an mitverfolgt habe, und er erwartet, dass ich eine richtig schöne Geschichte daraus mache, aber ich bringe es nicht fertig, aus dem Elend von Freunden Kapital zu schlagen, zumal sich herausstellt, dass mein eigener Vater die ganze Zeit davon wusste. Ich hätte nie gedacht, dass ich mich einmal in so einer Lage befinden würde."

„Ich hoffe, Sie veröffentlichen nicht in der Zeitung, was Miles gerade erzählt hat", rief Angela erschrocken.

„Nein, natürlich nicht. Aber ich werde etwas vorweisen müssen, da ich sozusagen mittendrin bin. Aber im Moment scheint die Quelle der Inspiration versiegt zu sein. Es wäre wirklich besser für alle Beteiligten, wenn Gil sich der Polizei stellt, wie es sich für einen Mann gehört. Aber wo zum Teufel steckt er bloß? Miles, fällt dir irgendein Versteck ein?"

Miles seufzte. „Nein, ich habe keine Ahnung, wo er sein könnte. Das habe ich der Polizei immer wieder gesagt. Die Herrschaften schienen zu glauben, dass ich sein Versteck kenne – tatsächlich haben sie mich sogar verdächtigt, ihm zur Flucht verholfen zu haben, aber ich weiß es wirklich nicht. Ob er nun in Bournemouth oder Bulawayo ist – ich habe keinen blassen Dunst."

„Hm", murmelte Freddy. „Marguerite, darf ich mal telefonieren?"

„Aber natürlich", sagte Marguerite.

Freddy ging hinaus, kam nach ein paar Minuten

zurück und verkündete, er werde nach Littlechurch fahren, um mit der Polizei zu sprechen.

„Vielleicht können mir die Herren Polizisten etwas liefern, das niemandem wehtut, aber trotzdem wert ist, veröffentlicht zu werden", sagte er mürrisch. „Ich glaube, dass ich auf dem Weg hierher Corky Beckwith vom Herald gesehen habe. Es sollte mich nicht wundern, wenn er mir zuvorkommt. Ich warne euch - sprecht auf keinen Fall mit ihm, wenn ihr ihm über den Weg lauft oder wenn er hier aufkreuzt. Er hat die Moral einer Schlange und den Stachel einer Wespe, und wenn er sich entschließt, eine Geschichte über euch zu schreiben, bekommt ihr es noch Wochen später spüren. Ich werde zum Mittagessen nicht zurück sein, also esst ruhig ohne mich."

Seine Miene war so ernst, wie Angela sie bei ihm noch nie gesehen hatte.

Als er gegen halb drei zurückkehrte, berichtete er, dass er kurz mit Inspector Jameson habe sprechen können.

„Und? Haben Sie etwas Neues herausgefunden?", fragte Angela.

Freddy verzog das Gesicht.

„Es sieht nicht gut aus für unseren armen Gil, fürchte ich", sagte er. „Die Polizei hat in Blakeney Park herumgeschnüffelt und scheint tatsächlich fündig geworden zu sein."

„Oh?", sagte Angela.

„Ja", fuhr Freddy fort. „Auf dem Gelände gibt es ein paar kleine Häuschen, die ursprünglich gebaut wurden, um treue alte Bedienstete, Wildhüter, heimliche Geliebte und dergleichen zu beherbergen. Die meisten werden mittlerweile von Pächtern bewohnt, aber eines steht derzeit leer, und dorthin hat die Polizei ihre Schritte gelenkt. Es kam ihnen nämlich in den Sinn, dass es in einem großen

Haus wie in Blakeney Park mit seinen vielen Bediensteten ziemlich schwierig sein könnte, einen Besucher mit Arsen zu vergiften, ohne dass ein übereifriges Dienstmädchen davon Wind bekommt."

„Das stimmt", sagte Angela.

„Die Theorie der Polizei ist nun, dass Lita an Gil geschrieben hat, um ihm ihre Ankunft mitzuteilen, und dass er sie am Mittwochnachmittag am Bahnhof von Hastings abgeholt und sie nach Blakeney Park gebracht hat, aber nicht in das Herrenhaus. Man geht davon aus, dass er ihr das Gift verabreicht und sie irgendwo versteckt hat, während es seine Wirkung entfaltet hat. Also gingen sie gestern zu diesem kleinen Haus, das in einem Wald unweit des Hauses liegt, und durchsuchten es gründlich. Laut Jameson besteht es nur aus zwei Zimmern, es ist wirklich winzig, aber schick und komfortabel eingerichtet. Ein Gast der Blakeneys könnte mit Leichtigkeit für ein oder zwei Nächte dort untergebracht werden."

Er hielt inne.

„Fahren Sie fort", forderte Angela ihn auf.

„Nun, die Polizei hat das Haus von oben bis unten durchsucht. Es war fast makellos - aber nicht ganz. Die Bettwäsche war frisch, und die Zimmer waren offensichtlich erst vor Kurzem geschrubbt worden, sodass sie eine ganze Weile dachten, sie würden nichts Brauchbares finden - oder vielleicht dachten sie auch, sie seien auf der falschen Fährte. Als sie jedoch das Bett genauer untersuchten, entdeckten sie mehrere blonde Haare mit dunklen Wurzeln, die sich in einem Riss im hölzernen Kopfteil verfangen hatten."

„Ah, interessant", sagte Angela nachdenklich.

„Nun, für diese Haare könnte es eine ganz alltägliche Erklärung geben, aber dann ist da noch die Sache mit dem

Gift. Vermutlich wissen Sie, dass eine Arsenvergiftung zu Magenverstimmungen führt, um es vorsichtig auszudrücken. Wenn Lita also tatsächlich die Nacht in dem Haus verbracht hat, wie die Polizei vermutet, dann müsste sie theoretisch eine Menge Spuren hinterlassen haben."

„Und hat sie das?"

„Es sieht so aus", bestätigte Freddy. „Wie ich schon sagte, war das Haus sauber geschrubbt worden, vor allem der Fußboden um das Bett herum, aber wer auch immer geputzt hat, hatte offensichtlich ein oder zwei Stellen neben der Tür übersehen, und die Polizei fand eindeutige Anzeichen dafür, dass sich dort jemand heftig übergeben hat."

„Und lässt sich das alles mit Lita in Verbindung bringen?"

„Die Substanzen, die sie gefunden haben, werden jetzt auf Spuren von Arsen untersucht. Wenn sie tatsächlich welche finden, sind wohl alle Zweifel ausgeräumt."

„Die arme Lucy", seufzte Angela. „Es sieht immer schlimmer aus für Gil."

„Ja", sagte Freddy. „An seiner Stelle hätte ich versucht, damit durchzukommen, dass ich sie in einem Wutanfall getötet habe, und mich dann der Gnade der Geschworenen ausgeliefert. Aber der Gebrauch von Arsen bedeutet, dass man vorhat, jemanden umzubringen – eine solche Tat erfordert gründliches Nachdenken und kaltblütige Planung."

„Warum ist sie wohl hierhergekommen?", überlegte Angela. „Wollte sie ihn erpressen? Oder wollte sie es um des Jungen willen noch einmal mit Gil versuchen? Vermutlich hängt es davon ab, ob sie von Gils Verlobung mit Lucy wusste oder nicht."

„Sie hat sicher davon erfahren", sagte Freddy.

„Immerhin stand die Anzeige in der Zeitung - Lucy hat es uns selbst erzählt, erinnern Sie sich?"

„Vielleicht hat die Verlobungsanzeige sie dazu bewogen, sich auf den Weg nach Kent zu machen", sagte Angela. „Dazu könnte Gil Auskunft geben - vorausgesetzt, er wird jemals gefunden und ist dann bereit zu reden."

„Oh je", seufzte Freddy. „Welch ein Durcheinander!" Er ging zum Fenster und starrte in den Garten hinaus. Der Tag war grau und es sah nach Regen aus. „Hören Sie, Angela", sagte er plötzlich. „Ich fühle mich eingesperrt und brauche ein wenig frische Luft. Warum gehen wir nicht eine Weile nach draußen?"

„Nach draußen?", wiederholte Angela ungläubig. „Und wohin?"

„Oh, ich weiß nicht", antwortete er vage. „Vielleicht könnten wir eine kleine Fahrt an die Küste machen. Es ist nicht weit, und ich habe gehört, dass man unterwegs viele Naturschönheiten zu sehen bekommt."

„Ich hätte Sie nie für einen Naturliebhaber gehalten, Freddy", sagte Angela überrascht.

„Oh doch", versicherte er ihr. „Unberührte Wälder, einsame Strände … Das Gras unter den Füßen zu spüren und dem Gezwitscher der Vögel zu lauschen, wenn sie ihr fröhliches Lied singen − was gibt es Schöneres? Das treibt mir eine Träne in die Augen und lässt mein müdes Herz flattern. Wir, die wir in der grimmigen, schmutzigen Stadt leben, täten gut daran, an das zu denken, was jenseits ihrer Mauern liegt, und in unserem Leben ab und zu Platz für ein wenig Frische und Reinheit zu schaffen."

„Verstehe", sagte Angela, die sich nicht einen Moment lang hinters Licht führen ließ. „Dann sollte ich wohl besser meinen Mantel holen. Und vielleicht einen Schirm, denn es sieht so aus, als könnte es jeden Moment regnen."

„Was ist schon ein bisschen Regen gegen die ungetrübte Freude, die man nur beim ersten Blick auf die unberührte englische Landschaft empfinden kann?", sagte Freddy gestelzt.

Angela sah ein, dass sie zumindest vorläufig nichts aus ihm herausbekommen würde, und ging, um ihre Sachen zu holen.

Kapitel Neunundzwanzig

Sie fuhren eine Weile schweigend in Freddys kleinem Auto durch die engen Straßen von Littlechurch und schließlich auf die Landstraße. Die flache Landschaft erstreckte sich mattgrün in endloser Weite bis zu dem Punkt, an dem sich Himmel und Erde annäherten und schließlich ineinander übergingen. Ihre Kargheit barg eine gewisse trostlose Schönheit.

Es war kalt, und Angela war froh über ihren warmen Mantel und die Handschuhe. Sie zog den Pelzkragen am Hals zusammen und kauerte sich in ihren Sitz. Die Luft schmeckte leicht salzig, vermutlich war es nicht mehr weit bis zum Meer. Angesichts des trüben Himmels und des drohenden Regens bereitete ihr die Aussicht jedoch wenig Vorfreude.

„Wohin fahren wir?", fragte sie Freddy, der in seine eigenen Gedanken versunken war.

„Dungeness", antwortete er. „Ich habe Lust, mir den Ort anzusehen."

„Nein, haben Sie nicht", widersprach Angela. „Sie haben etwas vor, das sehe ich Ihnen an."

„Nun, vielleicht haben Sie recht." Er schwieg einige Augenblicke, dann sagte er: „Ich habe heute Morgen mit Vater telefoniert. Ich dachte, er könnte mir vielleicht sagen, wo sich Gil versteckt hält, denn Miles war fest entschlossen, nichts zu verraten."

„Meinen Sie, Miles und Ihr Vater wissen, wo er ist?", fragte Angela.

„Ich glaube, sie haben zumindest eine Vermutung, aber natürlich wollten sie es nicht sagen. Mein armer Vater fühlt sich elend wegen der ganzen Sache - er ist eigentlich kein schlechter Kerl, wissen Sie. Daher dachte ich, dass er leichter weichzuklopfen ist als Miles, und ich hatte recht. Ich habe die Nummer mit den Schuldgefühlen aus dem Hut gezogen, und schon ist er eingeknickt."

„Wie schaffen Sie es, so gelassen zu sein?", fragte Angela neugierig.

„Ich bin ganz und gar nicht gelassen", sagte Freddy. „Ein Mord ist geschehen, und ich will, dass der Mann, der das getan hat, vor Gericht gestellt wird. Für mich ist es einfacher als für Vater, weil Gil kein persönlicher Freund von mir ist. Jemand muss in den sauren Apfel beißen und den Kerl vor Gericht zerren."

„Das ist also der Zweck dieser Reise, ja?", fragte Angela. „Gil zu finden? Sind Sie sicher, dass er an dem Ort ist, wo Ihr Vater ihn vermutet?"

„Nein, überhaupt nicht", sagte Freddy, „aber wir können es ja mal versuchen. Wenn er nicht da ist, kehren wir halt wieder um."

„Was ist das für ein Ort?"

„Es ist eine Fischerhütte auf der Landzunge, wo sich die drei vor Jahren immer getroffen haben. Vater erzählte, Gil habe sich dort nach seiner Rückkehr aus dem Krieg ein paarmal zurückgezogen, wenn er Zeit zum Nachdenken brauchte."

„Und Sie meinen, er könnte jetzt dort sein? Nun ja, warum nicht? Aber wie wollen Sie ihn überreden, nach Blakeney Park zurückzukommen?"

„Keine Ahnung", sagte Freddy. „Aber uns fällt schon etwas ein." Trotz seines lockeren Tons war er nicht so unbekümmert, wie er vorgab zu sein, denn hin und wieder sah Angela einen Anflug von Unsicherheit über sein Gesicht huschen.

„Hätten Sie nicht Inspector Jameson Bescheid sagen sollen?", fragte Angela. „Das alles geht uns doch eigentlich nichts an."

„Ach, kommen Sie", entgegnete Freddy. „Erzählen Sie mir nicht, dass Sie nicht darauf brennen, zu sehen, wie das Ganze ausgeht! Sie waren doch von Anfang an dabei - es war sozusagen Ihre Leiche. Und dann wollen Sie sich das grandiose Finale entgehen lassen? Sehen Sie es doch mal so: Wenn er da ist und wir ihn finden, können wir einfach sagen, wir hätten einen kleinen Ausflug gemacht und wären zufällig auf ihn gestoßen. Wenn er nicht da ist, dann können wir den Tag einfach genießen, oder?"

Angela öffnete den Mund, um zu antworten, schloss ihn dann aber wieder. Freddy war scharfsinniger, als er auf den ersten Blick vermuten ließ, und er hatte recht: Sie wollte das Finale tatsächlich miterleben. Sie war es, die mit ihrem unglücklichen Unfall an der Böschung die ganze Sache ins Rollen gebracht hatte, und nun fühlte sie sich dafür verantwortlich, dass sie ein ordentliches Ende fand. Außerdem hatten ihre Nachforschungen dazu geführt, dass ein unschuldiger Mann verhaftet worden war und viele Menschen ihre Arbeit verloren hatten. Natürlich war das alles nicht ihre Schuld, aber sie hatte das vage Gefühl, dass der Fall endgültig geklärt werden musste und dass sie diejenige sein sollte, die dafür sorgte. Wie sie Gil zurückbringen sollten, wusste sie nicht, aber wie Freddy schon sagte: Es konnte nicht schaden, es zu versuchen.

Sie kamen an einen Punkt an der Küste, an dem die Straße einen scharfen Linksknick machte. Vor ihnen lag ein schmaler Weg, der scheinbar ins Leere führte, denn außer einer nicht enden wollenden Ebene aus Steinen und Seegras waren nur ein paar verwitterte Hütten zu sehen. Sie gehörten vermutlich den örtlichen Fischern. Freddy lenkte den Wagen auf diese Piste, bis er vor den Unebenheiten kapitulierte und ruckartig zum Stehen kam.

„Ich glaube, hier steigen wir lieber aus", sagte er.

Angela sah sich neugierig um. Die Wolkendecke war noch dichter geworden, in der Luft lag ein feiner, grauer Nebel, der sie einhüllte und fast so nass wie Regen war. Ab und zu war der Schrei einer Möwe zu hören, ansonsten waren da nur das Rauschen des Windes und der Wellen. Man konnte sich kaum einen trostloseren und verlasseneren Ort vorstellen.

„Meinen Sie wirklich, dass er hier ist?", fragte sie. „Es ist ziemlich unwirtlich, nicht wahr?"

„Ja, bei diesem Wetter ist es nicht so gemütlich hier", pflichtete Freddy ihr bei, „obwohl ich gehört habe, dass es an einem warmen Sommertag recht angenehm sein kann, wenn man ein wenig Ruhe und Frieden sucht."

Sie gingen zügig den steinigen Strand entlang, um sich warm zu halten. Der Kies knirschte unter ihren Füßen und Angela hatte das Gefühl, als seien sie die einzigen Menschen weit und breit, obwohl hier und da sicher ein Fischer in seiner kleinen Hütte saß, seine Pfeife rauchte und auf die Flut wartete.

„Wo ist die Hütte?", fragte sie schließlich.

„Es ist die da, glaube ich." Freddy zeigte auf ein kleines Häuschen, das etwas abseits von den anderen stand. Vielleicht hatte ein Fischer es einmal in fröhlichen Farben angestrichen, aber Wind und Regen hatten alles in ein stumpfes Steingrau verwandelt. „Sie gehört den Blakeneys, soweit ich weiß", sagte er.

Je näher sie kamen, desto schneller schlug Angelas Herz, und sie zog ihren Mantel enger um sich - um sich zu wärmen, redete sie sich ein. Plötzlich fiel ihr auf, dass ihre Schritte an diesem kargen Ort überlaut klangen, und sie verlangsamte ihr Tempo. Freddy schien den gleichen Gedanken zu haben, denn er legte ihr die Hand auf den Arm und presste einen Finger auf die Lippen. Sie gingen leise und vorsichtig auf die Hütte zu. Sie hatte ein kleines Fenster, aber die Tür lag auf der anderen Seite, daher schlichen sie sich so behutsam wie möglich an die Vorderseite der Behausung. Dann blieben sie wie angewurzelt stehen.

„Ihr hättet euch nicht anschleichen müssen", sagte Gilbert Blakeney. „Ich habe euch schon von Weitem kommen sehen."

Er saß auf der hölzernen Türschwelle der Fischerhütte, rauchte eine Zigarette und starrte auf das Meer hinaus. Seine Kleidung war schmutzig und feucht vom Nieselregen, und er hatte sich seit einigen Tagen nicht rasiert.

„Du siehst grässlich aus, alter Knabe", sagte Freddy nicht ohne Mitgefühl. Gil wandte ihnen ein Paar rotgeränderter Augen zu, und Angela war entsetzt über die Veränderung, die wenige Tage bewirkt hatten. Sein einst rundes, fröhliches Gesicht war nun eingefallen und hohlwangig, und er sah ausgezehrt und erschöpft aus.

„Na ja, die Hütte ist nicht gerade das Ritz", antwortete er mit bitterem Humor.

„Wann haben Sie das letzte Mal etwas gegessen?", fragte Angela besorgt.

Er zuckte mit den Schultern.

„Vor ein paar Tagen, glaube ich", sagte er. „Hier gibt

es nicht viel zu essen, außer man hat ein Boot und ein Fischernetz.“

„Wir hätten etwas zu essen mitbringen sollen“, sagte Angela, „aber ich habe leider nicht daran gedacht.“

„Macht nichts.“ Gil schien ihre Ankunft nicht weiter zu beeindrucken. Er rauchte weiter seine Zigarette. „Die habe ich dort am Strand gefunden“, erklärte er. „Jemand muss sie verloren haben. Meine letzte habe ich natürlich schon längst geraucht. Zum Glück war diese hier nicht allzu feucht. Ich nehme an, die Polizei sucht nach mir?“

Angela nickte.

„Das dachte ich mir. Ich wusste, dass es nur eine Frage der Zeit ist, bis alles ans Licht kommt. Die Polizei weiß von der Heirat, nehme ich an.“

„Ja“, sagte Angela.

„Damals war es alles ein großer Spaß, wissen Sie. Ich hatte zu viel getrunken, und -“ Er zögerte. „Es ist nicht sehr nett, zu behaupten, dass man eine Frau nur geheiratet hat, weil man betrunken war, finden Sie nicht auch? Nein, ich will mich nicht herausreden. Lita war ein gutes, liebes Mädchen, aber wir waren beide verrückt. Im Krieg haben die Leute solche irrwitzigen Sachen gemacht. Ich sollte kurz danach wieder an die Front und irgendwie war es ein schöner Gedanke, ein Mädchen zu haben, das auf mich wartet, wenn ich zurückkomme. Natürlich wurde uns fast sofort klar, dass es ein Fehler war, und wir haben uns getrennt. Ich ging nach Belgien zurück, und sie nahm wohl ihr altes Leben am Theater wieder auf.“

„Haben Sie nie wieder etwas von ihr gehört?“, fragte Angela.

„Nein. Um ganz ehrlich zu sein, bin ich mir nicht sicher, ob ich ihr jemals eine Adresse gegeben habe, an die sie hätte schreiben können“, gestand er verlegen. „Sie hat mir jedenfalls keine gegeben. Wie gesagt, wir hatten beide sogleich erkannt, dass die Ehe ein Fehler war."

„Aber Sie konnten doch nicht einfach so tun, als sei es nie passiert." Angela klang ein wenig gereizt.

„Ich weiß. Und doch habe ich genau das versucht. Ist es nicht erstaunlich, was man sich selbst einreden kann? Ich hatte Lita praktisch vergessen, und als Lucy auftauchte und Mutter so darauf drängte, dass ich sie heiratete, sagte ich mir, dass die erste Ehe keine Rolle spielte - wahrscheinlich war sie nicht einmal rechtmäßig. Ich dachte, wenn die Geschichte ans Licht käme, könnten wir die ganze Sache annullieren lassen oder so."

„Aber das war nicht möglich", sagte Angela. „Sie hatte einen Sohn."

Er starrte zu Boden. „Ja. Das hat sie mir gesagt. Das machte alles komplizierter."

„Sie hat dir also geschrieben?", fragte Freddy.

„Ja, kurz nachdem ich mich mit Lucy verlobt hatte. Ich bekam aus heiterem Himmel einen Brief von Lita, in dem sie schrieb, sie habe die Anzeige in der Zeitung gesehen, und ob ich derselbe Gilbert Blakeney sei, der zu einer bestimmten Zeit an diesem und jenem Ort gewesen sei. Wenn ja, dann würde ich mich vermutlich an sie erinnern. Sie habe noch nie versucht, mich zu finden, weil sie gedacht habe, dass ich im Krieg gefallen sei, aber wenn ich derselbe Gilbert Blakeney sei, dann sei die Situation im Hinblick auf meine derzeitige Verlobung natürlich ziemlich peinlich."

„Was hast du ihr geantwortet?", fragte Freddy.

„Ich habe ihr nicht geantwortet", gestand Gil. „Es war gemein von mir, ich weiß, aber als ich den Brief las, bekam ich einen furchtbaren Schock, und ich wusste nicht, was ich tun sollte. Daher erschien es mir am sichersten, nichts zu tun. Aber natürlich schrieb sie mir ein paar Wochen später erneut und teilte mir mit, sie sei sich jetzt sicher, dass ich derselbe Mann sei, und ob ich wüsste, dass ich einen Sohn und Erben für Blakeney Park hätte."

„Wusste sie von dem Anwesen, als Sie geheiratet haben?", fragte Angela. „Ich meine, wusste sie, dass Sie ein reicher Mann sind?"

„Keine Ahnung", sagte er. „Wahrscheinlich nicht. Ich meine, darüber spricht man doch nicht mit Fremden, oder?" Er lachte freudlos. „Und sie war eine Fremde - obwohl wir Mann und Frau waren."

„Und haben Sie ihr auf den zweiten Brief geantwortet?"

Er sah wieder zu Boden und schüttelte den Kopf.

„Sie müssen mich für einen furchtbaren Feigling halten", sagte er, „aber ich konnte noch nie mit heiklen Situationen umgehen. Normalerweise würde ich so etwas Lucy überlassen - aber das ging in diesem Fall einfach nicht."

„Sie haben die Sache also ignoriert und gehofft, dass sie irgendwie verschwindet", sagte Angela nicht unfreundlich.

„So ungefähr. Ich bin nicht stolz darauf, aber - nun ja, so war es und ich kann nichts daran ändern."

„Hast du noch weitere Briefe von ihr erhalten?", fragte Freddy.

„Nein."

„Woher wusstest du dann, dass sie nach Blakeney kommen würde?"

„Ich wusste es nicht", sagte er und starrte sie an.

„Sind Sie ganz sicher?", fragte Angela. „Sie haben sie nicht mit dem Auto in Hastings abgeholt?"

„Natürlich bin ich mir sicher", sagte er. „Sie ist einfach aufgetaucht. Ich habe sie nicht abgeholt."

„Wann war das?", fragte Angela.

„Es muss am Donnerstagmorgen gewesen sein. Ich war bis spät am Mittwoch weg - eigentlich sollte ich erst am Freitag zurückkommen, aber es ließ sich alles schneller erledigen, als ich erwartet hatte - und bin gleich nach meiner Rückkehr gegen Mitternacht ins Bett gegangen. Am nächsten Morgen habe ich sie dann gesehen.“

„Heißt das, sie kam an die Tür des Herrenhauses?“

„Oh nein“, sagte er. „Ich war früh mit den Hunden unterwegs und war gerade auf dem Rückweg, als ich sie durch den Wald auf mich zukommen sah. Natürlich habe ich sie zuerst nicht erkannt, weil ich nicht mit ihr gerechnet hatte, und ehrlich gesagt, hatte ich die Briefe fast schon wieder vergessen. Es war ein paar Wochen her, dass sie gekommen waren, und ich dachte, sie hätte aufgegeben.“

Er rieb sich schweigend das Kinn.

„Was ist dann passiert?“, fragte Freddy leise.

„Ich bin mir nicht ganz sicher.“ Er sah Freddy verwirrt an. „Ich wünschte, ich könnte mich erinnern, aber ich kann es nicht. Ich erinnere mich nur, dass sie langsam auf mich zukam. Sie trug ihren Mantel und ihren Hut in der Hand - ich weiß nicht, warum - und dann streckte sie den Arm aus und sagte mit irgendwie keuchender Stimme meinen Namen. Da wurde mir klar, wer sie war. Sie war blond, aber ich hätte schwören können, dass sie damals schwarzes Haar gehabt hat. Da sieht man, wie wenig ich sie kannte.“

„Sie hatte von Natur dunkles Haar, aber sie hatte sich vor Kurzem die Haare gefärbt“, sagte Angela.

„Ah. Das erklärt es.“

„Was haben Sie dann gemacht?“

Schweigen breitete sich aus, nur durch das Kreischen einer Möwe unterbrochen wurde.

„Dann habe ich sie getötet“, flüsterte Gil schließlich.

Kapitel Dreißig

Wieder herrschte Schweigen.

„Wie haben Sie sie umgebracht?", fragte Angela.

Er sah zu ihr auf.

„Ist das wichtig?", fragte er. „Reicht es nicht, dass ich es getan habe?"

„Die Polizei wird es wissen wollen", sagte Angela.

„Nun, sie können fragen, was sie wollen, aber sie brauchen sich nicht zu bemühen, denn ich kann mich an nichts erinnern."

„Kannst du dich überhaupt an etwas erinnern?", fragte Freddy mit einem Blick auf Angela.

„Ich weiß es nicht", sagte er ungeduldig. „Ich hatte schon öfter solche Anfälle, bei denen ich irgendwie ohnmächtig wurde und nicht sagen konnte, was ich gemacht habe. Das fing nach dem Krieg an. Das muss wieder ein derartiger Anfall gewesen sein. Ich erinnere mich nur noch daran, dass ich zu mir kam und sie dort auf dem Boden zu meinen Füßen liegen sah. Ich schaute auf die Uhr. Ich war mehr als drei Stunden weggetreten; die Hunde mussten allein nach Hause gelaufen sein. Und dann sah ich sie an, und alles wurde mir schrecklich klar. Ich wusste, dass ich es getan hatte - ich wusste, dass es meine Schuld war."

„Woher wolltest du das wissen, wenn du dich an nichts erinnerst?", fragte Freddy.

„Wer hätte es sonst sein sollen? Da lag sie, sie war tot, außer mir war niemand in der Nähe, und ich hatte allen Grund, sie zu töten. Natürlich habe ich es getan."

Angela und Freddy tauschten einen weiteren Blick.

„Was haben Sie dann mit ihr gemacht?"

„Ich habe ihr Mantel und Hut angezogen und sie hinter einem Baum versteckt. Dann bin ich mit dem Wolseley so nah wie möglich herangefahren und habe sie in den Kofferraum gelegt. Als es dunkel war, fuhr ich zu der Stelle, wo Angela sie gefunden hat, und habe sie die Böschung hinuntergeworfen", sagte er.

„Allein?", fragte Freddy.

„Ja", lautete die Antwort.

„Ich verstehe", sagte Freddy. Offenbar wusste Gil nichts von Miles' Geständnis. „Und dann bist du nach Hause gefahren und hast so getan, als sei nichts passiert?"

„Ja."

„Hast du noch irgendwie – äh, aufgeräumt?"

„Aufgeräumt? Nicht dass ich wüsste. Nein", fuhr er verbittert fort, „ich bin nach Hause gefahren und habe so getan, als sei alles in Ordnung und als hätte ich nicht gerade meine längst vergessene Frau kaltblütig umgebracht. Am nächsten Tag waren Lucy und ich in Gipsy's Mile, und wir haben alle gelacht und Sherry getrunken und haben über die Leiche einer Frau gesprochen, die Angela an einem Graben gefunden hatte und die keiner von uns kannte und die uns im Übrigen egal war."

Angela und Freddy starrten Gil an, dann trafen sich ihre Blicke erneut. So furchtbar das Verbrechen auch sein mochte, das er begangen hatte – es war unmöglich, kein Mitleid mit ihm zu haben.

„Ihr seid gerade noch rechtzeitig gekommen", sagte Gil nun.

„Rechtzeitig?", wiederholte Freddy verblüfft.

„Ich halte nicht viel von Abschiedsworten, aber ich weiß, dass manche Leute so etwas mögen", bemerkte Gil. „Ich hatte vor, mich still und leise davonzuschleichen, aber je mehr ich darüber nachdenke, muss ich feststellen, dass mir eure Anwesenheit eigentlich ganz gelegen kommt."

„Was meinen Sie?", fragte Angela scharf.

„Sie können es bezeugen", erklärte er. „Dann ist alles ganz klar und abgesichert und niemand kann behaupten, ich hätte noch mehr Durcheinander geschaffen, statt die Dinge schlussendlich zu klären. Ich muss allerdings sagen", fuhr er fort, „dass ich froh bin, dass ihr beide aufgetaucht seid und nicht Lucy oder Miles. Ich hätte nicht gewollt, dass sie es sehen - nicht, dass ich besonders erpicht darauf wäre, euch das anzutun. Ich will niemandem Kummer machen, aber - na ja, so ist es nun mal."

„Gil", sagte Angela langsam, „ich glaube nicht -"

„Wie geht es übrigens Mutter?", unterbrach er sie. „Ich hätte längst nach ihr fragen sollen. Die Arme - sie ist ziemlich zäh, aber ich weiß nicht, ob ihr Herz das mitmacht, wenn sie erfährt, dass ihr Sohn ein Mörder ist."

„Es geht ihr sehr schlecht, aber der Arzt und Lucy kümmern sich um sie", berichtete Angela.

Er sah erleichtert aus. „Gut. Ich dachte schon, Sie würden mir mitteilen, dass sie tot ist."

„Nein", sagte Angela, „sie ist nicht tot, aber sie macht sich natürlich große Sorgen um Sie."

„Ja, das glaube ich gerne", nickte er. „Nun, von heute an muss sie sich keine Sorgen mehr um mich machen."

„Warum nicht?", fragte Freddy.

„Weil ich Schluss mache", erklärte Gil ungeduldig. „Ich dachte, ich hätte mich klar ausgedrückt. Ich möchte euch beide als Zeugen dabeihaben, nur um sicherzugehen, dass es keine Missverständnisse gibt. Oh, keine Sorge, ich werde euch nicht zwingen, zuzusehen. Ich gehe einfach in die Hütte und erledige die Sache, während ihr draußen wartet. Außer euch ist niemand hier, also kann es keinen Zweifel geben, dass ich es selbst getan habe. Ich kann auch eine Nachricht hinterlassen, wenn ihr meint, dass das hilft. Dann geht ihr beide zur Polizei, und die holt mich ab, und damit ist der Fall erledigt und man spart sich das Geld für einen Prozess. Und Lucy muss nicht im Gerichtssaal sitzen und sich überlegen, dass sie beinahe einen Feigling geheiratet hätte." Für einen Moment sah es aus, als würde er anfangen zu weinen, doch gleich darauf hatte er die Fassung wiedererlangt.

„Nein", rief Freddy bestürzt, „das geht nicht! Ich weigere mich, da mitzumachen, hörst du? Und Angela - wie kannst du das vor den Augen einer Frau tun?"

„Ich habe dir doch gesagt, dass ich es nicht vor euch tun werde. Ich gehe in die Hütte. Und Angela braucht nicht hinzusehen, wenn sie nicht will."

„Das ist sehr rücksichtsvoll von Ihnen", sagte Angela trocken, „aber mir wäre es viel lieber, Sie würden es gar nicht tun."

„Warum nicht? Warum sollte ich nach Blakeney Park zurückkehren? Die Polizei wird mich verhaften, dann werde ich vor Gericht gestellt und gehenkt, und niemand kann etwas dagegen unternehmen. Wenigstens erspare ich auf diese Weise denen, die ich liebe, das ganze traurige Spektakel mitansehen zu müssen."

„Aber was ist mit Miles?", fragte Angela. „Lassen Sie ihn mit Anschuldigungen gegen ihn sitzen?"

„Welche Anschuldigungen?", fragte Gil.

„Miles hat der Polizei gestanden, dass er Ihnen geholfen hat, die Leiche loszuwerden", sagte Angela.

„Was?", rief Gil aus. „Soll das ein Witz sein?"

„Natürlich nicht", erwiderte Angela. „Das ist wohl kaum der richtige Moment."

Er starrte sie fassungslos an.

„Warum zum Teufel musste der Dummkopf zur Polizei rennen?", rief er. „Ich hätte geschwiegen, ich hätte es nie jemandem erzählt. Das wusste er. Ist - ist er verhaftet worden?"

„Ja", sagte Angela, „die Polizei hat ihn zwar vorläufig auf freien Fuß gesetzt, aber ich fürchte, er wird die ganze Härte der Justiz zu spüren bekommen."

Sie schwieg, um Gil die Möglichkeit zu geben, die neue Wendung der Dinge zu verdauen. Würde er es sich anders überlegen?

„Wenn du ein gutes Wort für ihn einlegst, wird der Richter vielleicht etwas nachsichtiger sein", sagte Freddy vorsichtig.

„Ja, das bin ich ihm wirklich schuldig", murmelte Gil. „Ich kann den armen Kerl nicht im Stich lassen, nach allem, was er für mich getan hat. Nun gut", fuhr er fort, „ich werde in meinem Brief schreiben, dass ihn keine Schuld trifft und dass ich ihn gezwungen habe, mir zu helfen. Meinen Sie, das genügt?"

„Oh nein, das genügt auf keinen Fall", sagte Angela rasch. „Die Polizei und die Geschworenen und der Richter, sie alle werden Sie persönlich dazu anhören wollen."

Gil musterte die beiden misstrauisch.

„Ich glaube, ihr redet Unsinn. Ihr wollt mich nur dazu bringen, ohne Aufhebens mitzukommen. Ich wette, ihr habt die Geschichte mit dem Geständnis erfunden."

„Nein, er hat wirklich gestanden", beteuerte Freddy.

Aber Gil war überzeugt, dass sie logen. Es sah so aus, als seien sie mit ihrer kleinen List gescheitert.

„Hört zu", sagte er. „Ich habe jetzt genug davon. Ob ihr es wollt oder nicht, ich werde es jetzt tun, und ihr beide werdet Zeugen sein. Das ist der beste Weg, glaubt mir. Seht her." Er holte einen Revolver aus der Tasche und zeigte ihn den beiden. „Damit geht es prima. Ein Schuss direkt durch die Mundhöhle, und die Sache ist erledigt."

Mit zitternder Hand hob er die Pistole an die Lippen.

„Nicht!", rief Angela.

„Nennen Sie mir einen guten Grund, es nicht zu tun", sagte er. „Es tut mir leid, Angela, aber es ist vorbei."

Freddy sah sich mit wildem Blick um, dann stieß er plötzlich einen leisen Seufzer aus, als sei seine Aufmerksamkeit von etwas abgelenkt worden.

„Ah", sagte er, „da kommt endlich die Kavallerie. Wo war sie nur die ganze Zeit? Schau, Gil - deine Liebste ist gekommen, um dich zu retten."

Angela sah zu ihrem Erstaunen, dass sich aus einiger Entfernung ein Pferd im Galopp über den einsamen Strand näherte. Auf seinem Rücken saß eine junge Frau.

„Da ist Lucy!", sagte sie.

Gil ließ verblüfft den Revolver sinken.

„Gil!", rief Lucy, sobald sie in Hörweite war. Castana legte das letzte Stück bis zur Hütte in wenigen Sekunden zurück. Lucy brachte die Stute zum Stehen und sprang ab. „Gil!", rief sie erneut. „Was machst du da?"

In ihrer Stimme lagen Angst und Entsetzen, die Augen hatte sie weit aufgerissen und ihre Selbstbeherrschung war in ihren Grundfesten erschüttert.

„Warum bist du gekommen, Lucy?", fragte Gil leise. „Du hättest nicht kommen sollen." Der Revolver lag locker in seiner Hand und alle starrten ängstlich darauf.

„Natürlich musste ich kommen", sagte Lucy. Sie trat einen Schritt zurück. „Ich konnte dich doch nicht allein lassen. Wir werden ja bald heiraten. Eine gute Ehefrau sollte ihrem Mann zur Seite stehen und ihm helfen, und das werde ich tun."

„Aber ich bin kein guter Ehemann", sagte er verzweifelt. „Lita hat es zu spüren bekommen. Und wir werden nicht heiraten, Lucy, das muss dir doch klar sein. Wie kannst du überhaupt daran denken, wo du doch weißt, was ich getan habe?"

„Unsinn", antwortete sie forsch. „Ich glaube nicht eine Sekunde, dass du es getan hast, auch wenn du selbst davon überzeugt bist. Dazu bist du einfach nicht fähig." Sie ging langsam auf ihn zu und kniete sich zu seinen Füßen auf die feuchten Kieselsteine. Ihr Haar und ihre Kleidung waren nass und ihre Stiefel schmutzig, aber sie strahlte in diesem Moment eine Schönheit aus, die von ihrer Zielstrebigkeit herrührte und von ihrer Entschlossenheit, die Dinge in Ordnung zu bringen. Wann immer sie den beiden begegnet war, hatte Angela Lucy als diejenige gesehen, die das Sagen hatte, doch nun war es Lucy, die demütig vor Gil kniete und ihn anflehte, mit ihr gemeinsam hoch erhobenen Hauptes in die Schlacht zu ziehen.

Ich glaube, sie liebt ihn wirklich, dachte Angela.

„Gil, Liebster", sagte Lucy und legte ihm eine Hand aufs Knie, „du hättest mir von Lita erzählen sollen."

„Das ist mir jetzt klar", erwiderte Gil. „Aber ich war so sehr darauf bedacht, das Richtige zu tun und dich und Mutter zufriedenzustellen, dass ich es leider versäumt habe. Es tut mir so schrecklich leid, Lucy. Wir hätten uns nie verloben dürfen. Und jetzt stehen dir schlimme Zeiten bevor. Lita zu heiraten, war ein Fehler – mein Fehler, der mich überhaupt erst in diesen furchtbaren Schlamassel gebracht hat, und jetzt ist das arme Mädchen tot und ihr Sohn ist ein Waisenkind -"

„Dein Sohn, Gil", korrigierte Lucy ihn sanft. „Er ist auch dein Sohn."

„Ich habe keinen Anspruch auf ihn", sagte er. „Welcher Sohn will etwas mit dem Mann zu tun haben, der seine Mutter getötet hat?"

„Hör auf, das zu sagen!", rief Lucy. „Du hast sie nicht umgebracht, und ich werde es beweisen."

„Wie willst du das beweisen?", fragte Gil. „Wie, Lucy? Das ist unmöglich. Selbst ich weiß im Innern meines Herzens, dass ich es getan habe, obwohl ich mich nicht erinnern kann. Ich *muss* es getan haben."

„Komm mit mir zurück nach Blakeney Park, Gil", bat sie. „Wir werden einen Weg finden, das weiß ich. Aber es hat keinen Sinn, hier, an diesem gottverlassenen Ort, nach einer Lösung zu suchen. Sieh dich doch an - du bist schmutzig, hast seit Tagen nichts gegessen und wahrscheinlich auch nicht geschlafen. Wie kann man unter diesen Umständen klar denken? Komm mit mir zurück, und ich werde mich um dich kümmern und dafür sorgen, dass dir niemand etwas antut. Das verspreche ich dir", setzte sie leise hinzu.

„Aber sie werden mich verhaften", sagte er.

„Ja, das werden sie", erwiderte sie, „und das wirst du einfach ertragen müssen. Aber ich werde nicht zulassen, dass sie dich verhaften, bevor du etwas gegessen, gebadet und gut geschlafen hast. Danach gehen wir gemeinsam zur Polizei, und du wirst dich der Sache stellen müssen. Aber ich schwöre, ich werde dich nicht im Stich lassen. Du vertraust mir doch, Gil, nicht wahr?", fragte sie.

Er sah sie an, ein gebrochener Mann. Dann nickte er. „Ja. Ich vertraue dir."

„Denk immer daran, dass wir zusammengehören, und

dass es meine Aufgabe ist, dich zu beschützen und für dich zu sorgen", sagte sie. „So wie es deine Aufgabe ist, auf mich aufzupassen."

„Im Moment mache ich in der Hinsicht nicht viel her, oder?"

„Ich bin froh, dass ich dich endlich gefunden habe, das ist alles, was jetzt zählt." Sie nahm ihm den Revolver aus der Hand und gab ihn Freddy. „So", sagte sie dann. „In Freddys Auto ist nicht genug Platz, also musst du mit mir auf Castana reiten. Ich bringe dich nach Blakeney Park und morgen fahren wir zusammen nach Littlechurch."

Sie reichte ihm die Hand, und er ergriff sie und stand auf.

„Ich würde dir ja anbieten, dass ich das Pferd nehme und dir mein Auto überlasse, aber ich fürchte, wir sind nicht gerade passend gekleidet", sagte Freddy.

Lucy lächelte. „Mach dir keine Sorgen. Wir sind im Nu dort."

„Ich würde vorschlagen, dass Sie gleich nach Ihrer Rückkehr zu Lady Alice gehen", sagte Angela. „Sie scheint zu glauben, dass Sie versuchen, ihren Sohn von ihr fernzuhalten, und ich musste ihr versprechen, ihr Bescheid zu geben, sobald man Gil gefunden hat."

„Natürlich", versprach Lucy heiter. Sie hatte in der Schlacht gegen Lady Alice die Oberhand behalten. Das wusste sie und war bereit, großzügig zu sein.

Nach mehreren Tagen ohne Nahrung war Gil so schwach, dass er Mühe hatte, auf den Rücken der Fuchsstute zu gelangen. Lucy setzte sich vor ihn.

„Danke", sagte sie zu Angela und Freddy. „Das werde ich Ihnen nicht vergessen."

Sie stupste Castana an und sie ritten langsam den Strand entlang.

„Woher wusste sie, dass wir hier sein würden?", fragte Angela.

„Kurz bevor wir losgefahren sind, habe ich sie angerufen", sagte Freddy. „Ich dachte, sie wüsste, wie sie mit ihm umgehen muss. Wie es scheint, hatte ich recht."

„Ja", meinte Angela nachdenklich. „Aber ich bin froh, dass sie Ihnen die Waffe gegeben hat."

„Warum? Meinen Sie, er könnte sie ihr wieder abnehmen und sein Vorhaben doch noch umsetzen?"

„Nicht direkt. Ich stelle mir eher vor, dass sie ihn von seinem Elend erlöst, so wie sie es mit einem kranken Pferd tun würde", antwortete sie. Freddy sah sie erstaunt an, und sie fuhr eilig fort: „Ich weiß, es ist eine lächerliche Idee. Warum hätte sie ihn dann davon abhalten sollen, sich umzubringen?"

„Ja, genau."

„Wie dem auch sei", seufzte Angela. „Ich bin froh, dass wir die Waffe haben und nicht sie."

Sie sahen zu, wie das Pferd mit seinen beiden Reitern im Nebel verschwand, und Freddy fröstelte.

„Ich bin völlig durchnässt und es wird langsam dunkel", sagte er. „Fahren wir nach Hause und trinken eine heiße Schokolade."

Kapitel Einunddreißig

„Na, ihr Lieben, wo wart ihr denn?", rief Marguerite, als sie bis auf die Knochen durchnässt in Gipsy's Mile ankamen. „Ihr seht durchgefroren aus. Zieht euch um, dann könnt ihr euch am Feuer aufwärmen, und ich hole euch etwas Heißes zu trinken."

Kurz darauf saßen Angela und Freddy in trockener Kleidung am Kamin, tranken heiße Schokolade und erzählten von den Ereignissen des Nachmittags, sehr zum Erstaunen von Miles und Marguerite.

„Heißt das, er war die ganze Zeit in der alten Hütte?", fragte Miles. „Na ja, da waren wir vor Jahren immer, wenn Herbert und ich Gil in Blakeney Park besucht haben. Mir wäre nie in den Sinn gekommen, dass er dort sein könnte." Freddy runzelte zweifelnd die Stirn, sagte aber nichts.

„Es ist wahr, Freddy - ich schwöre es", beteuerte Miles. „Vielleicht hätte ich es wissen müssen, aber ich habe überhaupt nicht daran gedacht."

„Was passiert als Nächstes?", fragte Marguerite ängstlich.

„Lucy hat versprochen, ihn morgen zur Polizei zu

begleiten, nachdem er eine anständige Mahlzeit zu sich genommen und sich ausgeschlafen hat", sagte Freddy.

„Aber wird sie das wirklich tun? Könnte sie ihn nicht woanders hinbringen?"

„Wo könnte sie ihn verstecken, ohne sich in Schwierigkeiten zu bringen? Nein", meinte Freddy, „ich denke, sie wird das Richtige machen. Du hättest ihn sehen sollen, Marguerite. Er sah schlimm aus, und jeder, der ein Herz hat, hätte dasselbe getan - ihn mit nach Hause genommen und aufgepäppelt, meine ich. Ich bin sicher, sie wird sich an ihr Versprechen halten."

„Ich wünschte fast, ihr hättet ihn nicht gefunden", sagte Miles leise. „Möglicherweise wäre es besser gewesen, wenn er hätte tun können, was er tun wollte, ohne dass sich jemand einmischt. Das wäre vielleicht für alle einfacher gewesen."

„Das hat Gil auch gesagt", bemerkte Angela, „aber Lucy wollte nichts davon hören."

„Jetzt wird es einen Prozess geben, und er wird ganz bestimmt schuldig gesprochen", meinte Miles. „Wenn er auf vorübergehende Unzurechnungsfähigkeit plädiert, entgeht er wohl dem Henker, doch er wird trotzdem für viele Jahre ins Gefängnis wandern. Nein", fuhr er fort, „je mehr ich darüber nachdenke, desto eher denke ich, dass er heute dem Ganzen ein Ende hätte setzen sollen."

„Da bin ich anderer Meinung", widersprach Angela. „Du darfst nicht vergessen, dass auch gegen dich Anklage erhoben wird. Vielleicht fällt die Strafe geringer aus, wenn Gil erklären kann, was vorgefallen ist. Ich nehme nicht an, dass du unbedingt für zehn Jahre hinter Gitter landen willst, oder? Wenn Gil dich nicht darum gebeten hätte, wärest du nicht in die ganze Sache hineingezogen worden, also scheint es nur folgerichtig, dass er dir nach Möglichkeit aus der Patsche hilft. Bestimmt hatte er nie die Absicht, dich in Schwierigkeiten zu bringen.“

„Vermutlich nicht“, räumte Miles ein.

„Und abgesehen davon“, fuhr Angela fort, „scheint Lucy überzeugt zu sein, dass sie einen Freispruch erwirken kann. Wenn jemand das schafft, dann sie.“

„Einen Freispruch?“ Miles starrte sie an. „Wie, um Himmels willen, will sie das anstellen?“

„Sie sagt, sie weiß, dass er es nicht getan hat“, erklärte Angela. „Vielleicht stimmt das ja.“

„Aber du vergisst, Angela, dass ich an diesem Tag dabei war. Ich habe ihm geholfen, die Leiche von Lita zu verstecken. Er hat mir gegenüber sogar gestanden, dass er es war. Natürlich hat er es getan.“

„Oh ja, er glaubt ganz sicher, dass er es getan hat“, sagte Angela. „Daran gibt es keinen Zweifel.“

Miles sah sie seltsam an. „Ich glaube, du verschweigst uns etwas. Was weißt du, was wir nicht wissen?“

„Ich habe einfach großes Vertrauen in Lucy, das ist alles“, entgegnete Angela. „Ich glaube, wenn sie sich etwas vornimmt, dann zieht sie es durch. Und sie hat versprochen, ihn freizubekommen.“

Miles schüttelte den Kopf. „Ich rufe in Blakeney Park an.“ Er stand auf.

„Tu das“, sagte Freddy. „Und sprich unbedingt persönlich mit Gil, wenn Lucy dich lässt. Wir hatten einige Zweifel, ob er sicher nach Hause kommen würde. Es ging ihm nicht gut, und sie saßen zu zweit auf einem Pferd, also werden sie nur langsam vorangekommen sein“, erklärte er, als Miles ihn fragend ansah.

Miles ging hinaus und kam einige Minuten später zurück, um ihnen mitzuteilen, dass er kurz mit Gil habe sprechen können, der sehr müde und durcheinander geklungen habe.

„Sie gehen morgen früh zur Polizeiwache in Littlechurch. Ich habe angeboten, ihn zu begleiten, aber er wollte nichts davon hören. Er sagte, es tue ihm leid, dass ich in Schwierigkeiten geraten sei, und dass er sein Bestes geben würde, um mich so weit wie möglich zu entlasten. Armer Kerl - ich wünschte, das alles wäre nie passiert."

In diesem Punkt konnte Angela ihm nur beipflichten.

Am nächsten Tag erhielten sie die Nachricht, dass Gil sich wie versprochen der Polizei in Littlechurch gestellt habe, die ihn sogleich wegen des Mordverdachts an Lily Markham, auch bekannt als Lita de Marquez, verhaftet hatte. Lucy hatte sich von ihm verabschiedet und war dann nach Blakeney Park zurückgefahren, um bei Lady Alice zu sein und den Londoner Anwalt der Familie herbeizurufen, der bereits an Gils Verteidigung arbeitete.

Danach erfuhren sie keine weiteren Einzelheiten, bis zum darauffolgenden Montag, als Angela in Littlechurch zufällig Inspector Jameson begegnete. Er stand vor dem Schaufenster eines Antiquitätengeschäfts und bewunderte ein Paar reich verzierter Duellpistolen mit Silbergriff in der Auslage.

„Guten Morgen, Inspector", begrüßte sie ihn. „Erwarten Ihre Vorgesetzten bei Scotland Yard, dass Sie sich Ihre Dienstwaffen selbst beschaffen? Ich bin mir nicht sicher, ob diese Modelle hier Ihnen viel nützen würden."

Er lachte.

„Nein", antwortete er, „aber sie sehen prachtvoll aus, finden Sie nicht auch? Ich habe gerade überlegt, ob ich sie kaufen und zu Hause an die Wand hängen soll, aber wie ich sehe, hat der Laden im Moment geschlossen."

„So ist es. Sie werden später wiederkommen müssen", sagte Angela und wandte sich zum Gehen. „Ich will Sie nicht aufhalten, Sie haben sicher viel zu tun."

„Eigentlich wollte ich nur ein wenig frische Luft

schnappen. Sollen wir ein paar Minuten spazieren gehen? Ich möchte mir die Beine vertreten - und außerdem habe ich mich noch gar nicht bei Ihnen bedankt, dass Sie Gilbert Blakeney für uns gefunden haben.“

„Das haben Sie nicht mir zu verdanken“, wehrte Angela ab. „Ich hatte sehr wenig damit zu tun. Freddy hat ihn ausfindig gemacht und Lucy hat ihn überredet, sich zu stellen. Ich habe nur dagestanden und an den richtigen Stellen genickt.“

„Ah, so war das also“, sagte der Inspector. „Der junge Freddy war darin verwickelt, nicht wahr? Warum überrascht mich das nicht?“

„Geht es Gil gut?“, fragte Angela besorgt. „Als wir ihn gefunden haben, war er ziemlich schlecht dran.“

„Machen Sie sich keine Sorgen“, beruhigte Jameson sie. „Wir sind sehr behutsam mit ihm umgegangen - vor allem aus praktischen Erwägungen, denn in seinem Zustand würden wir nie etwas aus ihm herausbekommen, wenn wir zu hart mit ihm umspringen.“

„Haben Sie ihn tatsächlich wegen des Mordes angeklagt?“

Er nickte.

„Ja. Er hat jetzt einen Anwalt bei sich, irgend so einen jungen Burschen aus London, der zweifellos alle möglichen Gründe finden wird, warum wir ihn mit einem Händedruck und einem Schulterklopfen davonkommen lassen sollten.“

Angela lachte.

„Ich nehme an, Lucy ist dafür verantwortlich“, sagte sie. „Sie ist eine bemerkenswerte junge Frau.“

„Ja“, stimmte er zu. „An Charakterstärke ist sie kaum zu übertreffen.“

Angela blickte zu Boden. „Sie glaubt, dass er unschuldig ist.“

„Natürlich tut sie das", sagte Jameson. „Wenn sie es nicht täte, würde sie erheblich in meiner Achtung sinken."

Angela blieb stehen und sah ihm direkt in die Augen.

„Was glauben Sie?", fragte sie.

Er erwiderte ihren Blick unverwandt.

„Es ist nicht meine Aufgabe, etwas zu glauben", antwortete er. „Es ist meine Aufgabe, etwas mit den Beweisen anzufangen, die wir zusammengetragen haben - und die Beweise, die wir zusammengetragen haben, sagen, dass er schuldig ist. Wir haben jedenfalls genug davon, um einen Prozess zu führen."

„Ich verstehe", sagte Angela.

Er betrachtete sie misstrauisch.

„Was haben Sie vor?", fragte er. „Ich kenne diesen Blick."

„Welchen Blick?", fragte sie überrascht.

„Den Blick, wenn Sie etwas im Schilde führen."

„Ach du meine Güte! Was Ihnen nicht alles auffällt! Aber um Ihre nicht sehr höfliche Frage zu beantworten", fuhr sie fort, „ich führe nichts im Schilde.

„Aber Sie wissen etwas", behauptete er. „Na los, raus mit der Sprache."

„Ich weiß gar nichts. Ich ziehe es ebenfalls vor, mit handfesten Beweisen zu arbeiten", erwiderte sie. „Sagen wir einfach, ich habe das Gefühl, dass bald etwas passieren wird."

„Was zum Beispiel?"

„Ich weiß es nicht genau. Aber was immer es sein mag: Wir werden nicht lange warten müssen."

„Warum nicht?", fragte Jameson.

„Weil Gil im Gefängnis ist", sagte Angela.

Kapitel Zweiunddreißig

BALD DARAUF GESCHAH TATSÄCHLICH ETWAS, wenn auch nicht das, was Angela vermutet hatte, denn schon am nächsten Tag starb Lady Alice Blakeney. Sie tat ihren letzten Atemzug am Dienstagabend, mit Gil an ihrer Seite - denn Lucy hatte eine dringende Nachricht an die Polizeistation von Littlechurch geschickt, dass die alte Dame die Nacht voraussichtlich nicht überleben werde, weshalb er eine Sondergenehmigung erhalten hatte, sie an ihrem Sterbebett zu besuchen. Zwei stämmige Polizisten begleiteten ihn und standen starr und verlegen am Rande, während Gil sich weinend über den Körper seiner Mutter beugte und ihre Hand küsste. Nach einer angemessenen Pause hüstelten sie dezent und führten ihn wieder weg.

„Wenigstens muss sie nicht mit ansehen, wie ihr armer Sohn vor Gericht gestellt wird", sagte Marguerite, als sie die Nachricht am Mittwoch nach dem Frühstück hörte. „Jetzt ist nur noch Lucy übrig, die sich um ihn kümmert. Angela, Liebes, was ist denn los? Du siehst besorgt aus."

Angela zögerte.

„Es ist nichts", sagte sie. „Der Tod von Lady Alice hat

mich überrascht, das ist alles. Ich hätte gedacht -" Sie verstummte.

„Was?"

„Ich weiß es nicht", murmelte Angela. „Ich mache mir nur Sorgen um Gil."

Sie stand auf und ging aus dem Zimmer, um ihre Sachen zu packen. Sie hatte vor, an diesem Tag nach London zurückzukehren, da Miles jetzt wieder zu Hause war und Marguerite sie nicht mehr brauchte. Im Flur kam ihr Miles entgegen.

„Post für dich, Angela", sagte er. Er reichte ihr einen Umschlag und ging davon, den Blick auf seine eigenen Briefe gerichtet,

„Ein Brief? Für mich?" Sie sah sich den Umschlag genauer an. Er war aus dickem, cremefarbenem Papier und war mit einem kunstvollen Siegel mit der Initiale „B" verschlossen. Neugierig ging sie in den leeren Salon, setzte sich und riss den Umschlag auf. Der Brief war in einer schwachen, zittrigen Hand geschrieben, die schwer leserlich war, aber soweit Angela es entziffern konnte, lautete er wie folgt:

Blakeney Park
Freitag, 28. Oktober

Liebe Mrs Marchmont,

Sie werden sich zweifellos wundern, warum ich Ihnen schreibe, da wir uns nur ein- oder zweimal begegnet sind und man kaum sagen kann, dass wir gut miteinander bekannt sind. In der Tat bin ich mir selbst nicht ganz sicher, warum ich Ihnen schreibe. Ich kann

nur sagen, dass ich, nachdem ich Sie kennengelernt habe, glaube, dass Sie die geeignetste Person sind für das, was ich Ihnen mitteilen möchte - nicht, weil ich irgendeine besondere Sympathie zwischen uns wahrnehme, sondern weil Sie mir objektiv betrachtet vernünftig und vertrauenswürdig erscheinen - zwei Eigenschaften, die man leider nicht oft in einer Frau vereint findet.

Lucy zum Beispiel, die zwar äußerst praktisch und intelligent ist, halte ich für hinterhältig und doppelzüngig (wie Sie wissen), während Mrs Harrison, die ich als eine sehr aufrichtige und wahrheitsliebende Frau kenne, von keinem klardenkenden Menschen als sonderlich vernunftbegabt bezeichnet werden kann. Außerdem weiß ich, dass Sie bei Scotland Yard ein hohes Ansehen genießen, da Sie in letzter Zeit bei der Lösung einer Reihe schwieriger Fälle geholfen haben. Ich habe daher keinen Zweifel, dass Sie wissen, wie Sie sich verhalten müssen, wenn Sie diesen Brief erhalten. Ich schicke ihn nicht direkt an die Polizei, da es sich bei den Polizisten um Männer handelt und ich nicht erwarte, dass sie die Beweggründe für mein Handeln verstehen. Sie als Frau werden es ihnen vielleicht erklären können.

Nun gut, da ich umständehalber gezwungen zu sein scheine, mich zu erklären, werde ich beginnen. Sie wissen natürlich, dass Gilbert mein einziger Sohn ist und dass er nach dem Tod seines Vaters vor einigen Jahren das gesamte Anwesen von Blakeney Park geerbt hat. Außerdem wird Ihnen nicht entgangen sein, dass Gilbert zwar in vielerlei Hinsicht ein anständiger und ehrenwerter Mann ist, aber von Natur aus nicht mit einem Übermaß an intellektuellen Fähigkeiten ausgestattet ist. So liebenswert er auch sein mag (und glauben Sie mir bitte, dass ich ihn als seine Mutter außerordentlich gernhabe), so ist er doch zweifellos ein wenig schwach im Kopf. Dadurch war er hervorragend für ein Leben in der Armee geeignet, das er mit großem Enthusiasmus aufnahm, als sich ihm die Gelegenheit dazu bot, aber kaum für die Leitung eines großen Anwesens wie Blakeney Park. Das war mir klar, als er noch ein Kind war, und so hatte ich immer die Absicht, dass er als Erwachsener eine

Frau heiraten sollte, die in der Lage sein würde, seine geistigen Schwächen mit einem eigenen erstklassigen Verstand auszugleichen, da die Zukunft des Anwesens auf dem Spiel stand.

Ich kannte Lucy Syms, seit sie ein kleines Mädchen war, und ahnte, dass sie die von mir gewünschten Qualitäten haben könnte, also beobachtete ich ihre Entwicklung genau, und sie enttäuschte mich in dieser Hinsicht nicht, da sie zu einer äußerst fähigen jungen Frau heranwuchs. Ich mochte sie persönlich nicht, sah aber außer ihr niemanden, der die erforderlichen Fähigkeiten zu besitzen schien, und so schob ich meine Abneigung gegen sie beiseite und förderte die Freundschaft zwischen ihr und meinem Sohn nach Kräften. Glücklicherweise kannten sie sich seit ihrer Kindheit - obwohl sie ein paar Jahre jünger ist als er -, sodass sie im Umgang miteinander keinerlei Fremdheit überwinden mussten. Ich hatte keinen Zweifel, dass sie meinem Wunsch folgen und heiraten würden, sobald Lucy alt genug war, da sie kaum etwas gegen einen Mann in seiner Position und mit seinem finanziellen Hintergrund einwenden würde.

Dann kam der Krieg, und Gilbert zog an die Front. Ich befürchtete, dass Lucy in der Zwischenzeit von einem der anderen jungen Männer, die in der Gegend auftauchten, in Versuchung geführt werden könnte, aber ich hätte mir keine Sorgen machen müssen: Sie wusste, was sie wollte, und war bereit, darauf zu warten. Als Gilbert zurückkam, nahmen sie den Kontakt wieder auf - aber zu meinem Ärger schien Gilbert nur freundschaftliche Gefühle für sie zu hegen. Die Situation wurde nicht dadurch erleichtert, dass mein Sohn in den ersten Jahren nach seiner Rückkehr eine Reihe von Nervenkrisen hatte, aber schließlich schien er sich zu erholen, und er und Lucy begannen, einander näherzukommen.

Schließlich kam er nach einigem Zureden meinerseits meinem Wunsch nach und machte Lucy einen Heiratsantrag. (Nehmen Sie übrigens nicht an, dass ich ihn gegen seinen Willen zu einer Verlobung gezwungen habe: Ich wusste, dass er sie sehr mochte und dass sie zusammen glücklich sein würden, aber ich ahnte, dass nichts *daraus werden würde, wenn man ihn nicht ein wenig ermunterte.) Nun musste ich nur noch meine Abneigung gegen Lucy überwinden und ihnen alles Gute wünschen, was sich jedoch als schwieriger erwies, als ich erwartet hatte, da ich gezwungen war, mehr Zeit mit ihr zu verbringen, als mir lieb war. Nichtsdestotrotz betrachtete ich die Verbindung mit Genugtuung und war der festen Überzeugung, dass das Anwesen nun in sicheren Händen sei.*

Sie werden daher verstehen, wie schockiert und bestürzt ich war, als ich im August letzten Jahres einen Brief von einer Frau erhielt, die sich Lily Blakeney nannte und behauptete, Gilberts Frau zu sein. Sie hoffte, ich werde ihr verzeihen, dass sie sich an mich wandte, aber sie habe keine andere Wahl, da sie Gilbert zwei Mal geschrieben habe, ohne eine Antwort zu erhalten, und da die Angelegenheit dringend sei, nehme sie sich die Freiheit, stattdessen an mich zu schreiben. Sie erläuterte die Umstände der Eheschließung und sagte, dass sie sich kurz darauf getrennt hätten. Kurze Zeit später stellte sie fest, dass sie in anderen Umständen war, und hat versucht, ihn zu finden, aber ohne Erfolg. Daher war sie zu dem Schluss gekommen, dass er gestorben sei. Sie kehrte zu ihrer Familie zurück, um ihren Sohn allein großzuziehen, und tat dies bis zum Juli dieses Jahres, als sie zufällig die Ankündigung von Gilberts Verlobung in der Times las und zu ihrer Überraschung feststellte, dass ihr Mann noch am Leben war. Zunächst glaubte sie nicht, dass Gilbert wissentlich Bigamie plante; sie nahm vielmehr an, dass er sie ebenfalls für tot hielt und daher meinte, erneut heiraten zu können. Nachdem sie ihm jedoch zwei Mal geschrieben hatte, ohne eine Antwort zu erhalten, fragte sie sich, ob er nicht doch mit Absicht handelte, denn es war kaum anzunehmen, dass die beiden Briefe, die sie nach Blakeney Park geschickt hatte, verloren gegangen waren, und wenn Gilbert sie gelesen hatte, war es unverzeihlich von ihm, sie zu ignorieren.

Der Brief endete mit der Bitte, Maßnahmen zu ergreifen, um die Heirat zu verhindern, zumindest so lange, bis Vorkehrungen für die rechtliche Auflösung der ersten Ehe getroffen werden könnten –

sie schrieb, sie habe keine Ahnung, wie dies zu bewerkstelligen sei. Eine Annullierung kam natürlich nicht in Frage, da die Ehe mit der Geburt ihres Sohnes einen rechtmäßigen Status angenommen hatte. Sie erhebe keinerlei Ansprüche in Bezug auf sich selbst, sagte sie, aber sie sei bestrebt, die Zukunft ihres Sohnes zu sichern und dafür zu sorgen, dass er als rechtmäßiger Erbe von Blakeney Park in die Familie aufgenommen werde. Natürlich erwartete sie nicht, dass ich ihre Geschichte ohne Beweise glauben würde. Wenn ich - oder besser noch Gilbert — einem Treffen zustimmen würde, könne sie uns Kopien ihrer Heiratsurkunde und der Geburtsurkunde ihres Sohnes zukommen lassen, die bestätigen würden, dass das Datum seiner Geburt zu dem Datum der Heirat passte und dass alles seine Ordnung hatte.

Wie Sie sich gewiss vorstellen können, hat mich dieser Brief mehrere Tage lang sehr beunruhigt und alarmiert. Meine erste Reaktion, als ich ihn las, war, den Inhalt sofort als unwahr abzulehnen und den Brief zu verbrennen. Ich kann nicht sagen, dass ich überrascht war, dass sich Gilbert mit einer Frau von zweifelhaftem Ruf eingelassen hatte, die nun versuchte, etwas Kapitel aus der Verbindung zu schlagen - wie ich schon anmerkte, ist er nicht der Klügste und lässt sich ziemlich leicht ausnutzen -, aber ich glaubte keinen Moment, dass sie rechtmäßig verheiratet waren. Ich hielt es für eine Lüge. Sie behauptete jedoch, einen Sohn zu haben, und schien zu glauben, dass er eines Tages Erbe von Blakeney Park sein würde. Das war nicht von der Hand zu weisen: Ein Sohn, ob ehelich oder nicht, stellt ein nicht zu verachtendes Hindernis dar, im Gegensatz zu einem geldgierigen Tanzmädchen. Wenn sie wollte, könnte diese Frau Rechtsansprüche geltend machen und für viel Ärger sorgen. Mit einem solchen Damoklesschwert über unseren Köpfen würde die Hochzeit nicht zu dem glanzvollen Ereignis werden, das ich mir vorgestellt hatte, und es wäre ein ungünstiger Anfang für die Ehe, die ich mir seit so vielen Jahren gewünscht hatte.

Ich überlegte, wie ich mich verhalten sollte, und nachdem ich einige Zeit darüber nachgedacht hatte, schrieb ich dem Mädchen so höflich wie möglich zurück. Ich machte keinen Hehl daraus, dass mich ihr Brief überrascht hatte, da ich von der Heirat nichts wusste, und dass ich mir nicht erklären konnte, warum mein Sohn mir so etwas verheimlicht und warum er ihre Briefe nicht beantwortet hatte: Vielleicht waren sie in die Irre gegangen. Außerdem glaubte ich ebenfalls, dass Gilbert sie für tot gehalten haben musste und dass die Situation angesichts seiner derzeitigen Verlobung mit einer anderen Frau in der Tat etwas unangenehm war. In Anbetracht der Umstände und der Tatsache, dass es viel zu entscheiden gab, zögerte ich jedoch nicht, sie nach Blakeney Park einzuladen, um die Angelegenheit persönlich zu besprechen und gemeinsam zu überlegen, wie man vorgehen sollte, falls sie und Gilbert die Ehe auflösen wollten. Ich sagte, dass sie sicher nichts dagegen einzuwenden hätte, die fraglichen Urkunden mitzubringen, um sicherzugehen, dass alles in Ordnung sei. Vorsichtshalber bat ich sie auch, meinen Brief mitzubringen, da ich nicht wollte, dass er in die falschen Hände geriet und vielleicht einen Skandal auslöste: Natürlich wäre es für alle Beteiligten besser, wenn die Angelegenheit privat geklärt werden könnte, ohne dass sie öffentlich bekannt würde. Wenn alles so sei, wie sie sagte, sei sie herzlich eingeladen, ein oder zwei Wochen in Blakeney Park zu bleiben, bis die Angelegenheit geklärt sei.

Sie schrieb zurück, drückte ihre Erleichterung darüber aus, dass ich die Nachricht so freundlich aufgenommen hatte, und sagte, sie sei sicher, dass man ein Arrangement treffen könne, ohne dass etwas an die Öffentlichkeit dringen würde. Wenn es mir nicht ungelegen käme, würde sie am 7. September nach Hastings kommen, aber nur eine Nacht bleiben: Sie wolle unbedingt nach Hause zurückkehren und ihrem Sohn die Neuigkeiten über seine veränderten Lebensumstände mitteilen, da er im Moment nur sehr wenig über seinen Vater wisse. Vielleicht würde sie danach noch einmal kommen und diesmal den Jungen mitbringen. Bis dahin würde sie jedoch zu niemandem ein Wort sagen.

Das kam mir sehr gelegen, denn ich hatte, wie Sie sicher schon erraten haben, ebenfalls Pläne geschmiedet. Zunächst musste ich dafür sorgen, dass Gilbert nicht da war, wenn Lily ankam, und so arrangierte ich eine mehrtägige Geschäftsreise für ihn. Gehorsam wie immer machte er sich auf den Weg, sodass ich ungehindert handeln konnte. Am Nachmittag des 7. Septembers schickte ich unseren Chauffeur, der glücklicherweise ein wortkarger Bursche ist und sich kaum für das Treiben seiner Herrschaft interessiert, um das Mädchen in Hastings abzuholen und nach Blakeney Park zu bringen. Sie kam an, und endlich sah ich sie persönlich und konnte mir ein eigenes Urteil über sie bilden. Ich hatte keine Sekunde an ihre Aufrichtigkeit geglaubt, als ich ihren Brief las: Ich nahm an, dass ihre Geschichte von der geschundenen Unschuld und dem Bestreben, die Angelegenheit diskret zu lösen, eine Lüge war, und dass sie in Wirklichkeit auf alles aus war, was sie bekommen konnte. Als ich sie kennenlernte, wusste ich natürlich sofort, dass ich recht hatte. Sie war noch gewöhnlicher, als ich vermutet hatte, und ihr durchtriebenes, berechnendes Auftreten verriet ihre wahren Absichten. Die Ansprüche ihres Sohnes waren ihr egal, sie war allein auf Geld aus.

Natürlich zeigte ich meine Gefühle nicht und begegnete ihr mit zurückhaltender Höflichkeit, denn eine zu überschwängliche Begrüßung hätte verdächtig gewirkt. Schließlich konnte sie kaum erwarten, dass ich mich über ihre Existenz freute. Wir setzten uns zum Tee, und sie überreichte mir sofort einige Dokumente, die, wie sie sagte, meine Zweifel an der Legitimität ihrer Ansprüche zerstreuen sollten. Eines davon war eine Heiratsurkunde, die sofort bewies, dass sie zumindest in dieser Hinsicht die Wahrheit gesagt hatte. Das andere war die Geburtsurkunde ihres Sohnes, die in Anbetracht der kurzen Zeit, die sie und mein Sohn zusammen verbracht hatten, das richtige Datum zu enthalten schien - obwohl man bei dieser Art von Person natürlich nichts für selbstverständlich halten kann. Dennoch war weder ihr Anspruch noch der ihres Sohnes von der Hand zu weisen.

Ich muss gestehen, dass mir in diesem Moment das Herz schwer wurde bei dem Gedanken an die Aufgabe, die vor mir lag. Hätte sie gelogen, so hätte ich sie einfach wegschicken können, ohne mich weiter um die Angelegenheit zu kümmern, aber ihre Position ließ sich nicht leicht leugnen. Ich möchte, dass Sie verstehen, Mrs Marchmont, dass ich keine böse Frau bin und dass ich dieselbe Abneigung gegen Schlechtigkeit empfinde wie jeder andere Mensch.

Dennoch sah ich mich gezwungen zu handeln, im Hinblick auf das, was auf dem Spiel stand. Wenn ich es nicht täte, würde Blakeney Park schließlich in die Hände dieses Jungen, eines Eindringlings, übergehen, und wir könnten nichts dagegen tun - selbst wenn Gilbert und Lucy einen eigenen Sohn bekämen, wie ich lange gehofft hatte.

Und so handelte ich. Ich lud sie ein, zum Abendessen zu bleiben, und sagte, dass sie, wie ich bereits erwähnt hatte, gerne über Nacht bleiben könne, obwohl ich aus Gründen der Diskretion dafür gesorgt hatte, dass ihr eine bequeme Unterkunft in einem Häuschen auf dem Gelände zur Verfügung gestellt wurde. Sie habe das sehr wohl verstanden, sagte sie, und sei gerne bereit, das zu tun, was ich für das Beste halte.

Wir aßen nicht im Speisesaal, sondern in meiner Privatwohnung und unterhielten uns höflich und freundlich. Ich muss sagen, dass sie sich sehr gut gehalten hat und keine Sekunde lang den Eindruck erweckt hat, dass sie etwas anderes ist als eine hingebungsvolle Mutter, die nur das Beste für ihren Sohn will. Ich wusste es natürlich besser, und das bestärkte mich nur in meiner Entschlossenheit, das Problem so schnell wie möglich zu lösen.

Ich hatte mir vor ihrer Ankunft eine kleine Menge Arsen aus den Vorräten besorgt, die wir im Haus aufbewahren, und darauf geachtet, dass niemandem etwas auffiel. Unser erster Gang war eine Suppe, und ich war versucht, das Arsen dieser Suppe beizumischen, aber ich entschied mich dagegen, da ich nicht wollte, dass ihr übel wurde, bevor ich die Gelegenheit hatte, sie aus dem Haus zu bringen. Sie genoss also ihr Abendessen ohne jegliche Giftbeimischung, während ich auf die passende Gelegenheit wartete. Schließlich bat sie darum, zu ihrer Unterkunft gebracht zu werden, da sie ziemlich müde sei. Ich willigte ein, forderte sie aber auf, eine Tasse heiße Schokolade mit mir zu trinken, bevor sie ging, und sie stimmte zu. Die Schokolade wurde serviert, und ich gab das Arsen hinzu, unter dem Vorwand, etwas Zucker einzustreuen. Nichts hätte einfacher sein können. Sie trank sie gierig, und dann begleitete ich sie persönlich zu dem Häuschen, denn es war ein milder Abend, und ich wolle noch ein wenig frische Luft schnappen, sagte ich. Dann ging ich zu Bett, in der Absicht, am folgenden Tag wiederzukommen. Ich wusste, dass niemand am Haus vorbeikommen würde, und war mir sicher, dass alles nach Plan verlaufen würde. Ich schlief gut, in der Zuversicht, die Angelegenheit zur Zufriedenheit aller gelöst zu haben.

Natürlich hatte ich mich geirrt. Am nächsten Morgen kehrte ich zu dem Häuschen zurück und erwartete, eine Leiche vorzufinden, die beiseitegeschafft werden musste. Stattdessen entdeckte ich zu meiner großen Bestürzung, dass Lily verschwunden war, obwohl das Arsen offensichtlich gewirkt hatte, dem Zustand des Zimmers nach zu urteilen. Es kommt nicht oft vor, dass ich mich erschrecke, Mrs Marchmont, aber Sie werden sicher verstehen, wie aufgewühlt ich in diesem Moment war. Ein paar Minuten lang wusste ich tatsächlich nicht, wie ich mich verhalten sollte. Doch bald nahm ich all meine fünf Sinne zusammen und machte mich auf die Suche nach ihr. Ich nahm an, dass sie versucht hatte, Hilfe zu holen, weil es ihr nicht gutging, und hielt es für wahrscheinlich, dass ich sie irgendwo auf dem Gelände zusammengebrochen finden würde. Ich suchte einige Zeit, konnte aber keine Spur von ihr finden und beschloss schließlich, ins Herrenhaus zurückzukehren, weil ich durch meine ungewöhnliche Betriebsamkeit keinen Verdacht erregen wollte.

Das war am Donnerstagmorgen. Zu diesem Zeitpunkt ahnte ich noch nicht, dass Gilbert in der Nacht zuvor unerwartet zurückgekehrt war und in diesem Moment weinend bei der Leiche des

Mädchens hockte, weil er in seinem wirren Kopf glaubte, er habe sie getötet. Ich ging ins Haus und wartete voller Angst auf den unvermeidlichen Augenblick, in dem ein Diener kommen und mir mitteilen würde, dass man die Leiche einer Frau im Park gefunden habe - oder, noch schlimmer, dass sie lebend aufgefunden worden war und mich irgendwie hatte beschuldigen können. Der gefürchtete Augenblick kam jedoch nicht, und ich begann, leichter zu atmen. Ich hoffte sogar, dass sie entkommen und an einem anderen Ort gestorben war. Später am Abend kam Gilbert und sagte nur, dass er früher zurückgekehrt sei, da er seine Geschäfte rascher als erwartet abgeschlossen habe. Ich nahm an, dass er gerade erst zurückgekommen war, und war erleichtert, dass er nichts von dem Vorfall mitbekommen hatte. Tatsächlich war er natürlich schon am Vortag zurückgekehrt, ohne es mir zu sagen, und hatte sie gefunden.

Den Rest kennen Sie. An jenem Freitag stolperten Sie eher zufällig über die Leiche, die mein Sohn und Miles Harrison so sorgfältig versteckt hatten, und setzten damit die Reihe von Ereignissen in Gang, die dazu führten, dass Gilbert wegen Mordes an seiner Frau verhaftet wurde. Ich mache Ihnen dafür natürlich keinen Vorwurf. Sie haben lediglich Ihre Pflicht getan, und unter anderen Umständen hätte ich Ihnen dafür Beifall gezollt. Aber in diesem Fall - nun, da gibt es nichts zu sagen. Was geschehen ist, ist geschehen, und es ist sinnlos, sich zu wünschen, dass es anders gekommen wäre.

Nun zum Geschäftlichen. Als Sie mich neulich besuchten, sah ich, dass Sie ahnten, was geschehen war. Sie waren so vernünftig, nichts zu sagen - wohl wissend, dass ich nicht im Traum zulassen würde, dass mein Sohn an meiner Stelle wegen Mordes gehenkt wird, und dass ein volles Geständnis meinerseits ein besserer Weg wäre, die Dinge zu regeln. Ich möchte natürlich auch nicht gehenkt werden, aber in meinem Fall lässt sich die Angelegenheit leichter lösen, da ich bereits geschwächt bin und ein Fläschchen Medizin zur Hand habe, von der ich leicht in Überdosis einnehmen kann, wenn es nötig ist - obwohl in letzter Zeit ein kaltes Gefühl durch meinen Körper kriecht, das mir zeigt, dass dieser Schritt wahrscheinlich gar nicht nötig sein wird. Wenn die Polizei weitere Beweise braucht, wird sie sie in dem Schrank neben meinem Bett finden, wo ich die Reste des Arsens versteckt habe, zusammen mit dem kleinen Beutel, in dem Lily ihre Nachtsachen und persönlichen Gegenstände aufbewahrte. Er ist aus Leder und sollte sich leicht auf Fingerabdrücke untersuchen lassen, die beweisen, dass mein Sohn ihn nicht angefasst hat. Ich möchte in aller Deutlichkeit sagen, dass er mit Lilys Tod nichts zu tun hatte - ich könnte mir sogar vorstellen, dass es für ihn ein ziemlicher Schock sein wird, zu erfahren, dass seine eigene Mutter eine Mörderin ist. Soweit ich weiß, wird er wahrscheinlich angeklagt werden, weil er die Leiche weggeschafft hat, aber daran lässt sich nichts ändern. Ich bin sicher, dass Lucy eine hervorragende Verteidigung für ihn organisieren und dass die Strafe gering ausfallen wird.

Ich habe Ihnen gesagt, Mrs Marchmont, dass ich bereit war, Blakeney Park zu verlassen, um die Zukunft des Anwesens und die meines Sohnes zu sichern, und jetzt werden Sie verstehen, dass ich die Wahrheit gesagt habe. Ich habe mein Dienstmädchen angewiesen, Ihnen diesen Brief nach meinem Tod zukommen zu lassen, und ich vertraue darauf, dass Sie das Richtige tun und dafür sorgen, dass Gilbert so bald wie möglich freikommt. Zweifellos wird es viele rechtliche Fragen zu klären geben - nicht zuletzt die Frage, was mit dem Jungen geschehen soll, der, wie es jetzt scheint, der rechtmäßige Erbe des Anwesens ist. Da sich dieses Problem nicht lösen lässt, ist es vielleicht das Beste, wenn Gilbert und Lucy ihn nach ihrer Heirat bei sich aufnehmen, denn soweit ich weiß, ist er derzeit sehr arm und vernachlässigt. Er wird sicherlich in die Gepflogenheiten von Blakeney Park eingeführt werden müssen, bevor man ihm die Leitung des Hauses anvertrauen kann. Aber das werden die beiden selbst entscheiden.

Ich habe mehrere Tage gebraucht, um diesen Brief zu schreiben, und werde zusehends schwächer, also werde ich ihn an dieser Stelle beenden. Ich überlasse Ihnen die ganze Angelegenheit, Mrs

Marchmont: Da Sie gewissermaßen die Person waren, die die Sache ins Rollen gebracht hat, halte ich es nur für fair, dass Sie sie auch beenden. Wenn Sie meinen, ein hartes Urteil über mich fällen zu müssen, denken Sie bitte daran, dass mein einziger Gedanke bei all dem war, Blakeney Park zu schützen und das Glück und das Wohlergehen meines Sohnes zu gewährleisten. Würde nicht jede Mutter dasselbe tun?

Ich hoffe, dass nun alles zu Ihrer und zur Zufriedenheit der Polizei geklärt ist, und verbleibe,

mit freundlichen Grüßen,

A. Blakeney

Kapitel Dreiunddreißig

„SIE HABEN ALSO NIE GEGLAUBT, dass Gil der Mörder war?"
Freddy Pilkington-Soames stocherte mit der Gabel in einer
Auster, die er dann stirnrunzelnd betrachtete.

„Das würde ich nicht unbedingt sagen", widersprach
Angela, „aber die Tatsache, dass Arsen im Spiel war,
deutete eher in eine andere Richtung, da das Gift ein
gewisses Maß an Planung erforderte. Ich konnte mir gut
vorstellen, dass Gil Lita in einem Panikanfall erwürgt oder
ihr eins über den Kopf gezogen hat, aber das Gift passte
überhaupt nicht zu seinem Charakter. Nach seiner Verhaftung hatte ich allerdings das Gefühl, dass der wahre
Mörder gestehen würde."

Freddy beschloss, dass ihm die erste Auster nicht
geheuer war, und nahm eine weitere in die Hand.

„Haben Sie die Beweise gefunden, die sie erwähnt
hat?", fragte er Inspector Jameson. „Das können Sie uns
doch sagen, jetzt, wo die ganze Sache vorbei ist, oder? Der
alte Bickerstaffe kann es kaum erwarten, dass ich Ihnen die
Wahrheit entlocke, aber Sie haben bis jetzt geschwiegen
wie ein Grab. Nachdem man Gilbert mit der Ermahnung

nach Hause geschickt hat, dass er das nicht wieder tun soll, können Sie doch sicher frei heraus alles erzählen? Haben Sie Mitleid, Inspector - mein Ruf als der neue Wunderknabe der Fleet Street steht auf dem Spiel, vor allem seit der kleinen Meinungsverschiedenheit bei Marguerites Ausstellung."

„Ich nehme an, es kann nicht schaden, wenn ich es Ihnen jetzt erzähle", sagte Jameson. „Ja, wir haben Litas Tasche im Schrank gefunden und auch den Brief, den Lady Alice ihr geschickt hat. Sie hatte ihn mitgebracht, wie man ihr gesagt hatte. Wir haben auch Litas Briefe an Lady Alice gefunden, die in einem Schreibtisch versteckt waren, was die ganze Sache bestätigt."

„Es gibt also keinen Hinweis darauf, dass Gil irgendetwas damit zu tun hatte?"

„Nein, wir haben nichts gefunden. Er scheint rein zufällig in die Sache hineingezogen worden zu sein - auch wenn das natürlich keine Entschuldigung für sein Handeln ist. Die Polizei von Littlechurch hat immer noch vor, ihn und Mr Harrison anzuklagen, weil sie die Totenruhe gestört haben."

„Das war sehr dumm von ihnen", sagte Angela, „aber ich habe auch ein wenig Mitleid mit Gil. Er muss Höllenqualen gelitten haben, weil er glaubte, er habe Lita getötet."

„Das geschieht ihm recht, weil er ihre Briefe ignoriert hat", sagte Freddy streng. „Das ist ein mieser Trick. Er hat die Frau geheiratet und war für sie verantwortlich. Er hätte sich der Sache wie ein Mann stellen müssen. Sie sind zu weichherzig, Angela. Übrigens, wie hat Gil die Nachricht aufgenommen, dass seine Mutter eine Mörderin ist, Inspector? Es muss ihn ziemlich hart getroffen haben."

„Ich bin mir nicht sicher, ob er es wirklich begriffen hat", meinte Jameson. „Kein Wunder, nach allem, was sonst passiert ist. Die Ereignisse haben ihn zutiefst erschüttert. Aber Lucy kümmert sich jetzt um ihn, und ich habe keinen Zweifel, dass sie das mit bewundernswerter Kompetenz tut."

„Ach, übrigens", meinte Angela, „wussten Sie, dass sie beschlossen haben, die Hochzeit vorzuverlegen? Sie soll jetzt an Weihnachten stattfinden."

„Nein", sagte Jameson, „aber es überrascht mich nicht. Ohne Lady Alice braucht der junge Blakeney seine Lucy umso dringender, damit sie sich um ihn und um das Anwesen kümmert."

„Unsinn", widersprach Freddy. „Ich wette, Lucy steckt dahinter. Sie will ihn festnageln, damit alles in trockenen Tüchern ist, bevor er sich aus dem Staub macht und ein anderes Tanzmädchen heiratet und dann womöglich vergisst, dass er verheiratet ist."

„Ich könnte mir vorstellen, dass sie ihn von nun an genau im Auge behalten wird", stimmte der Inspector zu. „Sie ist eine seltsame Person, diese Lucy Syms. Ich gebe gerne zu, dass sie mir in vielerlei Hinsicht ein Rätsel ist."

„Meinen Sie, sie war schockiert, als sich herausstellte, dass Lady Alice hinter der ganzen Sache steckte?", fragte Freddy.

„Ich denke schon", meinte Jameson.

Angela schwieg. Sie hatte ihre eigenen Vorstellungen davon, wie viel Lucy von dem Plan, Lita de Marquez zu töten, gewusst hatte, aber es gab keine Beweise, und es schien sinnlos, das Ganze noch einmal aufzurollen. Lady Alice hatte alle Schuld auf sich genommen, und der Fall galt als abgeschlossen. Trotzdem konnte Angela nicht umhin, sich an die erste Begegnung mit Lucy zu erinnern, an jenem nebligen Nachmittag, als sie mit Castana am Straßenrand stand. Was hatte sie draußen im Nebel gemacht? War sie vielleicht auf der Suche nach etwas -

oder nach jemandem? Lita war aus dem Häuschen im Park verschwunden, und es galt herauszufinden, was mit ihr geschehen war. Hatte Lady Alice ihre zukünftige Schwiegertochter trotz ihrer Abneigung ins Vertrauen gezogen, weil sie wusste, dass Lucy alles tun würde, um Gil und das Anwesen zu retten? Angela nahm an, dass sie es nie erfahren würden.

„Wie ich sehe, hat der Copernicus Club wieder geöffnet", sagte Freddy. „Ich glaube kaum, dass Johnny Chang der Polizei besonders wohlgesonnen ist - obwohl er froh sein sollte, dass Sie ihn nicht gehenkt haben."

„Ja", sagte Jameson. „Ich habe sogar schon überlegt, in aller Ruhe mit den zuständigen Stellen zu sprechen, um eine Verlängerung der Schankzeiten für den Club zu erwirken."

„Das würde ich an Ihrer Stelle nicht tun", meinte Freddy. „Dann verliert der Laden seinen Reiz. Die meisten Leute gehen hin, um den Nervenkitzel einer Polizeirazzia zu erleben. Mrs Chang und Johnny wissen das sehr gut, und ich bin mir ziemlich sicher, dass sie es Ihnen nicht danken würden."

„Aber Mrs Chang sitzt im Gefängnis. Das kann sie unmöglich geplant haben."

„Das gehört zum Berufsrisiko, glauben Sie mir", sagte Freddy.

„Seltsam." Der Inspector tat, als sei ihm der Gedanke völlig neu.

„Oh ja", bestätigte Freddy. „Sie wollen doch nicht, dass der Laden unmodern wird und den Geist aufgibt, oder? Nicht jetzt, wo alle Angestellten wieder ihre Arbeit haben."

„Nein, natürlich nicht", antwortete der Inspector.

„Na also, da haben Sie es", sagte Freddy. „Warum gehen Sie nicht einmal selbst hin? Es macht Spaß. Das

Orchester ist sehr gut. Sie könnten Angela mitnehmen – Sie sind eher in ihrer Altersklasse als ich."

„Danke", warf Angela trocken ein.

„Ich – äh, werde darüber nachdenken", versprach Jameson, „obwohl ich mir nicht ganz sicher bin, ob mein Chef das gutheißen würde."

Freddy schaute auf seine Uhr.

„Ich sollte besser gehen", meinte er. „Mr Rowbotham hält heute Nachmittag eine Rede in Brixton, und ich weiß aus zuverlässiger Quelle, dass eine Gruppe, die sich Jungbolschewisten nennt, Ärger machen will. Sie planen anscheinend, Feuerwerkskörper und Rauchbomben zu zünden. Das würde ich nur ungern verpassen."

„Freddy!" Angela musterte ihn misstrauisch und er besaß genug Anstand, zu erröten.

„Das hat nichts mit mir zu tun, das schwöre ich", sagte er hastig. „Das hat sich alles mein Freund St. John ausgedacht, der in letzter Zeit etwas militanter geworden zu sein scheint. Ich glaube kaum, dass die Arbeiterpartei ihn nach dem heutigen Tag als Kandidaten aufstellen wird. Trotzdem dürfte es sehenswert sein, meinen Sie nicht auch?"

Er winkte und schlenderte davon.

„Stimmt das mit dem Feuerwerk und den Rauchbomben?", fragte Jameson besorgt.

„Bei Freddy weiß man nie", antwortete sie, „aber ich wäre kein bisschen überrascht."

Ende November fuhr Angela erneut nach Littlechurch. Vassily war aus dem Gefängnis entlassen worden, und Marguerite unternahm einen zweiten Versuch, ihre Ausstellung zu eröffnen, was diesmal ohne Zwischenfälle gelang. Als Angela etwas später als geplant in dem überfüllten Gemeindesaal eintraf, sah sie den jungen Russen in dramatischer Pose neben seinem Werk stehen, wo er Mrs

Henderson, der Frau des Pfarrers, einen Vortrag über den Stand der modernen Kunst und die außergewöhnlichen Talente seiner Gastgeberin hielt.

Der Gefängnisaufenthalt, den er als bloße Lästigkeit abtat, hatte seinem Selbstbewusstsein keinen Abbruch getan. Die Zerstörung seiner Skulptur durch den Verbrecher Freddy oder Teddy oder wie auch immer er hieß, setzte ihm umso mehr zu. Es sei gut, meinte er unheilvoll, dass der junge Mann es diesmal nicht gewagt habe, sich zu zeigen. Ansonsten hätte er, Vassily, womöglich zu drastischen Maßnahmen greifen müssen.

„Zum Glück konnte ich Skulptur reparieren." Er deutete auf das letzte Werk der Reihe „The Eternity of the Damned", das in Angelas Augen wie neu aussah. „Und deshalb ich werde ihn nicht töten. Aber er sollte in Zukunft besser fernhalten."

Er machte eine ausladende Handbewegung und Angela zuckte leicht zusammen, als ihr an seinem Handgelenk etwas auffiel, das sie sofort erkannte.

„Ihre Uhr gefällt mir sehr", sagte sie. Er betrachtete das gute Stück selbstgefällig.

„Danke", sagte er. „Ist Geschenk von Mrs Harrison. Sie ist sehr nette Dame. Ich habe alles zu verdanken."

Er hauchte Marguerite mit theatralischer Geste einen Kuss zu, die ihn mit einem gezierten Lächeln in Empfang nahm. Angela hatte Mühe, nicht laut loszulachen.

„Ich bin so froh, dass du kommen konntest, meine Liebe", sagte Marguerite zu Angela. „Cynthia hat versucht, sich selbst einzuladen, aber ich habe ihr immer noch nicht verziehen, dass sie nach der letzten Ausstellung so einen schrecklichen Artikel geschrieben hat, also habe ich gesagt, dass sie nicht kommen darf. Sie war furchtbar zerknirscht und ich werde ihr sicher irgendwann vergeben, aber ich konnte den Gedanken nicht ertragen, dass wieder etwas schiefgeht und sie mich wie beim letzten Mal boshaft ansieht und dann davonläuft, um in ihrer albernen Gesellschaftskolumne über mich herzuziehen."

„Wo ist Miles?", fragte Angela und sah sich um.

„Zu Hause", antwortete Marguerite. „Du wirst ihn später sehen - du bleibst doch heute Nacht bei uns, nicht wahr?"

„Wie geht es ihm?"

„Besser, glaube ich", meinte Marguerite. „Die ganze Sache mit Gils Tanzmädchen hat ihn ziemlich hart getroffen, aber wenigstens besteht jetzt keine Gefahr mehr, dass er ins Gefängnis kommt - Sergeant Spillett nimmt an, dass er und Gil mit einer Geldstrafe davonkommen."

„Oh, gut", sagte Angela.

„Ja, ich bin sehr erleichtert, Liebes. Ich wüsste nicht, wie ich ohne ihn zurechtkommen sollte. Er ist mein Fels in der Brandung, weißt du – mein Ein und Alles."

Sie flatterte davon und Angela sah sie kurz darauf unverhohlen mit Vassily flirten. Sie schüttelte lächelnd den Kopf.

„Hallo, Angela", hörte sie in dem Moment eine vertraute Stimme. Es war Lucy Syms. Sie schien allein zu sein.

„Lucy!", rief Angela. „Wo ist Gil?"

„Zu Hause", antwortete sie. „Er wollte heute Abend nicht kommen, aber ich dachte, ich sollte mich wenigstens kurz blicken lassen."

„Wie geht es ihm?"

„Oh, schon viel besser", sagte Lucy, „aber er wollte Marguerite nicht die Show stehlen. Er ist hier immer noch das Gesprächsthema schlechthin."

„Das kann ich mir vorstellen. Und wie geht es Ihnen? Ich habe gehört, dass Sie bald heiraten."

„Ja." Lucy errötete ein wenig. „Wir hielten es für das

Beste, nach allem, was passiert ist. Je eher wir zum normalen Leben zurückkehren können, desto besser, denke ich."

„Das ist sicher richtig", sagte Angela. „Die ganze Sache war schrecklich. Armer Gil - erst wird er wegen Mordes verhaftet, und dann erfährt er, dass seine Mutter dahintersteckt! Das muss ein schwerer Schlag gewesen sein."

„Ja, das kann man wohl sagen. Es war für uns beide ein großer Schock."

Angela schaute Lucy direkt an, deren Gesicht so ausdruckslos und gleichmütig war wie immer.

„Ich verstehe. Ich dachte, vielleicht …"

„Ja?", sagte Lucy.

„Lady Alice war eine alte Frau", sagte Angela langsam, „und ich habe mich gefragt, wie sie die Leiche von Lita loswerden wollte. Sie konnte sie ja kaum alleine hochheben, oder?"

„Nein, wahrscheinlich nicht", stimmte Lucy beiläufig zu.

„Sie hätte also Hilfe gebraucht, meinen Sie nicht auch?"

„Vielleicht", sagte Lucy. „Vielleicht hat sie aber auch gar nicht darüber nachgedacht. Immerhin ist Lita einfach verschwunden, und zum Glück für Lady Alice musste sie die Leiche am Ende nicht entsorgen."

Sie erwiderte Angelas Blick unerschrocken und ruhig.

„Meinen Sie, sie hat das kleine Haus selbst aufgeräumt und geputzt?", fragte Angela.

„Ja, das muss sie wohl."

„Und doch kann ich sie mir irgendwie nicht beim Putzen und Scheuern vorstellen."

„Nein, aber Sie müssen bedenken, dass sie wild entschlossen war", wandte Lucy ein und fügte rasch hinzu: „Jedenfalls ist der Fall jetzt zur Zufriedenheit aller

abgeschlossen, und selbst wenn ihr jemand geholfen hätte
-"

„Ein Diener?", sagte Angela, ohne Lucy aus den Augen
zu lassen.

„Vielleicht. Selbst wenn sie einen Komplizen hatte, wer
auch immer es war, gibt es keine Beweise. Und was hätte es
für einen Sinn, das Ganze erneut aufzurollen?"

„Überhaupt keinen", bestätigte Angela, „wenn da nicht
der kleine Junge wäre, der künftige Erbe von Blakeney
Park. Ich habe gehört, dass er Sie besuchen soll."

„Ja, so ist es geplant. Nach allem, was passiert ist, war
sein Onkel anfangs sehr abgeneigt, aber Gil ist es wichtig,
seinen Sohn anzuerkennen und für ihn zu sorgen. Warum
auch nicht?" Lucy klang trotzig.

„Ja, warum auch nicht. Ich dachte nur, dass es vielleicht einige Mitglieder im Haushalt der Blakeneys gibt
…", Angela machte eine kleine Pause.

„Bedienstete vielleicht?

„Ja, es könnten Diener sein, die der Familie gegenüber
sehr loyal sind und ihn als ein Hindernis betrachten könnten. Schließlich ist er der Erbe des Anwesens, und wenn
Sie eigene Kinder haben, werden sie zwangsläufig benach-
teiligt."

Lucy schüttelte den Kopf.

„Niemand betrachtet ihn als Hindernis", sagte sie
entschlossen. „Bertie ist Gils Sohn, und als solcher wird er
von allen willkommen geheißen - mich eingeschlossen. Ich
bin schon sehr gespannt, ihn kennenzulernen."

„Das freut mich zu hören." Angela lächelte. „Mit
Ihnen als seine Mutter brauche ich mir keine Sorgen zu
machen, dass ihm etwas zustoßen könnte." Sie hielt inne
und fuhr mit Nachdruck fort: „Ich werde seine Entwicklung mit Interesse verfolgen."

„Daran zweifle ich keinen Moment", sagte Lucy.

Sie verabschiedeten sich und Angela war überzeugt, dass sie einander verstanden hatten. Wie viel von dem Plan, Lita umzubringen, auf Lucys Kappe ging, sollten sie wohl nie erfahren, aber Angela hatte den Verdacht, dass sie Lady Alice nach Gils Verschwinden überredet - oder aufgefordert - hatte, die ganze Sache zu gestehen. Immerhin hatte Lady Alice selbst gesagt, dass sie der Hochzeit nicht im Wege stehen würde. Hatte Lucy sie gezwungen, alle Schuld auf sich zu nehmen und ihr Versprechen auf diese Weise einzulösen? Angela erschauderte leicht. Sie war sich sicher, dass Blakeney Park bei Lucy in guten Händen war, aber sie hatte Mitleid mit allen, die ihr in die Quere kamen. Lucy Syms war eine bemerkenswerte junge Frau.

„Nun, William", sagte Angela am nächsten Morgen, als sie Gipsy's Mile hinter sich ließen, „es sieht so aus, als würde Mrs Harrisons Ausstellung diesmal ein voller Erfolg werden. Ich fand es ausgesprochen erfrischend, einen Abend lang die höheren Formen der Kunst zu bewundern, ohne zu riskieren, vom Künstler höchstpersönlich zusammengeschlagen zu werden."

„Das nennen Sie Kunst?", fragte William. „Ich kann nicht behaupten, dass es nach meinem Geschmack ist, aber vermutlich kennen Sie sich damit besser aus."

„Oh, nein", erwiderte Angela. „Schönheit liegt im Auge des Betrachters, wie man so treffend sagt. Es steht Ihnen frei, die Werke nicht zu mögen."

„Manche Stücke fand ich gar nicht so schlimm", sagte er zögernd. „Die Sachen von Mrs Harrison sind irgendwie interessant."

„Ja, ich bin ganz Ihrer Meinung. Manche Leute finden sie zu gewagt, aber als moderne Frau muss ich sagen, dass sie mir sehr gut gefallen. Meinen Sie, dass wir rechtzeitig zum Mittagessen wieder in London sind? Wir haben uns bei der Abfahrt ein wenig verspätet. Übrigens, William, Sie müssen wirklich aufhören, zwischendurch zu verschwinden."

„Tut mir leid, Ma'am." Der junge Mann wurde rot. „Es wird nicht wieder vorkommen."

Angela sah ihn an.

„Ihr Gesicht, William", sagte sie.

William rieb sich heftig die Wange.

———

clarabenson.com